游与戏

YOU YU XI

程娅娜◎著

CFP 中国电影出版社

图书在版编目（CIP）数据

游与戏 / 程娅娜著. -- 北京 : 中国电影出版社, 2015.11
ISBN 978-7-106-04343-8

Ⅰ. ①游… Ⅱ. ①程… Ⅲ. ①长篇小说—中国—当代
Ⅳ. ①I247.5

中国版本图书馆 CIP 数据核字（2015）第 270702 号

责任编辑： 纵华跃
封面设计： 出书网·元宝
责任印制： 庞敬峰

游与戏
程娅娜 著

出版发行 中国电影出版社（北京北三环东路 22 号）邮编 100029
电话：64296664（总编室） 64216278（发行部）
E-mail：cfpygb@126.com
经　　销 新华书店
印　　刷 北京市兴怀印刷厂
版　　次 2015 年 11 月第 1 版　2015 年 11 月北京第 1 次印刷
规　　格 开本/710×1000 毫米　1/16
印张/16　字数/230 千字

书　　号 ISBN 978-7-106-04343-8/Ⅰ.1041
定　　价 32.00 元

目　　录

Contents

第一章

我的容貌和心在一夜之间变老。

一

推开全部文件，对所有政事充耳不闻、撒手不管，甚至连日常生活也需要助手霍林来替他打理。自从政府接受将军语气坚决的辞职要求之后，他的身体状况日渐变坏，间歇性头痛症又开始折磨着他，他就变得对什么都漠不关心了。在高俪的高原上作战的时候，他原本以为国内的冬季较为暖和，但是不知怎么回事，即使身处环锦城，他的身体依旧冻得发抖，连直接把炉子移至他的身旁都不起作用。

“没有人比我更悲惨了，”将军把身体蜷缩进圈椅里，从裹在身上的羊毛毯子里抬起头来，无力地对霍林说：“我终生在和命运交锋，到头来却亲自证明了这不过是一场毫无希望的战争。”

霍林把火炉放到将军的脚边，他环视房间的四周，以寻找那些可能引起将军恶劣心情的东西。霍林是一个来自汾记的富家子弟，不过他还没有来得及享受那些家族财富，年纪轻轻就走上了从军的道路，跟随在将军身边已经超过三十年，他长着一双温和无害的眼睛，与之不相称的却是他那果断、毫不犹疑的性格。

他恭恭敬敬地说：“毫无疑问，您是一个伟人，您的名声流传千古。”

“的确！”将军高声说道：“我将是历史上首个在都城里被冻死的人。”

在二十年前，大搪同高俪的战争刚刚结束，彩云城里漫长的雨季也随长久的战争一起结束了。在战时，将军就已经申明自己回国后拒不接受比将军更高的职位，也不出席由政府为他举办的任何庆祝活动，甚至不打算在民众中作公开露面。回国之后，他着手做的第一件事就是办理兵权的交接手续，紧接着，就一改他那一贯争强好胜的性格，对于别人的任何提议，他都表示同意，对他的那些个政敌，他也准备握手言和，同时还亲口告诉身边的每一个人，他自己将不再插手政治，打算在都城彩云城——他口称的“赢得了战争胜利的废墟”里安度自己的晚年。

将军的态度如此真实可信，在不仅包括城里的民众，就连最了解他的庄维将军都对他的这个决定信以为真时，仅仅在一个半月之后，不知出于什么原因将军忽然改变了心意，不仅接受了政府提供给他的最高职位，并且立即掌握了兵权，开始接管政府内部的主要事务。

将军在没有任何征兆的情况下接受了最高职位，令他的政敌们立即警觉起来，马上结成了反对他的党派，恰恰相反的是，将军的这一举动使得他那些狂热的支持者们重新燃起了希望——他们始终热切盼望并且身体力行的支持将军夺取国家的统治权，但是直到战争结束，甚至一度传出了将军正式辞职的消息，因此在举行将军任命仪式的当晚，支持者们成群涌上了街头去庆祝，欢呼声传遍了全城。

二

看到这里，你显然有点儿糊涂——你对这个一千多年前的大搪朝还不甚了解，但你足够聪明，决不肯轻易相信了某些史学家们的鬼话，因此我们必需一点小技巧：首先我请你先别理会你周围的噪音，放慢呼吸，先忘掉自己在何处，再忘掉自己是何人，倘若你能轻易做到，说明诸君具备了一种难得的天赋，但我并不建议没有天赋的其他诸位，现在就给自己的后脑勺狠狠来上一棒子，因为这样一来，恐怕诸位不仅会忘掉自己在何处，是何人，还会变得眼斜口歪，从此以初生婴儿的角度来看世界，如此这般，本书带来的危害就稍稍超出了在下的预料。

假设，你现在站在都城环锦城中央的一条大街上，只需稍微一抬头，面前就是一片虚无的浓雾，灰色里隐隐有一些塔楼，还有许多像风车一样转动着的铜手铝臂，以独裁者般的傲慢姿态不徐不疾地运作着。那些塔楼建得相当之高，倘若你是一个国外来的观光客，要看近一些的塔楼就需要把自己的头翻转九十度，稍远一些的仅需翻转四十五度，再远一些的就淹没在了灰色的浓雾里，任你把头翻转多少度也看不见了。

皇城里的黄昏时分，天上下起了细雨，如同春季里槐花落下，空气带着点儿淡黄色，不过你能闻到的，却是一股刺鼻的硫磺味儿，从该城里最大的军需工厂的冲天烟囱里飘出。一只孔明灯，出于某种未知的原因，正徐徐飘过你附近的一座塔楼的塔身，再掠过漆黑的尖顶。你的目光追随着那盏灯，缓慢飘进了云雾里，慢慢地，你觉得自己似乎已经走进了过去，走进了另一个国度，它是荒诞似乎又是真实的……

半个世纪的战争过后，各省街道损毁，房屋垮塌，全国上下一片颓败的景色，此时西慈将军刚刚归国。这位传奇的军事家在其早年肃清了东部沿海不请自来的海盗之后，紧接着就前往北方，参加同高俪的战斗，十年间他就完全掌握了同敌国作战的全国总指挥权。将军的部队在路经各地实行的亲民化政策以及他本人那令人称道的绅士谈吐，都深得民众的青睐。后来他回了国，接受了靖国公的爵位，政府就把修复都城的事交给他去办，同时给他发放了数额巨大的工程款，不过旧都彩云城没有得到修缮，而是直接迁都到了环锦。

旧都彩云城原是一座木头城市，几十年后变成了砖木结构，但将军在他的蓝图上拟建的却是一座黑色的钢铁之城。在动工之前，他不仅亲自设计全城的布局，安排塔楼、护城河、索道等军事工程的结构和地点，还给出了数十种用于平民百姓参考的民房建筑蓝图。这些图纸统一绘制在一种厚厚的山羊皮纸上，发给下面的施工队做参考——每一种房屋结构之中，都设有螺旋塔、回形楼梯、地下室、暗道等等，无论是谁，只要按将军的任何一种方案来造房子，最后都会建成一座大迷宫，而这种构局能把任何一个人困死在里面。也就是说，此时他有点儿欠揍。当程西慈尚年轻的时候，也是一副特立独行的欠揍模样，不过在当今大搪里，除了皇帝本人之外，谁见了他都要跪地行礼，要揍他已经来不及了。这告诉我们一条真理，揍人要趁早，晚了就来不及。

三

这天早上，将军独自外出前往察看兴建中的军事工程，缓慢的工程进度让他不禁焦虑起来。在他回府之前，府上的门丁收到了一封署名寄给将军的书信，就将它转交给了将军的管家。这位管家生于北方的沈胶，那里曾是历史上著名的“清和将军”的故乡，由于管家在一个妓院里出生，并且在全国各地做过许多卑微的工作——酒馆招待、盐贩子和木工，甚至曾在一个富人府上做过每天给一头狮子和两只斑马冲凉水的工作。起初，他的出身在将军的下属中很不受待见，但是他渊博的学识和良好的修养弥补了这一缺陷，现在他是将军最信任的人之一。

管家把信件交给了刚刚回府的霍林将军，霍林把信揣在了怀里，打算等将军回来，但是直到晚上他也没有见着将军本人。第二天的下午四时，霍林大步踏进程府的后院，一群停在水井边的鸽子立马咕咕地叫起来，哗啦啦扇动着翅膀，但是丝毫没有起飞的样子。这时霍林就从眼角处瞥见了将军——他刚好从一间屋子里走出来，身着毫不考究的便服，像年老昏聩的人一样缩着肩膀，那头标志性的鬈发在额前毫无生气地垂落下来。他抬起头，双眼无神地瞥了霍林一眼，随即缓慢地踱开了。

这一眼却让霍林愣住了，因为几天前将军还精神抖擞，时刻穿着正装，每天上午准时外出参加各种活动，在晚饭前必然看完所有的报告，即使很难说出其中一些有什么价值。总之，将军看起来还不像一个完全丧失希望的人，甚至相当有活力。就因为这种震惊，霍林一时忘了怀里的信，直到将军的晚饭吃完，这封信才终于落到了他的手中。

将军在客厅里读完那封信，他睁大了眼睛，疑惑地站了起来，因为一种感觉正在他心中升起，他头脑里想到了一些词儿，全是从未知的角落里跳出来的，比如“地下矿场”“石头城”“父亲程景”等，一个地名也不知不觉蹦了出来——大叶寺。

他一动不动，企图不让自己做任何思考，否则就会被无形的绳索拖到未知的深渊里去。不过他没有成功。他的目光穿过一扇刻有鸢尾花纹的窗子，落在院里的一棵石榴树上，一只烟蓝色的鸟儿正停在枝桠间，用岁月般悠远的目光看着他。至此，他已完全落入了回忆的罗网。

第二章

一座永不衰退的城市。

一

在一百年前，首都彩云城乃是一座靓丽的白色圆形城市，好似巨型的罗马竞技场。皇城的街道一律用光滑的石头铺砌而成，以伟大的皇宫为中心，逐渐向里推进。而越往城市的中心走，你会发现街道似乎正在变窄，街旁的房屋和树木也都变了形，仿佛受到空间压迫而变扁了，久而久之，就连住在房子里面的人也会长得有点儿奇怪。举例来说，当你站在街上跟一个人寒暄，此时他是一个身材高大的人，但是寒暄完毕，他一转身，你就发现了他其实更像是一张被压扁的饼。不管怎么说吧，这也是首都的一种地域特色，指不定他们以后能进化成一个新物种，这不能说到底有多坏，至少对于我们做生物研究的人是有利的。

众所周知，东方的大搪是世界上公认的道德建设最好的国家——但凡大搪之内，众人道不拾遗，夜不闭户，不仅如此，大家在晚上睡觉的时候还要把大门、窗户、抽屉和保险柜等统统打开来，因为谁都知道，大搪人中绝对不可能有一个小贼。要是有人在商店或者马场里捉住了一个企图行窃的人，那么此人一定是一个偷渡来的外国佬。依据大搪法律，必须将他送到当地的县衙，由衙内四个壮汉轮流举起大棒，往其屁股上打一百二十大棍，把屁股打烂，然后就近遣送回其老家。这样一来，就有大批的搪治人流落到了国外，其中以真腊和赤土居多，少部分人披上亚麻布回大食去了，剩下一些被遣送到非洲等地，和当地的食人族厮混在一起。

西慈将军的父亲名为程景，在此人十三岁时，开始生活在这样一个大搪里，并且有幸身为一个首都人。十三岁之前他独自生活在大叶寺里。大叶寺是一座废弃的终年葱茏馥郁的古佛寺，大得像一座迷宫，但这还远远不是故事的开头。我们唯一知道的是，那时的首都彩云城名不副实，乃是一座单调的白色城池，假如你花大价钱乘坐当时最新潮的交通工具——热气球从城外的高山上升起，就能看到这座白色城市的全景图。

此时政府严格要求城内所有的木头房子的外墙上都要刷上白漆，如果是砖石构成的，就要贴白瓷，而皇帝住的宫殿，那就要用最纯净的汉白玉和艾叶青砌成，并且用白色鹅卵石来铺路，用石英石制作水磨石地面，用防水的石膏雕像，等等。与此同时，彩云城里的人也都穿着白色服装在街上走着。

也就是说，达官显贵们身穿雪白的绸子、丝绒，平民百姓身着经过漂染的素白棉布，而乞丐们则身披灰白的麻布，所有的人就与城市融为了一个整体。鉴于上述情况，你也许会说这群人脑子有问题，但是在他们自己看来，情况却可能不是这样的。他们会一本正经地告诉你，这样的着装代表了道家以简应繁，清静无为的思想，也有人说白色是今年的流行色，或者，大家今年都信仰了佛教，全体禁欲，等等。

一些不远万里来到搪治的外国使节，看见这样的一副景象都感到吃惊，跑到皇城的街上去做采访，这时城里的一些年轻女孩们就会相当配合，主动掀开外衣，然后把大腿伸到人家腰上去。由此你知道了，此时的大搪里有一些女孩子思想相当开放，在这一点上就很不符合道家精神。

不仅如此，皇城里还种满了只开白花的乔木和灌木：秋海棠，夹竹桃和女贞等，十里长的驿站旁就要栽上四月里飞絮的杨柳。那些树在很长时间里没有人去修剪，逐渐就长疯了，先是挡住了窗子，长过了房顶，接着掠过了炊烟，还在不停往上生长，想把整个彩云城笼罩在其中。要我说，居住在这样一个地方简直叫可怕，但是所有的首都人已经习惯，并且乐意看到这样一派景象。

即使不是所有，至少也有过半的人认为这样的情况还不坏，否则一切就要乱套。自然也有一些首都人住得有点儿厌倦，但是还没有下离开的决心。离开是一件无比困难的事，涉及到复杂的搬家作业、找新工作、应付新邻居，等等，事实上我们不必如此麻烦，我们有更好的法宝——懒散，有了它，世界上的一切不可忍受都变得可以忍受。生活在这样一个社会群体中，唯一且永恒不变的法则就是，时刻让自己看起来跟其他人一模一样，像他们一样吃饭、作报告、面带笑容与人握手、看时装展，让别人认不出你来，也不给自己异想天开的机会。这就是程景在三十岁时彩云城里的情况。

二

程景少年时，彩云城刚刚成型，乃是一座土建的新城。他进入青年时期时，就已长到了六尺多高，从大搪单位换算过来就有 1.8 米。有史料记载，程景双目炯炯有神、剑法精湛，乃是大搪的第一剑客，要是在现代的话，就很适合当一个电影明星或者麻豆之类。

少年程景独自生活在大叶寺里，这座古寺墙皮脱落，被人遗忘，院墙内一年四季都有浓厚的绿荫，寺墙外漫山长着树干笔直的杏仁桉，这种植物散发一种淡淡的清凉香味，闻之使人神清气爽，精神大振，但若是一个人初次闻到，却有可能被当场迷倒，全身立即长出红疹子，精神恍惚，几个月内都难以恢复。少年程景把所有供人出入大叶寺的通道都用石头砌住了，进出必须搭梯子或者翻墙而过，这简直叫奇怪！但是程景站在寺墙外，披头散发的弓起身体，忽然纵身一跃，就如同一只灵活的树蛙般翻进去了。

他走进了这座古寺的内部，也走进了寂静无声之中。前院是一条荒芜的庭廊，铺路的大理石开裂啦，路的两旁长满了密密麻麻的亚热带植物，地上满是松针和碎瓦，形成了一座小型的植物生态园。寺的后方则是一坡绵延不绝的森林，长满了马尾松、侧柏和樟树，其间游荡着一些野猪、野马、獐子和鹿子。

程景穿过走廊，走进其中一个房间，这屋子里采光均匀，正对庭院，但是有一股可疑的气味——一股由刺鼻的升汞味、硫化物的火药味和某种胶凝物质的牡蛎味混合而成的味道，如果你的鼻子再灵敏一些，还能闻到橡胶的糊味、硫磺的臭味和木头的腐烂味等以及更灵敏的嗅觉才能闻出来的其他味道。除此之外，窗户下有一张木质的长桌，宽得一张床，上面杂乱的堆放着各种物品：焙烧炉、汤匙、蒸馏装置、试管架和矿石样品等物。

程景脱掉自己的外衣，两步跳上了挂在房间里的吊床，他闭起了眼睛，深吸一口满屋子的气味，然后想到：试验室里的有毒气体经久不散——一个人，若是不明所以地跑进来，指不定就会被立马熏倒，这可真是不幸呐。

程景倒不是同情那些擅自闯进他的家里来捣乱的家伙，他作出这种设想的原因是它不可能发生：他对自己修补过的寺墙十分有信心——不仅把供人和林兽出入的门洞都砌住了，还把围墙加筑到十尺之高，只有蝴蝶和鸟儿能飞进来，不能再高了，再高就要塌下来啦。

这样的高墙在彩云城里是随处可见的，普通民房低矮，群居而生，一面高墙对于每家每户却是必须的，不仅是民房，城里的剧院，赛马场，垃圾处理厂等，也要尽量把墙筑高，仅留几道小门，就像是中世纪欧洲城堡的模样。如果你从上往下俯视这座城市的话，就会发现它如同卡尔维诺的莎克拉城一样，仿佛是始终存在于建立之中，而非衰退之中的城市，不过彩云城可不是莎克拉，众所周知，彩云城是一座繁荣的经济之都，也是世界的文化之都，彩云城人可不屑于拿它跟任何一座城市作比较呀……

第三章

璀璨的森林夏夜。

一

当程景进入了少年时期，就把及肩的短发全部扎在脑后。他目光敏锐，身体异常灵活，皮肤由于经常穿梭于山野之中而呈现出了好看的橄榄色。在初夏时节，气候清爽宜人，天空像一卷平坦铺展开来的轻盈薄纱，光亮从细纱间透下。他翻过寺墙，嘴里吹着口哨，带着自制的捕鸟器和绳子等工具，钻进后山的大片森林里四处游荡着，准备捕鸟了。

彩云城外覆盖着大片的森林，这片宝地草木葱茏，尚未开发，保持着原始的形态，不过只消短短二十年，它几乎全部消失了——我们的搪治皇帝下令重建崭新的木质彩云城，森林就变成了住所的原料，森林之神就被大家赶到看不见的边角去了。要进入森林的腹地，程景有很多条路可走，一片开满虞美人花的墓地是程景的必经之地。

发蓝的浓雾笼罩着这片亡灵之城，一座座陵墓好似一个个巨大的发光绒球，每座陵墓就是一扇窗户，死去的人通过它向人间作最后的张望。尸体掩埋得越久，发光就越黯淡——一座新坟，就会发出火把一样亮的光，过路的人可以看见死人们闷声不响地坐在它们的坟顶的光亮之中，彼此之间无法交谈，只是不时抬头望一眼四周，疲惫地打一个哈欠，就低下了头颅。等到有人再次经过时，就只能借着坟顶发出的微光看见它们大概的模样了。等到灵魂们终于不再留恋人间，模糊的光芒也就消失殆尽，尸骨慢慢腐化为泥土，最后的窗子也关闭了，这些灵魂就飞向了遥远的地方。

程景穿过墓地，踏进了大森林的领地，地面变得松软潮湿，爬满了各种形状奇异的癣类，古木深入云天，于云中交错。他捉住了几只灰琼、金丝雀，还有火团样的交喙鸟；大山雀们把巢穴筑在极高处，就耐心地等在它们外出觅食的路上，然后伏击它们；一种白底蓝头、翅膀像两把刀子一样的鸟儿，时刻停在高处俯视着一切，一有响动就立马飞走，一旦被捉住锁在笼子里，它们就会不吃不喝，直到死掉；黄色的体型娇小的鸟儿，总是两三只一起，叽叽喳喳，形影不离。

程景在林中捕鸟、打猎，偶尔遇见一批偷偷伐木的工人。工人们体格粗壮，赤裸着上身，因为经常日晒和饮酒，全身的皮肤显得通红，每个人都是光着头，因为头发沾上了松油很难洗去。他们把几捆粗绳子扎在腰间，手里拿着刀斧，成群进入到森林里来，叮叮当当一上午就能把一小片林子放倒，此情此情往你面前一放，不由得你不害怕。

程景当时正在树上掏鸟窝，从眼角里瞄见了他们的行为之后，却立马从树上跳了下来，对他们大声呼喝起来。

程景试图给壮汉们讲道理，说伐树是不道德的，但是那些工人连听也不要听，用带着本地口音的大搪话对他说到："去你的!"直接绕过他走开了。这时程景忽然一把抓住走在最后的小个子，拖住他就往外跑，结果那群人"咿咿呀呀"叫着追了上来，把他团团围住，大声喊道："你要干吗？！把他拉去官府吗？！"程景看着他们，摸了摸鼻子，不好意思地说："你们这样做是不对的。"

他们理直气壮地问道："那怎么才是对的？你到林子里打鸟就是对的吗？"

程景答不出来，只好羞愧地把那个小个子放开了。

此后，程景再次遇见这些人，就感到十分尴尬，不再从树上跳下来了，只是让他们不要砍他正抱住的这棵树。有时遇到几个蛮横的年轻工人，他们曾听说过这个脑子似乎有毛病的小子，就笑嘻嘻地拿起斧子开始假装砍树干，程景立马跳了下来，站在原地，用双眼瞪着他们。双方都不准备打架，仅仅产生了口舌之争，那些工人不说大搪普通话，只用难懂的当地土话开骂，程景刚刚学会了波斯语，于是用波斯语回应，双方产生了语言沟壑，于是一会就无聊地散去了。

程景对森林里的一切了如指掌，却对彩云城里的事情一无所知。本年大搪首次颁布了关于外国人在本国经商的法律，并且迎来了有史以来最大一批的外宾——一队经长途跋涉而来的希腊人。他们在六月里来访，个个身披紫色的软羊皮制成的衣服，嘴唇上有蜷曲胡子的是他们的领队人。大搪皇帝在辉煌的皇宫大殿里接待了这群外国人，他命人端来最好的食物和美酒，用最迷人的美女来招待他们。使者们都被眼前的美妙情景迷住了，然后恭恭敬敬地向搪朝皇帝陈述了他们此番来访的意图：他们将要把大搪无与伦比的文化和经济景象记录下来，回到西方到处传颂，他们将首先在彩云城里做某些文化交流，并且请求得到开办学院的许可。

坐在宝座上的皇帝瞟了一眼台下的外国人，慢慢伸开他戴满玉指环的手。在他的食指上，有一道淡红色的疤痕，好似一只花瓣落在了上面。他凝神沉思了一会儿，低声吐出几个字，接着他旁边的侍从就高声重复了皇帝的话。他说皇帝已经应允了他们的请求，不过，使者们必须将他们从希腊一路而来的见闻都记录在书上呈递给皇帝。皇帝不动声色地沉思着，他知道使者们必然途经许多国家，他虽然从小就在书籍中读到过它们，但是他想亲自验证一下这些书里写的到底是不是真的，而且他也想知道，在这些外国人眼中，自己的国家是个什么样子。不到一个月，他就命令掌管经济的臣子把经商的政策进一步放宽了。

此时的彩云城里迎来了真正的商业繁荣，各国的商队从四面八方赶来，他们在大搪周围开辟出了无数条商道，尽管绝大多数没有在历史上遗留下来，因为只消几个月的时间，浮动的绿草或黄沙就会覆盖这些路径，堙没无踪。这些来自波斯、大食、骠国和林邑等国的商人，用马匹、大象和骆驼运来了许多新鲜商品：象牙制成的手串、银制的餐具、玻璃吊灯、铜钟、红宝石项链、巨大的石像；还有能用双腿行走和唱赞美诗的木偶、能带人升入天堂的金属魔环；一尊被制成木乃伊的幼年天使，被放置在水晶玻璃箱里供游人参观，每次只需付四个铜钱……一群来自大食的年轻妓女，穿着镶有金色亮片的上衣和裹着臀部的曳地鱼尾长裙，把乌亮的头发盘得高高，在用兰花装饰的马车上向人们做着飞吻，鼓号声传遍全城。在今后的三十年内，彩云城里都不会再出现这种异常繁荣的景象了。

二

在少年程景眼中，各类玄学武功非常了得，他身手矫健，很能耍几套剑术，尽管如此，他使出的剑却很难伤人。我们知道这位程景确是一个剑术高手，而且堪称天才，甚至在他二十五岁的时候还因此差点儿引来杀身之祸，那是在他跑到其他城市当混混打手的时候，即使在那时他的剑也很难伤人，很难伤人的原因是他不想伤人。

程景坚持每天早晨在大叶寺做操和跑步。他的体操动作总是兴之所至，随意加入下腰、下叉、连环踢腿等高难度动作，堪称群魔乱舞，猖獗无比。等到他做完了体操，再绕着大叶寺跑上两圈。试想：程景每日重复着这样生活，无婚无子，几十年后他老了，大叶寺也变得更加破败了，他就在大叶寺孤独终老。若真如此，那也就没有后面的事情了。

真实的情况是，在大搪的全国混战时期，程景的长子程明初是政府最大的通缉犯，次子则是具有传奇色彩的西慈将军，此时传来关于战争近况的各种消息，但是它们说法不一，互相矛盾——有人说将军的部队在荷鄯区遭到了敌军的伏击，他为了躲避长枪的攻击顺势往旁边一滚，结果滚入了燃烧的火油之中，也有人说将军的部队正在向北部的山区挺进，但是喝了河水的军队正在集体闹肚子。由于战乱和匪徒横行，这时全国都在办丧事，死掉的人几乎都来不及埋掉，街头上到处是人和野狗的尸体，然后又被烧过的垃圾和碎砖头塞满了，变成了前所未有的恐怖时代——人人都是受害者，人人又都是暴乱分子。

程景听到别人谈论起这些事，就觉得言论的中心人物不是他的儿子，而是某个陌生人，这个时代不是自己的，而是别人的。老年的他躺在摇椅上环顾四周，猛然发现大叶寺似乎在转眼之间就变成了一派荒凉的景象：窗子被吹坏啦，木门腐烂啦，十几个探险队员留下来的探险工具已经堆在墙角生锈、发霉。他听见遥远的地方传来了岁月的回声，就渐渐抛开眼前的景象，重新回忆起了少年时代的图景，回忆起了在森林里的那些璀璨夏夜。

今夜，少年程景又跑到了森林里头过夜啦。夜幕降临，夜色逐渐笼罩了城镇，森林里却开始热闹起来了。程景仰面睡在大树干上，手枕在脑袋下面，周围是各种昆虫振翅的声音，水流的声响，猫头鹰的笑声和杜鹃的布谷声轮番上阵，萤火虫们的灯笼里发出淡绿的冷光，数不清的这类萤科昆虫组成了一条条闪亮的河流，在整个森林里流动。他抬起头，看见星空也在缓慢地流动，他就睡着了。

三

夏末的傍晚，热风刚刚平息下去，程景穿过挤满了木槿花的院子，趿拉着拖鞋向试验室走去，这个晚上他不停地穿梭在各种试验仪器之间，天亮的时候，身上的汗水已经被蒸发了，他的身体疲惫不堪，立即躺倒在了吊床上，一边呼吸着试验室的废气，一边感到飘飘然，仿佛刚刚吃过了一剂鸦片酊。

说到这里，不得不谈到程景的这些试验，都是在毫无安全措施的情况下进行的，有时屋子里充满了试验过程中产生的废气，却没有能够及时通风，人在里面呆久了就会产生幻觉；他曾经在浑浑噩噩间把手伸进一罐强酸溶液，因此狠狠烧伤了几只手指；一次在给试管加热的时候，炸裂的碎片差点儿飞进他的眼睛，等等。考虑到他几乎不与外面的世界产生联系，又有随时死掉的可能，所以我们大可认为此程景基本不存在啦。

到了傍晚时分，程景终于从吊床上醒过来。此时夕阳照耀着房前的院子，几十只白色的菜粉蝶正停在窗子上——菜园里满是这种吃花蜜的蝶子，当太阳落山时它们就会成群扑到窗子上来，好让人在屋子里什么也看不见。他从吊床上跳下来，打算弄点儿吃的，于是大步走向门外，不曾想被绊了一脚，他低头看下去——正是一只歪歪斜斜放着的鞋子的恶作剧，而这只鞋子根本不是他的！

由此他确定无疑了：有这样一个家伙，当他不在的时候溜进大叶寺，并且胆大包天地把鞋子落在了他的门前！程景本应该设法捉住这个家伙，但在他想出捉住这个家伙的妙招之前，一阵奇异的感觉从他心里骤然升起来。半个月之后，他下了一个前所未有的决定——他要离开大叶寺，到外面去过真正的人间生活！

第四章

过真正的人间生活，就是置身于其中，并且无所察觉。

一

程景在伟大的首都彩云城里一个李姓富商的府上做打杂的小厮时，刚刚十三岁。富商的宅子是一座大豪宅，共分为东西南北四个苑，每苑又包含了数园，其内均设有桥廊亭舫，厅阁轩榭，共计厅堂三十六间，水池一百二十座，假山七十座，门廊一千一百五十道等等，此外李府里共有一百多名仆工，程景就是其中的一个。

八月间，彩云城里正值炎炎夏季，炙热的阳光把街边的一排排樱桃树和草丛都晒得蔫耷耷的，人就好像呆在蒸笼里的一只包子。程景穿着府上统一分发的蓝布工作服，在各个院子间跑来跑去，别人大汗淋漓，他却不出一点儿汗。对于这套衣服，需要加以解释的是，穿在程景的身上简直一点儿都不合身——裤脚只到小腿，腰身又像戏服一样宽松，但是李府里没有一个仆人系腰带，他也任它那样松弛着，样子奇怪无比，但是他对此一无所知。

中午开饭之前，在西苑的后院里，程景爬上了一把梯子去给几个牲口圈的顶蓬铺满棕榈，烈日灼灼，而这些大耳朵的小畜生正在蓬下哼哼唧唧地睡大觉。半个时辰以后，他终于干完了这活儿，就回到工人宿舍里换下了灰扑扑的工作服，并且脱掉了棕色的牛皮靴（这种人造皮革相当重），然后把头发一股脑往后扎了起来。他的头发有点儿自然卷，在阳光下带着少许紫色的光泽，与此同时，他还有一双仿佛天生就不会被任何事物迷惑的眼睛，足以迷倒许多姑娘，但是程景仍旧对此一无所知。

程景在李府里当差的期间，总有人来找他的麻烦，此人通常是西苑的管事张银。这位张银管事中等身材，可爱的圆脸上嵌着一双阴险的细眼睛，眼角处闪烁着狡黠的光。此管事的脖子长得很粗，令人怀疑其小时候患过甲状腺肿大，管事每天穿着光鲜靓丽的衣服，通常取挺胸挺腹的姿势站立，显得很是体面。细眼睛管事总是大呼小叫，到处指手画脚，发号施令，因此很是讨厌。

要是几个工人在水井前的木槽里淘洗芋头和苋菜（这种芋头原是北方的作物，种到南方以后就变成了西葫芦的模样），细眼睛管事就漫步到人家身后，弓腰凝神等待，一看到此人的动作慢了下来，立即在人耳边大喝一声，以便把此人吓得魂飞魄散；要是有工人满头大汗地扛着四袋面粉往储物室的方向飞跑，正从管事面前经过，他当即喊住他们，不紧不慢地道"减速慢行"云云，总之不让他们走，把人家累得要死。每逢月初，西苑就会有外面的工人运送干材进来，细眼睛管事就跟这些工人聊天，询问这些木材的产地，因为他自认为自己对彩云城的各个林区了如指掌。等到人家干完了活儿，要急着回家时，他居然又和他们大谈特谈紫檀和乌木的特性，最后搞得人家其烦无比，只好愤愤然地说家里着了火，要赶快回家救火，他才勉强放开人家。

他到处溜达，一看见有人偷闲立在那儿聊大天，立马朝那个方向快速移动身体，然后杵在聊天者们旁边，用细细的眼睛盯住人家，与此同时，身体前倾，脖子拉长，假装自己是一只被吊死的鸭子，直到再没有一个人有兴趣说下去为止。

后院里的每个工人对都细眼睛嫉之如仇，都在心里祝愿他早日滚蛋，但是每个人又对他有一种畏惧之情——如你所知，细眼睛这种人虽然招群众讨厌，但却深得领导们的信任，因为他装出一副非常尽忠职守的样子，到处指指点点，就在领导们面前有了话语权。倘若一个人太过本分，不仅不会被领导信任，而且还会被周边人忽略掉，在任何场合都将失掉存在感。

同时我们知道世界上还有一种人不被领导信任，那就是程景这种人——他平时努力干活，但是正当领导检查时，他连装都不愿装得尽忠职守。但当他程景老了以后，他却装起傻来：假装记忆力不好，眼睛坏掉，耳朵聋掉等等，打算失去任何人的信任。后来装着装着，他就真的变傻啦，异想天开地想通过炼金术发明出一种丹药，好使人能够长生不老，永葆青春，他的老婆扬花一见他的这副样子，就气得跺脚、瞪大眼睛。

可以理解，一个从小被训练出来的杀人魔王，见到一个活人就会忍不住产生一种将之杀掉的欲望，一个人一旦成了领导，脸上就会自然而然带上一种假正经的表情。细眼睛也时刻在发出命令，张嘴训斥人，已经形成了一种条件反射。他还惯用一种的句式说话，即："快给我……"或者"别给老子……"他呼呼哧哧，重点是"给我"或者"给老子"，强调某种所属关系——好像我们都附属于他一样的呐！

细眼睛现在六十多岁，小时候历经过大搪建国初期的景象，曾经迷信鬼神之说。那时候全国都在搞劳动竞赛，连小孩都在争指标，各类研究团体更是数不胜数——代表妇女儿童利益，代表形而上学，代表某数学派系，代表创新精神，代表孔孟思想，等等，仿佛节日里的烟火在天幕上遍地开花，独有一个叫"道炁"的组织，在首都引起了轩然大波。该组织大肆散布关于鬼神、地狱的谬论，吹捧大道神灵，四处招揽党员。他们声称，凡加入本组织者，只要生前克己复礼，不享乐贪欢，听从组织管教，死后的灵魂便会飞向永恒的灿烂之国，相反，不信教者就不好意思啦——你们的灵魂将统统前往地狱报到！他们大肆描绘地狱的恐怖景象，以致城里有一些小孩子听过这些言论之后，就变得双眼失神，呆呆傻傻的，李府后院的同事们都觉得细眼睛管事就是在那时受到了精神创伤，而且一直创伤到现在。

这个组织在很长时间内没有被政府办掉，少年细眼睛就顺势加入了道炁，但他深知自保之法。也就是说，在大家都加入时他就顺应潮流，在邪教马上被办掉的时候他就假装自己对这个组织一无所知。至于你问，为什么不早点儿把这个邪教办掉呢？当然是因为没法儿办掉嘛——彩云城里的人口有四百万，加入该教的人有三分之一，把这么多人一起办掉是一项大工程。你又问，这些家伙为什么加入该组织呢？喔，虽然你并不认为我们的人民像无齿幼童一样轻易上当，也不像驴子一样任人摆布，但事实就是如此呐——我们一吓唬就听话，这还不能说人民都是蠢蛋，大家有时候都挺奸诈的。

另外，无论是对天堂的热爱，还是对其他虚构物的迷恋，因为它们点亮了只有在幻想世界中才能存活的精神之光，因此具有蛊惑性，受蛊惑者们往往对诱发物定义不明，就像身体的自残者绝不真正蓄意谋杀自己，只是借金属刀具、毒药和跳动的火焰创造一个他们所迷恋的、充斥着绝望与泪水的世界。在其他人看来，受蛊惑者们显然是走上了歧途，不禁要叹息垂泪，但是我们这些已经陷入痴心妄想的人就不会这样想，我们认为自己走上了捷径，走在别人看不见的光束之下，并且认为其他人都是大傻瓜。

现在细眼睛已经老了，有一段时间里他止不住怀念起了过去，每天早饭之前先在香炉里烧掉一块裹着牛油的红布，并且再次高唱从前的教歌——管事独特的沙哑嗓音有助于破坏大家的听力，使你从此以后在粤曲中能听出昆曲的腔调，听一个男低音就会变成姑娘的娇嗔。

二

少年程景在李府的西苑里工作，忙得团团转，大约每天清晨五点，当彩云城还停留在最后一个梦的尾巴上的时候，他被领班的巨大的嚎叫声给吵醒了。长了一张马脸的领班，个头却像一头熊，任何人站在他面前，他都只需用一只手就能抓着衣领将其拎起来。工人们立马在后院里排队集合，等待马脸发话。马脸讲起话来声震天地，语速犹如速射机枪，并且他操着一口北方某地方言，程景站在队列中间，对他口中吐出的东西完全摸不着头脑。他盯着那张马脸就出了神。

每天除了工作之外，程景要用另一半的精力观察这位顶头上司的表情，以弄清他要表达的意思。比如马脸看着自己时，眉头紧锁、棕色的眼珠子一动不动代表什么；他一边朝自己走过来一边打着哈欠，但又努力不张开嘴是什么意思，他训话时手指敲击桌子，同时左右快速转动眼球又代表什么意思，等等。愁眉紧锁可能是因为程景今天长得有点儿难看不入其法眼，或者因为前几天的早上他迟到了两分钟，又或者马脸的眼睛里进了沙子之类，总之程景好似一个围绕在君王身边的政客一样，每天都在揣测掌权者的一言一行，他逐渐觉得自己的脑子在这方面不太够用了。

这里还需要解释的是，为什么程景知道速射机械，因为此时的大搪里已经出现了这样一种类似于现代机枪的机器。如前所述，在那个到处搞劳动竞赛的时期，首都彩云城里有一个全员都由留洋人员组成的机构，他们专门以速度、效率等为指标，搞出了一些在当时很先进的东西，其中就有一种叫“起隼”的军事武器，这种大型弓弩每秒能齐发六十五支箭以上，相当于现今美国陆军的速射 M134。不过，此种机械有一种显而易见的缺陷——必须由十人以上同时操作，而且每使用一次就会损失掉一批操作者——它的结构稳定性实在太烂，使用过程中就会因为失稳而导致主体结构崩塌，几百公斤重的臂，一旦垮塌就会连同下面的操作者们一并砸进土里。每次清理试验现场的时候，谁也很难说清土里的那一堆红黑东西到底是什么。

为了克服这种缺陷，这群聪明绝顶的人绞尽了脑汁，最后只在机械上安装了一个简单的装置，问题就得到了解决。这批武器，后来在与高俪的某次战斗中被使用过，然而打完仗后这支搪治军队就被吓得不轻，战后报告上说，这种大型弓弩虽然威力惊人，但自身目标太大，在一瞬间就被敌人不知何处发射过来的隐形炮弹给摧毁了——哇哦，敌军还发明出了隐形炮弹！但这些人怎么也想不到，发明机构里的这些家伙在机械上安装的，不是别的，仅仅是一个自爆装置：一旦机械要倾斜倒塌时，就会立即自动爆炸了。责任查不到那些发明者的头上，而且据说他们因为突破了几项指标还被授予了特殊贡献奖。

三

彩云城的初春时节，正是风寒流行的时候，不过风寒当时还不知道有程景这号人，就没有把他算在感染的范围内，因此当工友们咳嗽不停、头昏脑胀的时候，他就穿上了宽大的工作服，早早起床听完训话，就准备好工具，到森林里的河边去运水回来啦。

这条路单程超过三里，每天程景需要把七口大缸装满，才能满足李府的所有牲畜（人以外）的饮水量。程景有一个任务小组，里面都是比他身强力壮的家伙，因此无论如何也不应该安排三个人去马场同场主商议租马的事宜，另外的四个人跟着马脸领班去市场上搬运布匹，而让他一个人去运水，但这些家伙都对这种安排毫无异议，私底下还想方设法的嘲弄他。

其中有一个外号叫疹二的，喜欢像猴子一样抓耳挠腮，他说话时总用一种阴谋论者的语调，他叫嚣道：现在的年轻人应该得到教训啦！让他们认清自己是这个时代中只会啃墙角的耗子，对他们决不能仁慈心软，让他们吃点儿苦头吧！他眯起眼睛，恶狠狠地朝程景瞟了一眼，但这种眼光里还含有一种惊恐的成分。

程景想问："为什么这么说呢？"他刚动一下嘴，一直抱起双臂站在一边的家伙突然嘿嘿一笑，说："你看，老疹，这小老鼠还想同你理论理论哩！"

这个叫黄麻的家伙，喜欢把手臂抱起来，站在人群中眯起眼睛看人，不时在众人谈话时抛出一句刻薄的话，以此表示自己的高姿态。他倒不是对此人有意见，因为他对谁都有意见，经常在一个人面前说起另一个人的坏话，在他的所有缺点中以这点最令程景讨厌。除此之外，黄麻还常常用下流的语气谈到性，谈起姑娘。只要一说到街上做肉体交易的女人，他那副笑眼迷迷的样子，保证各位姑娘看后一定皱着眉头发出一声"哦"。黄麻似乎对那些只要给钱什么都肯干的妓女很是唾弃，好像他是一个道德家似的。尽管周围还有一些女工，他却话头一转，立马就谈论起女人的肉体来，而且专挑最下流的词儿，其言语之猥琐，简直让程景想要捂住耳朵。当黄麻得意地说起他去烟水舵，那个妓女是怎么为他服务的时候，程景断然走开了。

这些消靡的言谈让程景感到难过，他刚满十四岁，还从未体验过爱的情愫，不过他认为，男女之间的爱情不仅是美好的，而且是至高无上的，犹如照耀在这个平淡无奇的世界的高处灯火。他自我安慰地想到，世界上有那么一些雅致的年轻姑娘，她们不可能和男人做出那种肉体的勾当来，如果有男人和她们堕入爱河，他们之间的爱情必定是纯洁而高尚的。这样想过之后，关于爱情的看法，程景对自己又有了信心，于是就单纯地开心起来了。

第二年的四月份，后院新来了一个名叫塔河的小伙子，是一个身材高大，具有幽默感的家伙，这种幽默感表现为：经常拿别人取乐。塔河会耍一些小把戏，他首先会非常绅士地请某个工人给他一件小东西，然后将它藏在自己的手心里，接着在众目睽睽之下，一只宽大的手掌一收一放，那东西就没了。这自然引起工人们的一阵喝彩，不过那些被他变没的东西，他却再也不归还给主人啦。

除了几个被捉弄的人，其他人都挺喜欢塔河的这些小把戏，都愿意和他呆在一起，因为他总是那么热情、快乐，对什么都不在意，而且会讲故事！塔河曾经是一名水手，据他说，他曾坐船到过几个国家，见多识广，因此大家都愿意聚集在他的周围听他的故事。塔河告诉大家，尽管自己身强力壮（同时举起胳膊展示肌肉），但是一开始没办法适应海船的左右晃动，为了防止晕船，他曾试过各种办法，但都不大管用。有一次，他们的大船到达一个国家的海港，船员们在当地的酒馆里饮酒时，听人说起在当地的海里，有一种长着蓝色鳞片的蛟，食用它的生肉就能治疗晕船。因此在当天晚上，塔河草草吃了晚饭，就伙同几个年轻的小伙子，偷偷放下了大船上的小艇去围捕这种潜蛟。他们喝了不少混合着海沙的咸水，结果还是让那种头上长角的生物给溜掉了。

大船继续起航，到达埃罗群岛附近时，忽然遭遇了海上的暴风雨天气，大船的双桅被闪电劈中了，接着船就撞上了暗礁，差点儿变成碎片，当时船上的每个人都以为自己要完蛋啦。然而，在船长有力的指挥下，船员们齐心协力，最终冲破了那片海域。过了好一会儿，大家才逐渐发现周围的风浪减弱了，船也停止了剧烈的晃动，每个人仍然心惊胆战。在航海期间，塔河和同伴们每天都穿着统一的制服，吃同样的饭食，二十四小时随时待命，塔河吃不了那苦头，回国的第一天，他向船长讨了工钱就走掉了。

细眼睛管事在工人们的周围转悠着，他想过来听但又不好意思。他也曾经在船上干过水手，因此在这件事上也拥有话语权，但他觉得如果他向程景们走过去，大家可能就要起身散开。事实上大家的确都起身了，但管事的脸上忽然带了点笑意，伸手一挥，大家都听话地坐下了。管事一屁股坐在大家中间，默默地听塔河讲完，忽然像变了一个人似的，热情洋溢地开口向其他人讲起了他年轻时的航海经历。他说由于缺乏航海技术，那时的他们出海不是为别的，仅仅是为了冒险而冒险，他们当时共有十多个人，在一个海边的村庄里用樟树造好了船，接着就从那紫色岩壁的海湾里出发了。在航行了两天之后，他们就迷失了航向，人人变得恐慌，只能任洋流带着他们漂流。差不多十天之后，船第一次碰上陆地——一座漂浮在海面上的孤立无援的小岛，他们因此欣喜若狂。这时海面上忽然起了灰蓝色的大雾，船长觉得不对劲，就先叫几个人上岸去查看情况，很快，这几个人跑回来了，他们脸色惨白，让大家赶快开船，因为岛上满是死人和海鸟的尸体，也许是某种致命的流行疾病，把岛上的一切活物都毁掉啦。细眼睛接着说到，在几次航行途中，他们的船遇到了飓风，船身被海浪掀得几乎直立起来，他亲眼看见一个可怕的巨浪撞在甲板上，连着几个水手一并卷进了海里——到处都是喊叫声，但是很快就被巨大的海浪声给吞没了。航行当中的最好时刻，自然是当船在宁静的月夜里航行时，尤其是在赤道附近，那些发光的海鱼成群聚集到轮船的两旁，跟着大船不紧不慢地向前游动，形成两条宽阔的闪亮亮的带子……

细眼睛管事口中的那些场面，时而奇特，时而惊险，简直流光溢彩，引人入胜。在程景看来，管事太善于讲故事了，应该给他颁一个“最佳讲故事奖”！他每一个眼神、手势、身体姿势以及语调的转变，都能让倾听者沉浸在他的故事当中！程景多么羡慕能拥有这种才能啊。

四

夏季刚刚到来，塔河就穿上一件特大号的衣衫（此时的休闲衫都是宽大的短袖），趿着一双木拖鞋，有时像摇滚青年一样披着散乱的长发，有时全部扎起来，显得额头很高，非常有男子气概，可以说是此时的时尚先锋。塔河对任何人都彬彬有礼，他那张棱角分明的脸上总是挂着笑容，很快就受到了隔壁年轻女工们的青睐。她们含羞地向塔河打招呼，塔河朝她们招手并且哈哈一笑，那些姑娘们登时就会脸红起来。

此时的程景已经十五岁了，他的身体长得飞快，但是最近却变得愁眉不展、无精打采，好似生过了一场大病——他在李府里感到不自由，也感到不开心，他甚至没有时间异想天开——这简直是太糟糕了！更糟糕的是，程景虽然拥有不凡的创造力，但是他只能在大叶寺里搞搞化学实验，在这里就更加没有用处。

不久，细眼睛光荣退了休，新管事上任之后，重新分配了工人们的工作，程景的任务量减少了，但是这位管事可不是什么好人。他脸上的表情总是变来变去，令人捉摸不定。有几次程景和管事上街，俩人走进一个市场里，看见一个身材佝偻的老头——酒店的老板，管事都会笑眯眯地问候他，然后聊聊最近的生意，但是刚一离开那间店铺，管事的脸忽然布满了可怕的阴云，黑色的脸皱缩起来，低声狠狠地骂道：该死的老东西！这简直太恶毒了，程景想。不仅如此，在回府的一路上，管事还向他说起各种关于老头的丑事来。

管事喋喋不休，但是程景倒是听出来了，那些事跟管事一点儿关系都没有！那他为什么要那样鄙夷、愤慨呢？另一方面，程景又怀疑管事是否说了真话，因为那些事听起来荒唐可疑，不像真的。当管事一再讲起这些事情时，程景就感到闷闷不乐，不想再听了，但是管事还在不停地说话。

管事多么希望程景和他一起来谩骂呀，但是程景不肯，他就怒骂程景是个小混蛋，肯定跟老头儿是一路货色，所以才不骂他，扬手就准备敲打程景的脑袋。他们正走在大街上，这时一个女人忽然从一个屋子里探出身体，接着就朝他们冲了过来——她的身体像是发泡的面团，非常热情地朝管事打招呼，管事就放下了准备敲打程景的手，笑着对她点头并跟她握手。女人转身进屋后，管事低头在程景耳边嘀咕道：这个女人起码被十个男人上过！——天呐，一个多么可怕的人！

不仅是这位顶头上司，程景觉得周围的人都在说谎、骂人，对其他人毫不真诚，这简直比在他在试验室里不小心炸掉自己的手指还可怕。最近，程景开始做起各种梦来。有一次，他梦见自己回到了大叶寺，独自站在院子的中央，四周寂静无声。这时当空游过来一艘燃烧的大船，可怕的火光把整个天际都映红了，船上的人也在燃烧，他们表情痛苦，但大家载歌载舞，谁也没有停止狂欢。有几个人居高临下地朝他挥了挥手，程景也挥了一下手来表示回应。当船完全划过了天空，消失在天际的云朵后面之后，程景起身慢慢走进了试验室里。他不知道自己干了些什么，与此同时，心里感到一阵失落……

白天的时候，塔河看见程景这副失魂落魄的样子，就忍不住经常调侃他："小姐，您干吗苦着脸？""喂？您可别走过来啊。""干吗揍我！你看我已经死啦……”程景止不住开心起来，他很喜欢塔河，虽然塔河不属于极其聪明的一类人，但是却讨人喜欢，活得比别人轻松，因为他身上具有某些品质——世上本有各种各样的天赋和品质，比如良好的道德、超群的智力、灵敏的感觉等等，不过始终能带给人以最大好处的，即是塔河所具备的这一类：乐观的天性。尽管不可否认，人类的智力之花（包括扭曲、病态的）创造的成果远胜于其他，但是在普遍价值上，乐观天性对人类最为有利。

程景想来想去，就想出了这么一个东西，仿佛他现在才受到风寒的感染，变得头昏脑胀一般。自从程景离开大叶寺以后，就生活在一群人当中，不可避免受到其他人的影响，同时亦施之以影响，即我们有时候用自己的快乐为别人带来欢乐，同时又以别人的痛苦为乐，这种情况，我们称之为社会关系。当然，这并不是说我们身边的每一个人都是有害的，就像我不会突然从书中跑出来谋杀你，而你读到书中的某一段突然拍案而起，大骂我是一个疯子而我什么也听不见一样，我们之间的关系如同薄纱一般，是可有可无的。若是你突然大驾光临我的家中，也许我们的关系还能亲近些。

程景白天干活，晚上就睡在集体宿舍。宿舍的墙壁是灰色的，布满了一团团发亮的漆黑，与此同时，一股烟熏味正往你的鼻子里钻，由此可知，该集体宿舍是由一个厨房改造而来。以前的排水沟上铺了长条石板，但是湿气仍然从地下钻出来，人在房子里面待久了的话，就会被它毁掉身体——四肢变得像铁木一样僵硬，而动作像蜗牛一样迟缓。夜半的时候，程景被一阵激昂的呼噜声给弄醒了，他悄悄起了床，穿上靴子走到院子里，看见天边月色如水，辽阔的夜空是玫瑰紫色的，除了这一点是好的之外，你就明白了，一群人生活在这样一个鬼地方完全不是你情我愿的事。是生活，把我们像揉面团一样揉到了一起。

在空闲的时候，程景不愿意干些别的，就常常光顾李府里提供给工人的图书室，他很快就沉迷到书的世界里去了，书籍渐渐成了他生活中唯一的、隐秘的欢乐……

五

程景认识了薛子。这家伙是东苑的工人，在臂膀和胸膛上都纹满了密密麻麻、青不楞登的纹身，远看如同一尊阿凡达，要是别人问起薛子关于纹身的事，薛子立马一脸洋洋得意："特立独行！不懂啊!"在人家后背上猛击一掌，把别人打得一声惨叫。

薛子喜欢大声说一些他自认为极其有趣，但实则无聊至极的话。平时的他总是笑眯眯的，但是一旦发起怒来，立刻化身为大力神赫拉克勒斯，一只手就能将人的肩膀捏碎。有一次一个工人拿他的纹身开玩笑，就遭遇了那种可怕的下场。当时薛子的手放在他的肩膀上，就听见"啪"一声，旁边看的人都立即抱着脑袋怪叫，但谁也不敢来劝架，唯恐被他揪住了一起挨揍——这家伙简直是一个恐怖分子。薛子的确声称自己以前混黑社会的。

薛子压低声音，表情神秘莫测地告诉程景，先前他住在环锦城，那可是一个跟首都完全不同的城市！任何人都可以做自己想做的事，成为想成为的人！有人想做艺术家，有人要做拳击选手，有人想当教士，那他们就会成为艺术家、拳击选手和教士！而他最想要做的事，就是成为一个黑帮大佬。

那时候环锦城的本地帮派装备精良，打砸抢烧，无恶不作，深受人民厌恶，但是几个邻城的帮派也毫不示弱，各帮派为了壮大实力，招募成员的时候都严格把关，不仅要进行面试——回答关于武器、格斗等专业问题，最好还要有文凭（程景瞪大了眼睛，薛子一脸"相信我"的表情），最后还要经过一次打斗的实战来考察职业技能。薛子身背一把大刀去了臭名昭著的"梁王园"，据说这是环锦城最有前途的一个帮派，而且不需要文凭，但是面试官却要求应聘者必须心狠手辣，需得杀过人。薛子在面试时就卡在了这个问题上，因为薛子只是自称心狠手辣，但是他连女人和小孩都从没欺负过。等在一边准备面试的小子就朝他叫叫嚷嚷，高声嘲笑起来，薛子想，面试是绝对不能卡住的，当即站起来给了那小子一刀，那人就倒地不起了。薛子接着转头问面试官："现在可以啦？”那些人当场愣住了。

程景也愣住了，但是他看看薛子，后者表情淡然，眯起眼睛，习惯性地把嘴角歪在一边，缩着圆圆的肩膀，同时嗓子里发出一阵好似金属一般的声音。

程景在大叶寺就发明过一台硬件变声器，可以合成许多种不带感情的金属音，还可以转换男人和女人的声音，但这东西最终没能运用到实际中去。也就是说，他纯粹把发明这台机器当成了对他的智力的一种考验，一旦此物被他发明出来，证明了其智力，他就把它扔得远远的，因为他当时唯一能想到的用途，就是用它来模仿女人说话，但是他好像没有这种癖好，更不是一个异装癖。等到程景回过神来，就觉得薛子可以成为他的伙伴，但必定是一个奇怪的伙伴。

六

七月中旬，彩云城里正是热季，程景热得睡不着，就独自溜出了宿舍。当天晚上，只要稍微一抬头，就可以看见漫天的星辰犹如水银般倾泻在天幕上，一条发光的河流将天空分隔开来，最亮的是位于头顶的大三角，武仙座次之，位于正南方向。

不仅是程景，大半个彩云城的人都变成了烤红薯，在床上翻来覆去睡不着，床被不耐烦地摇晃得咯吱响。这些不幸失眠的人儿，先从床上爬了起来，然后走到阳台上，开始数起了星星。但是意料之外的，睡意并没有在半途袭击这些失眠者，好让他们重新爬回各自的床上，开始进入梦乡，相反，这一夜显得尤其漫长。他们观望着遥远的星空，扳着手指数着星星，直到空气慢慢变为浅紫色，星辰也消失在了发蓝的天际，太阳升起来了，新的一天开始了。

一次失眠可不会引起彩云城人的惊慌，他们只是感到奇怪，因为自己一夜没有合眼，早上的时候依然感到精力充沛，神清气爽。他们在午间的闲谈时说起了昨晚的事，惊奇地发现其他人也都不约而同地失眠了，大家一起数着星星，并且数出了相同的数字，即十万六千三百〇八颗。

这件事告诉我们，当我们无聊的时候，不妨做一些更无聊的事，偶然发现了真理也说不定。当然，这并不是提倡大家在精神好的时候都去数星星之类，因为白天精神很好的时候我们很忙，晚上若是精神好的话，我们就更忙了。同时我们还知道了，彩云城里没有一个人近视——倘若让一个瓶子底去数星星的话，要知道，他可是会改变整个宇宙现状的……

接下来的几天里，大家都热烈讨论起了失眠的事，因为自从那晚之后，一些人就再也睡不着了。一些人感到担忧，一些人则感到开心，后者甚至期盼着这种反常的状况持续下去——这跟我们有时候对于战争、希腊的舞蹈病、冷漠的金属时代的渴望是一样的，都是思想中的不安定因素在作怪。当然，城里还有一些更不安定的因素，就是那些总嫌世界还不够乱的一些捣乱分子，他们不失时机地发出某些危言耸听的言论，想要借此引起一场混乱。

在大搪的始建之初，正是那些无政府主义分子、微型政客等的美好时代，而我们每个人向往的美好时代都是不同的：一个地方政府的官员，自然希望全世界在建筑技术上迅速倒退，房屋的使用寿命只有半年，因为可以很快重新拍卖；一个精神病患者，自然想要活在人人都异想天开的时代，即使做了春梦穿越到古代去勾引死了千八百年的人，其他傻瓜也觉得正常；对于一个好战分子，他自然希望全世界进入混乱的状态，即使一家人坐在客厅里，都各自代表着不同的主义，谋划着怎么除掉异己分子。呐，我说这未免太可怕了一点吧。

不管怎样，现在一部分云城人已经不能正常入睡了，我们姑且称他们患上了失眠症，对于这种病症，谁也不知道是怎么回事。就在这时，一些老人忽然有了发言权，他们以严肃的口吻向我们发出讯号：这是一种叫作苏特莱氏的不眠之症，它是一种灾难呐！于是你盘腿坐在他们前面，兴致勃勃准备听他们继续说下去，但是他们却一句话也讲不出了，因为他们思维混沌，只能记起那点儿东西。因此，你耸了耸肩膀，叹了口气，就飞跑出去，不再理会他们的话。老实说，何需担心！我们只是获得了多余的精力而已！这种精力当然不止可以用来数星星，还可以用来完成其他工作，比如烤面包、生产钉子、嘲讽学生、等待情人等等。

白天的时候，这种奇妙的高昂状态给大家带来一阵狂欢的热潮，大家都兴奋不已，都做好了玩个通宵达旦的准备。一到了晚上，城中的街道灯火通明，许多马场整夜开放，高压钠灯照亮了每个角落。夜间的酒馆和游艺场里也聚集了大量的人：流浪汉、商人、学生、杂耍艺人等等，赌场里同样热闹非凡，人满为患，一些人只有站到楼梯上，才能看到赌桌的绿色毯子的一角。

也有人企图把自己弄得疲倦一些，以达成入眠的目的，这也有办法，比如去健身房练二十个小时的普拉提，持续在办公室里工作三十六个小时，或者去该城最大的戏院看四天的戏剧，或者在台上连续表演四天的戏剧等等。可是当他们这样做完之后，不仅没有感到丝毫的倦意，反而觉得精力更加旺盛，仿佛能够征服全世界！但是长时间没有睡觉，眼睛有些干涩，人人都滴一种紫色的眼药水，一律把眼睛滴得紫迷迷的。

苏特莱氏症如此猖狂，连我们伟大的皇帝也没能幸免。因为在第一天夜里，皇帝就数清了皇宫里的宫灯（皇宫深墙大院，除了高筑的观星台之外其他地方都看不到星星），之后马上去找他的妃子们对了答案。但是在第二天晚上，当他半夜从卧室里看见那些宫女和太监都像夜游神一样到处晃来晃去，他的心里马上产生了一种不好的预感。

不管怎么说吧，这种现象绝不能说是正常，最好的方法也不是任其发展——越是在表面上符合人们心意的事物越是危险，最后甚至可能演变为一场灾难，皇帝本人对此再熟悉不过了。作为一个掌权者，他可不喜欢这个国家里出现任何不确定的因素。他深知控制这个国家的最好办法，就是让它的任何变化都在自己的掌控之中。

在第二天天还没亮的时候，皇帝就在密室里召见了他的一群密探，这些家伙也都染上了失眠症，个个精力充沛，准备好了接受组织上的任务。皇帝站在他们面前来回踱步，神情严肃地作了讲话，布置了任务，又接着召见了一支特殊的医学团队，共有七个小队，每个小队是十二个人的编制，个个都是精英，遇到这种紧急情况才能派上作用。他首先委派任务给第一小队，要求他们在半个之月里研究出解除失明症的配方，否则就把他们全部拉去砍头，再换第二小队上。

我们的大搪里有完备的法律，其中有一部典书叫作“搪六典”，其内专门陈述各种刑罚，以满足不同罪犯的需要。这本书的死法多种多样，令人眼花缭乱，比如腰斩，一把重斧将人从正中砍作两截，这种情况下人还死不了，但看到自个儿变成了不相干的两部分就禁不住要尖叫起来；剐刑，把人脱光之后放在竹槎上，另有三人将其拖来拖去，直至磨烂了血肉露出骨头，最后变成无法定义的一堆为止；也可将人捆在铁床上，用酒精灯慢慢烧烤各部分，最后就会变成一只烤全人，等等。

政府里专门设有这样的部门，在里面工作的人就是成天思考怎样杀人，怎样毁尸灭迹等等，在月末时就评出最残忍、最创新和最环保的几种方案，再上交到刑部里供那些拟定“六典”的人作参考。这些家伙工资很低，因此做起这个工作来得心应手。他们有一套工作服，是一种在袖口和领口上镶蓝色花纹的黑色套装，上面布满了口袋，当他们走上大街的时候就把兜帽戴在头上，无声无息地穿过人群。当然，我们老百姓并不知道他们是干什么的，不然早就拦路把这群家伙杀光了，这样一来，他们就不能穿过人群了。

然而，我们的大搪皇帝却是一位仁慈的君主，他只愿意把那些不听话的人处以斩首——大搪里最轻松、由最善良的人想出来的刑罚。不过你可能知道，斩首其实是一个隐语，因为某些人自从被“斩首”之后，就从历史上彻底消失了。

也就是说，你生活在这样一个大搪里，你身边的某个人今天还在，你跟他谈论诗歌，谈论姑娘，并约好明天去湖上泛舟，但是第二天他却忽然不见了。要是你问其他人：此人去哪儿啦？他就会微笑着告诉你：根本没有这个人啊。你也许当他暂时失忆了，但是当你问起的其他人都这样回答时，你就不禁要怀疑是自己脑袋出了问题，因此历史上就出现过很多傻人、痴人。同时你发现史料中还有这样一群人，他们有存在过的蛛丝马迹，而且好像挺厉害，但是却无法从其他资料中去考证，因为这些人大都被“斩首”过，成为了存在过的不存在之人。因此当这些医师听到皇帝面对面亲切告诉他们，他可能要将他们处以斩头时，都吓得面色发青，双腿打摆子，赶紧滚回实验室去工作去了。

但是在群众之间，欢乐的情绪仍然高涨着，在连续疯狂了近一个月之后，终于有一种言论从老人的嘴里传出：苏特莱氏失眠症会加快人的衰老，成倍消耗人的体力，没准年轻人们马上就变成一堆老骨头了！我们大家都不理会这种言论：这可不是疾病，我们获得的是一种高超的技能哩！

到失眠症出现的第三十五天的下午，在城里的一家烟雾缭绕的非法地下赌场里，一个光着上身的男人爬上了一张桌子，猛地仰头往喉咙里大灌一口酒，突然间他睁圆了眼睛，接着就像一截木头般向后栽倒在地。其他人惊恐地围了上去，发现他的瞳孔涣散，尸体冰凉，而且像死去已久的人一样僵硬了。

紧随其后，十几起猝死事件接连发生，死者均被发现死在马场、妓院或者赌场里，死时面颊凹陷、脸色灰黑。这些死者自从患上苏特莱氏症以后，从未试图合过一次眼，持续不断地玩乐消耗过量体力，很快就衰老致死了——它们终于毫不留情地证实了老人们的言论。与此同时，皇宫里已经有两打医师悄悄地消失了。

七

最近，李府的工人们的脸色都显得很阴郁，谁也不多说话。就在几天前，一个工人在大家一起吃午饭时突然死亡，当尸体被抬走的时候，其他工人都沉默地站在一旁看着。程景没有经历过死亡，在他看来，死亡却是一场不可避免的精彩冒险，在它还没有真实到来之前，他就拥有了一切可能性！一方面他体验到了死亡带来的恐惧，一方面却欢欣鼓舞地为自己设计起各种各样的死法来，每一种都相当新奇有趣。

他首先设想自己是一个死囚犯，呆在牢里的滋味可不好受，但是有一天他忽然被五花大绑，然后往那高高的城墙上一吊，只见脚下是成百上千的观众，黑压压的一大片，齐声为他的出现爆发出了巨大的欢呼！观众们的情绪很激动，脚下那几位大妈还毫不吝啬地朝他扔鸡蛋。程景的心情也相当激动，恨不得立马为观众的热情而死。在场外做好准备的数百名弓箭手顿时齐齐开弓，一阵黑色的暴雨向他袭来，他就被万箭穿心啦！这种死法气势磅礴，令人难忘。但是他觉得自己死得未免太快了一点，而且死亡的进程不在他的控制之内。他又换了另外一种。

他首先花费数年潜心学习解剖学，每周末都要参加相关的俱乐部活动，认识了不少这方面的朋友——那些人都有一点变态的聪明，他还冒充工作人员在停尸房里面工作，把那些尸体彻夜解剖之后再细密地缝合起来。十几年之后，他成为了国内最顶尖的解剖学专家，发表过数十篇最前沿的医学论文，在此专业上已经无人可比了——激动的时刻终于来临！一个精心为自己准备好的手术台，他慢慢躺上去，台子的四周摆着银色的枝型烛台和盛在瓷碗的清水百合，仿佛是一次浪漫的晚宴，他躺上去之后，自然就变成了那道菜。他感到胸腔里传来了剧烈的心跳声，犹如旷野上的一头奔跑的豹子的心跳。接着按照事先设计的程序，程景开始亲自动手把自己逐步精妙地解剖完成，而为了向死者（即他自己）致敬，他需要提前制作出一个半智能的机器人，好在他死后把各个分散的人体部分集中到一起，然后存进铅罐里密封起来，几百年也不会腐烂。这是一个有趣的死法，程景却嫌它麻烦，于是他接着换花样。

在弥漫着恐怖气氛的十月份，程景正在兴高采烈地为自己设计死法，这时府上来了一位名叫张仪的园艺师。在程景还未见到张仪之前，就已在其他工人的闲聊中听说过他，他们每次说到此人时，语气总是又不屑又害怕，这就说明这位张仪是一个神秘人物……

每年的这个时节，园艺师张仪就受雇从外地来到李府，因为李府的主人厌恶树木的清新，厌恶花朵的艳丽，厌恶秋季的甜腻，因此张仪就要用手锯、桑剪等把李府里的植物都破坏掉，要是兴之所至，他还要带着斧子外出逛一逛，到李府周围的林子里去砍一砍。程景就是在郊外遇到了这位园艺师，当时在运水回府的路上，程景正在上坡的路上使着劲，张仪却站在林子的高处，兴致勃勃地看着他，伸手朝他打招呼。令程景惊讶的是，在这个特殊时期，张仪在晚上依旧能够照常入睡，根本没有患上失眠症。园艺师不徐不疾地答道：“我总是能够幸免于难。”

程景觉得张仪的话很是欠揍，但是很欣赏他敢于没病，因为在某种医药古籍上说过，像张仪这样百病不侵的身体，如果出现在疾病爆发的区域，领导上可以取此人作为药引子，制成药剂以便大家共享。也就是说，那时的张仪不仅会变得无限小，而且无处不在，因为他正在与各种草药为伍，在彩云城每家每户的煎药砂锅里沸腾着。

张仪听了程景同样欠揍无比的话后却微笑起来，他道：“在他们抓我去做药引子之前，我已经逃掉啦。”

原因是这样的：张仪不但是位园艺师，还是在植物学方面的天才，并且拥有发明家才具有的想象力。在彩云城道家思想盛行时，许多人避世都往深山里面跑，有的人去了之后活得还不赖，但是也有的人没有野营的经验，喝了河水之后就腹泻，吃了有毒果子就发了疯，还与森林里的野兽们发生了争斗，最后失魂落魄地从山中跑回了城里，但是对于园艺师张仪来说，森林就是天堂，他想呆多久就能呆多久，而且别人想找他时绝对找不着。

园艺师张仪当然没有住到深山里，他租下了城里的一间临街的阁楼，这间屋子已经空了很久，因为房主是一个来自湖地城的吝啬的瘦子，租金要得出奇的贵，但是张仪却和他一拍即合，随即便搬了进去。那间阁楼有一扇可开的大窗，正对着下面的街道，每天清晨就会准时传来一阵哒哒的马蹄声，那是不久前才到达彩云城的巡览乐队的花车。太阳出来的时候，窗外传来逐渐热闹起来的人声，但是把窗子一关，屋子里就什么也听不见了。

张仪很快把他的阁楼改造成了一个植物的温室，并且热情邀请程景来参观。有一次他向程景展示了一种能够识别人的谎言的多年生草本植物，它像燕麦一样有着圆锥花序，叶子像一道剑，花是蓝色的。张仪说这是他从大搪南部的一个海岛上采集而来，一旦有人在这种植物面前撒一个谎，它的花朵就会在当天夜晚凋谢，当地居民甚至用它来解决法律纠纷。张仪还从层层叠叠的小格子间里取出了一盆类似于粉菠萝的植物，他说即使不添加任何的矿料，这种花依旧常开不败，与此同时张仪把鼻子凑近植物闻了闻。

张仪经常声称自然是他的伟大情人，能给予他想要的一切，程景却没有认为园艺师是在发疯，相反，他认为张仪跟他身边的那些人有很大的不同，因为张仪就从来不说下流话，而且他热爱植物学，他是那么聪明且不俗！程景觉得张仪的身上具有某种神奇的魅力！

张仪完成李府里的修剪工作后，就专心呆在那间阁楼上做自己的研究，开始连续几天都不出门了。园艺师沉迷在他的那些鲜为人知的试验里，在各种奇形怪状的仪器间打转，以探究植物变异的过程，改良品种，甚至仅仅为了观察花朵绽开的形态。对于在此期间的来访者，张仪立即将其赶走，言辞粗暴，态度很坏。后来程景向他说起此事，张仪却拒不承认是自己的过错，认为拿毫无意义的事来打扰别人的工作乃是一种可耻的行为，但是程景还是认为是这位朋友的脾气太坏了。

程景对他的了解日益加深，知道张仪不是一个喜欢闲谈的人，尤其不随便谈论政治——他总是对此漠不关心，不过，只要两人的谈话中涉及植物学或者相关学科，张仪就会双眼放光，把身下的椅子朝程景拉近，身体前倾，有时又忍不住站起来在屋子里来回踱步，显得非常健谈。在张仪偶尔外出的时候，他喜欢穿一件工整的高领外套，脚下套着一双棕色的马靴——靴子是在波斯人的鞋店里定做的，整个人看起来像一个不苟言笑的军官。

程景从张仪对待来访的朋友的态度判断，张仪不是一个擅长与人打交道的人，却逐渐惊讶地了解到张仪其实交际甚广，不仅和街头的手工艺者、商贩们有交情，和某些达官显贵也交往慎密，而且他们对他言听计从：因为张仪的独特研究，如果那些人有需求，就会走上这间阁楼来，小心翼翼地请他帮忙，张仪不仅是一位园艺师，还可能是他们的药剂师和风水专家等等，张仪就是以此来谋生活的。他常常接到一些需求紧急或者目的特殊的活计，日常生活就极没有规律，有时候他大清早就起床，立马穿衣出门，有时候他又足不出户，好几天都呆在阁楼上，每当程景去看望他的时候，就见张仪一副形容憔悴的可怕模样。

在张仪不可怕的时候，有时会投程景所好谈论一些话题，但是对他自己的某些事情，程景发现他却避而不谈——阁楼的书桌上散乱的堆放着一些图纸，上面画着诸多古怪的模型，程景就问他在干什么，张仪总是找其他话题糊弄过去。但是有一次，当程景再一次好奇地问到这些图纸时，张仪的脸上忽然出现了一个若有若无的微笑，他抬起眼睛看着程景说：“我给他自己配了点净化灵魂的药剂。”程景没有明白他的意思，但是张仪却不再继续解释了。

直到有一天，张仪邀请程景到阁楼上来，然后在从格子间后拖出几个箱子，然后在程景疑惑地注视下装配出一架模型似的“长着翅膀的马车”。但是张仪不叫它“马车”，他说这是通往天堂的“方舟”，有一天他会驾着它去往天堂！程景能理解“方舟”，因为它看起来的确很方，由此程景知道了张仪有着避世的倾向，跟其他跑进深山里的人是一样的。

张仪对任何事都不放在心上，他既藐视世间的规则，又对别人的赞赏和诽谤不屑一顾，因此李府里的那些人才害怕和讨厌他，因此和他们相比，张仪才是那个危险分子。程景现在还不能明白这一点，当张仪用一种迷恋的神情望向“方舟”的时候，程景只是在心里为朋友感到一阵悲伤。

第五章

我的梦想成真，天堂终于近在咫尺。

一

第二年的初夏时节，程景站在李府的后院里，他抬起头，发现此时的天空是一种奇异的蓝绿色，就仿佛人站在湖底中心向上望去。他记得在大叶寺的时候，寺院里有古树参天，清晨树皮上覆盖着滴水的青苔，巨大的树冠笼罩在乳白色的晨雾之中，潮湿的地上覆盖着一层在昨晚被风吹落的栀子花，满园都是香气。在那个时候，他也抬起头来，就看见了光亮得像一面镜子似的天空，镜子里的另外一个程景也向下探出头向他张望着，都睁大了眼睛，想要看个究竟……

“这是怎么一回事呢，”西苑的名为黄雀的守门老头自言自语道：“几个月前我们还好好的呐，现在被一个失眠症搅得天翻地覆啦。”

在李府里，几乎没有人愿意跟黄雀老头说话，因为他是个老古董，身上总是发着一股发霉的榆木味，一年到头都裹得厚厚实实，好像对暑热不是很在意。冬天的时候他就多套上一件棉背心，那背心上满是油渍，黑得发亮，因为谁也没有见他换过棉背心，所以大家一致认为他只有一件背心。老头身躯高大，走路时摇摇晃晃，两只脚尖着地，一副急着赶路的样子。程景听说老头在李府里呆了很久，眼下失眠症正在流行，没有谁听说老头打算回家。白天的时候，老头就躺在几条凳子拼成的床上晒太阳。

“黄雀老头！”一个外号叫老鼠的家伙用随身携带的棍子（难道他随时准备打架么）梆梆地敲打着那些板凳，高声问道：“老头，怕不怕死？”

老头对年轻人的粗鲁无礼毫不在意，他笑眯眯地说：“谁不怕死？”随即露出满口疏疏落落的牙，说道：“但是看到你，还有你后面的那几个小崽子都要陪我一起下地狱，我就开心啦。”你瞧，这是多么恶劣的回答！老头的脸还是皱巴巴地微笑着，老鼠却瞪了老头一眼，用力敲了板凳几下，只好气呼呼地走掉了。

程景看着他们离开，向老头问道：“你干嘛要恐吓他们呢？”

在这个晌午时分，老头将身体靠在门板上，他闭起了眼睛，还没有来得及回答程景的问题，就进入了梦乡，但他在梦中回答道：“小崽子应该是被吓大的嘛。”

在程景刚进李府的时候，他经常找黄雀老头聊天，那时老头虽然也把自己裹得像个棉球，并且穿着那件油腻腻的棉背心，但是他头脑清楚，喜欢和别人谈话——如果有人找他谈的话。在夏季落雨后的清凉夜晚，程景结束了当天的繁重工作，就跑来和老头呆在一起，后者跟程景谈起他的个人经历，就仿佛在谈论一场遥远的梦。

黄雀说起淡水绿洲上的棕榈树林，那些乔木的树冠上长出一枚可可豆形状的蓝色果子，在半夜时分发出一种奇异的光芒，风吹起来后整个林子光影交错。当时他和同伴正在沙漠里找寻出路，看见这种景象吓得胆战心惊，因为他们曾听人说过该景象预示着死亡；但是他们活着到达了一座城市，那是一座完全由贝壳建造起来的城，白天的时候城市像火炉一样炙热，但晚上却变得像冰窟一样的寒冷，水银样的月光洒满了全城。该城市的星相学家认为，夜晚银色的月亮在吸收了地表的热量后，就会转化成红色的太阳，在白天里，太阳再把热量归还给大地，这就建立起了一个永久的平衡；从贝壳城市向北越过重重山脉，翻过一道高高的城墙，他们来到了一个异邦——在天与地的灰色背景下，地下矿场中悬挂的灯火整夜照明，奴隶们弯着腰或者匍匐在地，日夜挖掘着孔雀石。黄雀说该地有一条黄金矿脉，但是帝国的地质勘探队始终没有勘探到它，这就是上帝对不仁慈的君主的惩罚。他语气平静告诉程景，现今已知世界的范围正在扩大，能供人探索的地方就越来越少了。

“时间过去得愈久，这些记忆反而透过潜意识丛林里的金色迷雾，变得愈加清晰起来。仿佛风吹散羊皮纸卷上的尘埃，使得那些已经过时的画面重新展现出来。即使它们无法相互连接起来，各自独立成章，但是仍然鲜明的站在那儿，告诉你它未被理解的形式，好使你看清过去的本质。”老头不紧不慢地说。

"那么，"程景瞪大眼睛问道："过去的本质是什么呢？"

"噢，"老头儿一边用背心把自己裹紧一边回答道："是狗屁。"

程景遭受了一个打击——他完全不能赞成这个说法，因此在一段时间里不再去找老头儿了。后来他妥协了，继续跑去和老头儿聊天，但是他对自己说："可别指望我有一天也会这么想。"

有一天夜里，黄雀老头发起了高烧，失眠症开始把他折磨得神志不清，老头儿躺在床上犹如一只等待被时光屠宰的羊儿。当然，任何人都是这样一只羊儿，只是突然挨上那么一刀子的时间不同罢了。老头儿的脖子下面枕着一只桃木枕，使得他的头颅高高向上扬起，显出一副斗志昂扬的模样——这完全是个误会，在漫漫历史长河中，能将种种欲望弃置于生命虚无之火焰，坦然面对死亡者，只有寥寥少数。

此时程景心里乱糟糟的，想不出办法，与此同时，躺在床上的黄雀老头的眼前却逐渐变成了一个烟雾缭绕的仙境，他闻到空气中忽然充满的一种香味——一股烤肉的味道，但是有点儿特别——人肉用高压喷火来烤就会有这样一种味道，带着一点蒿草的苦味……

老头儿就在那晚上死掉了，程景变得失魂落魄，连塔河都无法逗乐他了。他终日拖着两条腿子在西苑里不停地忙碌，一副灵魂出窍的模样。

二

失眠症出现的第三个月，政府军队展开了一次秘密行动，对失眠症时期出现的数个危险组织进行了围剿。在当天晚上，空旷的街道上不断传来令人心惊胆战的狗吠，雾气在凌晨一点之前就消散了，头顶的月亮明晃晃的，把一切都照得清晰明朗。潜伏在黑暗中的各支军队耐心等待，他们将行动的代号定为了今晚的第一声鸡叫。队伍里有一部分新来的士兵，他们感到非常紧张，因为这是他们第一次杀人，也有可能第一次被杀死，所以这种心情完全是可以理解的。老兵劝他们吃点儿东西，说能稍微缓解一下紧张的情绪，新兵们吃了一点军用饼干，感觉好些了，就继续凝神等待。

据我所知，大搪军队里统一配发的食品就是一种由豆面、淀粉和少量食用油制成的饼子，这种饼子看起来尚可，但放了两天之后连老鼠都不愿意啃，所以我很怀疑这些新兵在吃了饼子之后能感觉好些。总之，一只鸡忽然在夜里叫了起来，各部队立即展开行动，在黎明前的三个小时里，他们以惊人的速度清除了所有叛乱分子，把他们的尸体成摞装上马车，运到距离南淮河至少二十公里处的海边（防止饮用水污染嘛），由巨石拉着沉向了海底。老百姓对这些事一无所知，我们也不太关心，我们关心的是，失眠症到底什么时候才能消除。

在夏季的最后几天，城里的温度骤然升高，失眠者们的身上开始发生了一件怪事——都感到困意袭来，如同一阵巨浪般把他们扑倒在地——他们在进餐时哈欠连天，在公园里散步时几次无意识地停在原地，与人交谈时，说话声却慢慢变成了呼吸声。直到有一个晚上，整个城市的人都能够躺在床上，并且陷入了沉睡。时间忽然变得无限漫长。

一位来自西方的巫术师曾声称：如果一座城市的时间变慢，直至停止，该城的居民就会变成亡魂，城市也就随之失去了灵魂，然而，城市的形态却会被永远保存下来，因为它已经被遗忘在了时间之外——它的每条街道、广场上矗立的喷水雕像、民房的山墙、宫殿群的檐角上雕刻的狻猊和海马、水井的平台、磨坊风车的铁制叶片……它们既不会被风给风化，也不会被雨水所侵蚀，城市成了一个巨大的标本。对于那些活着的人来说，这座城市是不存在的，当他走过它曾存在过的地方，看到的只是一片虚无，是城市消失后的模样。

这种诡谲的言论既不能被证实，也不能被推翻，因为你不曾见过一座人间之外的城市，也无法相信眼前的虚无中存在着一座城市。现在你在此看到彩云城的名字，是否就能证明它真的存在过？

当晚，程景同众人一样睡着了。他历经了整晚的睡梦，即使在梦中，失落感也在不断袭击着他，让他无处躲藏。当他醒来之后，惊讶地发现一切竟然恢复如初！因为失眠症已经消失了，谁也不再为失眠所扰——除了一些自寻烦恼的人，而且城里没有一个人记得他们曾患过失眠症！当程景问他们关于失眠症的事，他们都左右摇晃着脑袋，表示自己对此一无所知，当程景多次追问的时候，他们就准备给他介绍精神科医生了。

夏末的异常高温驱散了不眠之症，也驱散了人们的记忆！原来紧跟在失眠症后面的是失忆症！程景感到十分不安，因为只有他一个人记得这件事！但他忽然想到：也许这里从来没有流行过什么失忆症，一切都只是我的臆想而已！他顿时瞪大了眼睛，就这样，程景成功把自己吓了一大跳。

三

在李府，每月印刷一期内部杂志。李府上下等级森严，杂志也要分为几个不同的版本。发给府上的总管、监工们看的一版，叫作《链式（或棍式、球式等）有效管理策略》，发给李姓富商——一位慈祥的老人的年轻小妾们看的一版，叫作《拉马丁的秋天》，发给程景这批佣工们看的，叫作《劳动人民真啊真光荣》。

三版杂志的封面模特都是从老头儿的妻妾当中挑选出来的，一旦确定了人选，老头儿就请城里的有名画师为之作画，该底本再交由印刷部去印刷——这位艳丽的封面女郎，在一个月里都会成为李府的话题焦点，成为一百个男人的梦中情人，所以这些妻妾之间总是剑拔弩张。任何一期的杂志，一开头统一讲述李家的光荣历史，如何发迹，与某将军、高官有何渊源等，杂志后一半的内容才会有所不同。妻妾的那版里印了一些缠缠绵绵的情诗，介绍流行时装和贵妇礼仪，教授床上技巧，等等；管理人员的杂志上就会写到：铆足干劲，保持信心，时刻把自己当成底层人民的领导。程景们领到的是一本纸张粗劣的小册子，好似当时的一种春宫小人书，上面写到：劳动人民除了吃饭和晚上睡觉之外，都要努力创造价值。也就是说，今年取消了春夏两季的短暂午睡，同时还要缩减他们吃三餐的时间。

对于这个新规定，西苑的工人们都气愤不已，但是谁也不敢把杂志随便乱扔，一旦被抓住可是要被罚钱的，因此都拿着杂志走进了厨房，趁厨师到外面取食材时，统统往灶口里面投掷，把烧着的火全部扑死。当厨师火急火燎地跑回来，不先看锅里，却一眼看到灶火已被扑死，就要高声发表一番激情澎湃的演讲，声讨那些扔书之人和李府的月刊编辑们。

程景没有扔过一本书，不仅如此，他还鼓动大家把杂志收集起来卖掉，用作公费来修一修宿舍墙上的破洞，或者买油漆刷一刷墙面。工人们都不响应他，他们宁可一扔了事，也不愿意放弃在夏季被蚊虫叮咬或在冬季染上风寒的机会。尽管程景为工友们着想，但是他总是鼓动别人去做一些他们不愿意做的事，有几个人随口就说：这家伙蛮可以去做政客的啦。上面的那些人听见这话，以为程景的政治思想出了偏差，不知从哪儿派下来了一批人监视着他。其他人一看，上面的人都来调查他了，说明程景果真有问题——他就是一个隐形政客！

程景开始被五六个人监视着，那些家伙一律打扮成常人的模样，一边假装做自己的事，一边在不远处盯着他，还有人在他当街走路的时候，走过去假装跟他聊天，想要问出点什么东西。程景感到很不自在，但是这一切的开端就是他想把杂志收集起来卖掉，所以说麻烦事都是他自找的呀。

有一天，一批工人到李府里来检修屋顶，他们刚刚上去不久，就有一个家伙兴高采烈从屋檐下跑过，恰巧被掉下来的东西砸到脑袋上，倒地不起。当时程景正在院子里清洗一套波西米亚餐具（一套的这种餐具一次可供二十人用餐），在把它们端端正正放好之后，程景也忽然晕倒在地，与此同时，脸色苍白，四肢抽搐。老实说，程景身材挺拔，容貌俊美，就这样躺在地上也不难看。一个监工走过来试了试他的鼻息，胡乱摸了一下他的额头，就让其他人把他抬到柴房里去了。该监工想到：一个大男人，即使中了暑，也不能躺在地上摆“大”字哇！

然而这是不对的。虽然程景今年已满十七岁，但是他还没有与哪位姑娘有过肌肤之亲，所以不能算是男人。后来他从材房的材堆上一跃而起，哈哈大笑了两声，说明了他是假装的，然后就从柴房里溜走，敏捷地翻过围墙，摆脱了监视他的几个家伙，溜到李府外面去了。

如前所述，程景在十七岁时还没有成为一个真正的男人，这在当时很正常，又很不正常，全看评论的都是些谁。当时城里有一派前卫人士，乐意过一辈子单身生活，他们个个光着脑袋，身着素衣，遇人就双手合十。在程景十三岁以前，一直呆在残败的大叶寺里，对男女之事一无所知，不过在他与扬花结婚之前，却有过不少女人——程景愿意与她们一享欢愉，却没有把她们当作真正的爱人，他当初也很谨小慎微，没有让自己的一个孩子流落出去，否则扬花就要双手叉腰，用那双大眼睛瞪他啦。

程景从李府里溜出来以后，就独自在彩云城的大街上走着。彩云城由一条条环形的通衢大道组成，大道两边是一棵棵弯曲的龙爪柳，枝条都垂落到了地上，远看上去如同一丛丛暗绿色的烟雾。那些从郊外来的农民和外省的商队，常常把他们的牛马和骆驼系到树上，然后到附近去寻找水源和草料，再把这些牲畜都领走。城里有人养兔子当宠物，出门以后遇到中途有事，就暂时把一群兔子系到柳树上，养鸭子的就系鸭子，后来有一个男人牵着一只鸵鸟来逛大街，把鸵鸟系在一棵树上，等他回来的时候，只看见一棵龙爪柳，该鸟已经被人偷走了。

大搪人都懂得享受生活，知道鸵鸟肉的口感比牛肉都要好，多吃的同时配合举哑铃等运动，有助于增长肌肉，因此那只扁平嘴的宠物必定是下了别人的锅。这教会了我们要注意保管自己的财产，不能随随便便把它们系到树上。

此时天气尚还凉爽，但是街边已经用木板围起了一间间小棚子，供过路的旅人作淋浴之用，属于大搪内其中的一种公共设施。为了节省木板，每间棚子都设计成只能遮住沐浴者上半身的样式，也有官员建议只需遮住人脸即可，但是因为高度不好设置而被否决了。棚子下面常常可见两条大腿和一双脚，有时是一双粗壮的属于男人的大脚，有时是一双白皙的来自女人的大脚——这些脚的主人往往是些行脚僧、旅行家，所以脚一律又大又平。

这种棚子刚建起来的时候是全封闭式的，一些当地姑娘图方便就去棚子里洗澡，外面的人只要听一听里面的水声，就会知道里面是有人的，但是总有一群假装耳朵不好使的家伙往里面冲，顿时把人家姑娘吓得手舞足蹈，后来她们就再也不去了。

当程景埋头走路的时候，一个裸体的真腊男人突然从棚子里冲出来，在他面前手舞足蹈起来，口中还哇哇叫嚷着，其身形好比一头疣猪。当程景从他面前走过时，此疣猪就突然伸手去抓他，但程景稍微一侧身便躲开了，继续闷声不响地向前走着。这要是在以前，任何一个小棚子里的淋浴头里流出了滚烫的热水，程景定要去修一修，还要帮被烫伤之人讨回公道，但是他现在一声不吭，假装自己什么也听不懂，任凭那个真腊男人在大街上跳裸体舞也不管，直接埋头走掉了。这说明了在此时程景的脑袋里正在想些别的东西，的确，他在想着他的那些书。

四

最近程景常常溜到李府外面去。在其他工人都还在睡觉的天没亮的时候，他就起床开始自己的干活，快到中午的时候就溜到外面的各个书店里，一呆就是几个小时，然后在晚饭前回去干完剩下的活计。要是遇到马脸领班问话，他就装傻充愣，什么手段都使得出来。但是到了第二天，他仍旧不顾周遭的种种状况，一心扎进了书堆之中，把书籍当作他的唯一挚友，好像要把心交给众位作者似的。

一位建筑师在书中谈到了空中楼阁的设计方法以及如何就地取材，以一颗榕树作主体建造一座树上宫殿的构想。这些想法程景在之前闻所未闻，因此感到心花怒放。不过，这位波斯作者——一位妥瑞氏症患者，却不屑于完全道明这些匪夷所思的设计细节，同时作为一位炼金术士，该作者也习惯使用一些隐喻的说辞，这样一来，书中的某些问题就很费猜。

程景看的书越多，遇到的问题就越多，自己反倒变得越来越无知。为了解决这些问题，他就开始扮演起了作者们的角色，开始回答自己提出的问题，经过反复辩证，直到找到最好的答案。程景沉迷在这种与作者的假想式交流之中，渐渐的，他们的形象在他的头脑中变得越来越具体，双方建立起了并不存在，因此牢不可破的友谊。

在程景的想象中，那位试图阐述陨石飞行器原理的家伙长了一张棱角分明的脸庞，说话声音有点儿沙哑，不经意间会说出一个冷笑话，他的右手小指在一次飞行事故中被金属片削掉了；建筑师朋友则长得又高又瘦，有一头乱蓬蓬的卷发，常常神态倦怠；那位精通园艺的可亲可敬的玫瑰小姐，总是穿着一件素色长裙，她不别胸针，却别上一小束风信子花，或者几朵引自澳洲某个海湾的紫罗兰，前者风干之后的颜色不变，后者则具有永久的香味。

程景沉浸在一种古怪的欢愉之中，使他不再注意身边的事，而在自己的内心世界里不停分析、探索着，他的脑子就分化成了无数个小脑子——不断在提出疑问，建立假设，做出解释：提出一个问题的同时可能解决了其他问题，或者在进一步的发问。他一刻也不能休息，因此改掉了睡午觉的习惯。

塔河第一个发现程景的反常，因为有一次他拍着程景的肩膀，笑嘻嘻地问他：苑里那位新来的姑娘如何？程景思考良久之后，却说了一句："噢，是吗？"让塔河一愣。塔河问他怎么了，程景却继续愣愣地答道："的确是这样的。"另外，在宿舍里当有工友向程景借榨汁机（这东西是程景自己用废玻璃熔制的，比市场上卖的还好用哩），以前他总是毫不犹豫地立即去拿给你，但是他现在慢慢向你转过身来，面带微笑地望着你，与此同时，瞳孔涣散，眼神的焦点落在你身后的无限远处。

塔河觉得程景这家伙最近明显是在犯傻，又也许是着了某种魔道，就推心置腹地建议程景去找城里一个外号叫"獐子罗"的巫师瞧一瞧，据说他只要盯着病人的眼睛看上几秒，当即就可以诊断出病症，然后把一套祖传的十二枚银环戴在病人的手上，他就可以治疗世上的任何疾患。

程景没有去找那位巫师，他也不觉得自己哪儿出了毛病，并且一直保持着这种苦思冥想的习惯，直到中年。那时他已在军队里做了兵组司，有一个直言不讳的年轻下属告诉这位长官，他说话前总要思索一番，即使随便问候一句是否用过早餐，他都要先考虑一会，这有点儿不合常理。也就是说，简直十分讨厌！这时程景才幡然醒悟过来——原来这样子挺讨厌！虽然他从来没有觉得这样子会招人喜欢，但是他觉得既然人家已经提出了建议，自己就应该加以改正，好像他有义务把自己变成别人希望的样子似的。

那时他装出了一副听从命运安排的样子，不再捣乱，成为了一个受领导信任的人，但是不再是一个 maverick 了。他考虑的是，自己既没有精力，更加糟糕的是，自己已经完全失去了信仰！就不再配做 maverick 了。

五

程景忽然对一位神秘的歌伎——唐芙产生了兴趣，但是这位姑娘已不是活人，她生活在晋朝的洛阳城里，程景在一本书中读到她的几篇手记，就入迷了。如你所知，程景格物致知，也热爱猎奇，这都为人所喜欢，但是他现在对死人产生了兴趣，这就有点儿变态了。不过既然他已经神游，那么我们就不妨和他一起探索这段历史，我们将会有新的人物、新的开始，唯一的缺憾可能是它已经发生在了过去。

唐芙姑娘是洛阳城的第一歌伎，据说，她自从十六岁之后就住在东曹撰张慧的府上，总共住了十年。写下第一篇手记时她还很年轻，技艺超群，风华正茂，因此受到许多洛阳名士的追捧，但是她感到不开心，年纪轻轻就患上了一种头痛病。一旦第一歌伎唐芙的脸上显露出忧愁之色，张府里的大夫就会立马为她开最好的药，轮流用几个丫头来照顾她，以防止她感到厌倦，不过这病到底好没好只有她自己知道了。

这是因为，洛阳城里不止唐芙一个歌伎，张府里也不止唐芙一个歌伎，但是她现在技压群芳，吃穿都是全府上下最好的，如果她还敢说不够好，自己吃了最名贵的药还是头疼，这必然会招致其他歌伎的仇恨。不管你是谁，位于何种地位，都不可能做到随心所欲。

张府的主人张慧，是晋国的名士，同时身任东曹撰，领郡国事，一个人的俸禄就足以养活几千口人，此人还乐善好施，所以在当时的洛阳城很有影响力。张慧把唐芙招到府上来，完全是出于一种惜才的心理，据说他还请了当时最好的作曲家来为唐芙谱曲，请最好的画师为她画像，等等，也就是说，这是一种文化风流。直到某一天，唐芙忽然说自己想去洛阳城外面看一看，张慧在无意间听见这话后就眼皮直跳——他可不能让他的文化跑了出去。

当时洛阳城里有传言说，张慧在唐芙进府之前就已经和她有了奸情，他把唐芙招到自己府上来，跟文化无关，只是一种风流。此时的洛阳城里也有其他歌伎，她们的梦想就是像唐芙一样能引得各个名士为她们争风吃醋，并且一辈子住在豪宅里，与此同时，她们个个都认为唐芙不如自己。如你所知，这些谣言就是她们制造出来的，不仅因为她们嫉妒唐芙，还因为她们呆在艺苑里或府上每天都感到很无聊，所以总得要找点事做吧。

但是据我所知，此张慧乃是一个正人君子，他的惜才之心和济世之心都是真的，绝不是在装模作样，不过他倒是有一个怪癖——从小就对人的美貌有一种非同寻常的爱慕之情。在他看来，人的美貌就是一种自然天成的艺术，他的其中一间书房里就收藏着各种各样的美人图，都是他在外出游玩时，偶然碰见一位稍有姿色的人当场作画留下的。这些画中既有普通的人物肖像，又有抽象的线条和奇异的色彩，当好友来访时，他就拿出这些画让他们看。当朋友们认出画上大概是水塘中央的一株野慈姑时，他却说这是一个女子的脸庞；当画上用木炭涂得一团糟时，他却说这是两个戏水的姑娘；而当画里充满扭曲的线条时，他说这是一个少年的眼睛，等等，这才使得后人都认为张慧的画属于抽象画派。张慧既热爱女人的美貌，又懂得欣赏男人的美貌，因此在他的熟人看来，他就有一点儿同性恋倾向，并且还有史料记载说，张慧和他的好友——晋国的丞相杨业就是那种关系。张慧当时知道这种谣言，但是对它不屑一顾，不过有一件事他不知道，而且不能对它不屑一顾——第一歌伎唐芙想要跑到洛阳城外面去，而他的表弟陆烨正是她产生这个想法的原因。

张慧的府上人员众多，每天都有自称是他素未谋面的亲戚的人来投靠他，所以当这位表弟来投靠他时，他也记不起这位表弟，随手一招，就让他当了张府里的一个画师。据说画师陆烨的画技精妙绝伦，他的画笔能画出夜晚星星所发出的声音，流水的姿态以及永恒的时间。他在张府里的时候就曾为唐芙作过一幅画，不过当时他还不知道那就是唐芙罢了。

那天，唐芙正坐自己房前的院子里晒太阳，还在和别的歌伎聊大天，听说有人要给她画画，她就跑去了，结果差点儿得了颈椎病——她在湖边的玫瑰椅上一动不动端坐了一个时辰。当时画师们在画人物的肖像时，都会要求年轻姑娘们取一种标准的坐姿——双腿并拢侧放，双手置于腰侧，挺胸颔首，这种姿势的好处是使我们看起来更优雅，坏处就是显而易见的，唐芙很快就感觉脖子已经不是自己的了。一个时辰之后，当旁边的人向她示意画已经完成，她就瞪了画师一眼，立即站起来跑掉了。画师陆烨开始收拾自己的作画工具，因此没有看见那一眼，画完后他只是模模糊糊记得有一个咬着嘴唇，一双大眼睛里充满了灵气的女孩子。他完成了任务，就把画交给别人，然后也走掉了。

张府里每个月都要开一次例会，这跟我们在学校或公司里差不多。张府里不止唐芙一个歌伎，也不止陆烨一个画师，各个部门聚集在一起，就要轮流汇报本月的工作情况。比如唐芙她们这个部门，就要汇报本月创作了多少曲目，其中哪些获得的反响良好，总结出了某某创作经验之类，而财务科的人就要汇报每月的开销明细，照例向大家倡导节约，等等。总之只要台上的人一开始开口讲话，坐在下面听的人立刻产生一种条件反射，变得昏昏欲睡起来。

唐芙坐在人群之中，也有点儿昏昏欲睡，这时她注意到了坐在绘画部的一个男人。他身材高大，坐得挺直，全神贯注的听着台上的人作报告，但是谁也不知道，他的思绪早已经飞到远处去了。后来他转了一下头，就看见唐芙正在看他，因此一怔，然而再也没有回头看她。

这就是唐芙和陆烨的两次相遇，但我总觉得唐芙很吃亏，好在后来陆烨爱上了唐芙，并且打算放弃一切跟她一起逃出洛阳城。在陆烨看来，他完全是自由的，随时可以去任何地方，是任何人的表弟，唐芙则是受到他的鼓动，很想去外面的世界看一看。如前所述，唐芙作为一代名歌伎，按照规定，她除了洛阳城外，哪里也不能去，除了在张府里慢慢等到皮肤变皱，胸部下垂之外，什么也不能做，所以这里就产生了一个矛盾。

晋朝的国都洛阳城是一个好地方，既是全国的经济和文化的心脏，也是一个风光旖旎的城市，里面有一些人墨守成规，另一些人则异想天开。唐芙现在已经变成了后者之一，并且还在一个早上还付诸了行动——和画师陆烨从洛阳城里私奔了，跑去了另外的城市！他们在走后就招来了很多流言蜚语，不过他们自己什么也听不见了。

歌伎唐芙在各地漫游的时候，留下了一些动人的乐曲，这些曲子既有描绘爱情的，也有反映民间疾苦的，张慧偶有一次听到一段乐曲，就知道这首曲子是出自唐芙之手。画师陆烨也在洛阳城里成为了传奇，不过不是因为他高超的画技，而是因为他带着京城最漂亮的歌伎私奔了。自从这两个人离开洛阳城以后，就再也没有回去过。

六

程景读完了所有的手记，就将之归还给了图书馆，然后感到一阵怅然若失。冬季来临了，遥远的群山里陷入一片沉寂，夜色变得像梦一样深沉，谁听见了头顶的云里，隐隐传来一阵阵飘渺的歌声？皇城里已经下过好几场大雪，李府的庭院里满是厚厚的积雪，在雾气浓郁的清晨，水井旁站着几只黑色的鹭鸶，都缩着自己的脑袋，一动不动。

有一天夜里，程景梦见一艘载着奴隶的大船，它在月光下的一片海域里航行，桅杆上的信号灯闪闪烁烁，巨大的船身忽然反射出鱼鳞一样惨白的光，忽然之间，一个个戴着手镣的奴隶开始往黑色的大海里跳。程景忽然从梦里惊醒过来，就再也睡不着了。冷风从窗户的破洞里吹进来， 一直吹进他的心里去。他已经在这里呆了五年，难道他准备在此度过一生吗？连他自己也不清楚。

第二年的四月份，程景终于重新见到了张仪——在那次向程景展示了“方舟”之后，张仪忽然消失了，只留下一个空的阁楼和满腹疑惑的程景。而在此刻，当张仪当街把程景拦下来时，程景几乎认不出眼前的这个人来——张仪形容憔悴，仿佛一下子老了二十岁，跟以前那个精力充沛的男人相去甚远，但是在张仪的那双眼睛里，却闪烁着一种愉快的光芒，而那种愉悦仿佛是从内心里迸发出来的。

张仪邀请程景到他的新住处去——原来张仪已经搬去了郊外，独自住在一间破旧的屋子里，周围是山毛榉树林。两人先是在屋子里闲聊，接着张仪忽然站了起来，兴高采烈的请程景到屋后的林子里参观“方舟”的成品。

当程景亲眼见到那神秘的伙计时，就不禁目瞪口呆了：“方舟”变成了一艘真正的会飞的大船，平坦的底部收起了起落架，机翼和尾翼都收缩嵌在了机身之上。据张仪描述，飞行器的外壳是一种特殊木材制成，在所有植物中它最具灵性，在梵语中的名字即是“天堂”。“方舟”以星球矿石作为永恒的能源，而以一个精密装置作为导航系统，它会自动找到到天堂的路。

程景向朋友表示祝贺，然后小心翼翼地对计划的可行性提出了质疑，但是张仪立即挥了挥手，打断了程景的话。他带着抑郁的笑容说道：“朋友，我的梦想成真，天堂终于近在咫尺啦。”

第六章

人最大的忠诚是随时追随自己的心意。

一

七个月过后，程景从李姓富商的府上走掉了，他逃回到了大叶寺，决定再也不出去了。在这个寒冬时节，夜色浅薄，犹如一碗稀盐酸，夜晚的月亮和星儿都溶解在了里面。皇城里的流浪汉们，在城门之下冻成了坚实的一团，好似冰箱里的一只只冻饺，只有一群散发着蓝色光芒的鸟儿，不受束缚，冲破了云气，飞向更高更远的地方去了。

对于张仪的死，程景在一定程度上是可以预见到的，不过这个变故还是给了他当头一击，使他陷入了恐惧的震动之中。当这位朋友死的时候，彩云城里正是炎热的夏季，即使你将自己泡在流动的河水里，身体依然往外冒着汗，连空气都热得扭曲了，仿佛太阳把所有光芒都给了这座城似的。那天接近中午的时候，程景刚好把活儿干完，如同一朵蔫掉的喇叭花一般，正在回宿舍的路上走着，这时塔河忽然从跑过来告诉他——园艺师死啦，程景当即愣住了。过了好一会儿他才反应过来，忽然用力拍了一下大腿，几乎是狂叫着骂了一句脏话，起身立即跟着向外跑去的塔河跑了起来。结果是程景什么也没看到。

程景听说有人在郊外的空地上看见了一堆残骸，有人的骸骨，也有飞行器的残片，该区域的土地都被烧焦了，现场一片混乱。彩云城里也有一类人叫作新闻记者，他们很快就赶到了那里，绘了几幅图，还拿走了一些金属残片，但是彩云城的衙役们很快就把他们赶走了。后来程景独自来到郊外，什么都不剩了，只有一个被火烧过的大坑，半米多深，仿佛是通往地底的大门。程景垂头丧气，说不出一句话来。

他开始懊悔没有尽力劝服朋友，至少他应该直言不讳地告诉张仪：为了那种虚妄的自由，不必要搭上自己的性命！但是他怀疑这句话自己真的能说得出来！事发后的几个月后，程景就离开李府，回到了大叶寺，因为他既难过，又愤怒！李府里的那些伙计对于张仪的死幸灾乐祸，肆意曲解他的形象，就在不知不觉中激怒了程景！

程景回到了从前的生活，有时在试验室里呆上一整晚，有时跑到森林里去打猎，需要说明的是，程景在打猎时常常赤裸上身，他的那副身体匀称、修长，身手敏捷，天呐！他看起来是个多么英俊的野人！后来他又沉迷到书中去了，开始投入到乌古斯人对伊斯兰教形成作用的历史题目之中，企图恢复到他过去的生活，但是他的朋友张仪却跨越了时间和空间，不时出现在他的头脑当中。

二

第二年的春季来临，万物复苏，森林中结冰的河流开始解冻，满坡的山梨树抽出了新芽，那种新鲜的气息，仿佛印证了人间的荒凉只是暂时的。程景整理了寺里的菜园子，又从后山林里砍来木头钉上新的木桩；然后清理了因为流经竹林而堆满枯枝败叶的水渠，在地里撒上草木灰；他重新加固了大叶寺的围墙，在墙脚下种下一种常春藤似的攀缘植物，并在屋前的空地上种了海棠。做好了这一切之后，程景站在院子中央，心中忽然感到一阵狂喜。

接着就到了初夏时节，程景一如往年般在山后的森林里转悠——他穿着一件亚麻的薄外衣，扎起了头发，把绳子系在腰上，一清早便出发，在经过虞美人花地之后，他就沿着曲曲折折的小路进入到森林腹地里去。

他寻找某些具有药用价值的菌类，记录乔木树皮上的精美花纹，倾听不同鸟类的嗓音！森林里的混合着青草与阳光味道的空气多么令人心旷神怡啊，他甚至想要发明一种机器来盛装这种空气了！

当程景遇见伐木者们，他就走近了跟他们打招呼，询问哪里出现过他所要寻找的植株。他和伐木者一起吃午饭，那些人把提前准备的饼、炒熟的豆子分给他，同时不厌其烦地问他关于彩云城里的事。不久之后，程景就跟他们中的一个叫朴虚的青年结下了友谊。

程景注意到朴虚，不仅因为他跟其他的伐木者不同——留了一头长发，还因为他性格真诚，说话时带着一种天真的语气，尽管比程景还要年长几岁，朴虚却有着孩童般纯粹的一面。

朴虚从小和当地人一起进出森林，熟知林中的每条人行的小径，当他和程景一起在森林里游荡时，他会兴高采烈地告诉程景某种植物、昆虫或者菌类的名称和特性。甚至有一次，在朴虚的带领下，两个人一路寻踪觅迹，在一棵大榆树下面找到了一只草豹子的巢穴。程景听当地人说起森林里的一个神秘湖泊——据一个曾看过的人说——堪比天上的瑶池！程景问道："天上瑶池，是个什么样？"那人愣了一下，呆呆地答道："就是那个样儿呗！"但是这个瑶池的神奇之处却不在于此——据说它是存在的，却没有人能够找得到它，因为它就像人一样会四处跑动哩！

朴虚却告诉程景，传言把湖泊的神秘夸大了，他自己不仅见过那个湖，还知道它一直就在那里，其他人很难找到，是因为他们缺乏勇气，不肯花力气寻找，即使知道路径直接走去那片湖泊，也得要两三天呐！程景却和朴虚计划好了一道去探访那片神秘的湖泊。

两天后的一大清早，两个人就出发了，在中午时刻进入了森林的腹地，在走过了最初熟悉的地方之后，两个人继续穿过密林，朴虚不时抬头看看太阳，程景则被森林里成丛生长的巨型蘑菇迷住了。后来他们走过了由木头并排形成的小桥，走过湿漉漉的林中洼地，到了这天午夜时分，忽然下起了一场大雨，两人的衣服都湿透了，衣服答答地贴在身上，但是这不妨碍他们发现丛林里的大雨下得格外生动。此时朴虚则显示了他一贯友好与率真的性情——主动伸出手，拉住程景继续往前目的地前进。

他们在森林里度过了三天三夜，最后一晚的夜半时分，他们终于爬上了一座山头。鸟儿的鸣叫声突然消失了，空气骤然变得潮湿起来，在一片抽空般的寂静中，程景顿时被眼前的情景惊呆了！

在两座抬高的山脊之间，托着一汪深黑色的湖水，镜子的湖面上完整地倒映出一轮泛着清辉的月亮。湖泊边缘尽是些圆黑的石头，草丛里森森然，仿佛这湖泊是通往另一个世界的入口，同时又让人联想到一条美人鱼即将自湖心穿出，在月光下沐浴，她的肌肤闪闪发光……

朴虚看着那片湖泊，笑吟吟地对程景说，就算是为了这样的景色，他也愿意在森林里呆一辈子。

程景几乎被他的纯真给打动了。

在整个酷热难当的夏季和温和多风的秋季，两个人一起在森林里穿梭，共同探寻了许多奇妙不凡的事物。在这年的冬季，程景对乌古斯人的历史研究也有了结果，令他欣喜若狂，这也许能给他在城里某到一个学者的职位。当时在大搪里做学术的人也叫“学者”，每年上交几篇论文，在每月末前去开例会，每月就能获得三两饷银，跟一个普通的泥瓦匠的工资差不多，但是程景还是很高兴了，这说明了他的性格里有卑劣的成分，为了生活就愿意出卖自己的智慧。第二年的春季，程景打穿了寺墙，并且砌筑了一道供人进出的大门——仿佛是一个标志，意味着他又接受了外面的世界。

三

此时彩云城里的姑娘们都挺会装扮，至少能化一手好妆，尽管城里还没有整容医院——若是让一个敢于操刀的杀猪匠来干这事，他在你脸上逡巡了半天，最后只能痛下杀手，把你的鼻子割掉，然而城里的美容院却有许多，有些能提供独特的化妆服务，不仅包括一般的工作妆、晚宴妆和各种异域风情的个性妆，还可以把男人化装成女人，把老太太化装成年轻小姐，等等，然而如你所知，这些美容院只是彩云城的一小部分。

彩云城是一架大机器，有许多的零件——人，有零件们运转的法则——各种各样的制度，有使用期——这不好说，大家都把彩云城视为一座永恒之城，然而在该城里有一种不得不说的制度，叫作名片法。也就是说，在大搪里每个人都拥有一张名片，它是由一种人造皮革制成的，上面标明持卡人的姓名、官邸、家财数目、其老子（叔父、小舅子等等）现任××机构的××……并且由专门的权威人士评上等级。十颗星为最高级，皇帝本人身处深宫，跟大臣和妃子们见面不太需要这种名片，因此十颗星代表的就是丞相、骠骑将军、千万富商等人；九颗星就表示吏部尚书、侍郎，等等；依此类推。

在这种制度之下，如果两个人在巷子里狭路相逢，都想要第一个驱车过去，于是两人互赠名片。相看之下，对方是五星级的，而自己只有三星，于是立马向后撤退，请人先过；若是在大街上某甲不小心把某乙撞倒了，那么互赠名片，由等级低者向等级高者道歉；要是有人在大街上驾着三匹马车玩漂移，把旁边的路人给撞飞了，于是城市管理者上前向飙车者索要名片，如果等级大于七级者则不需追究其法律责任，即可当场放掉。这样一来，许多事情处理起来就非常方便，于是广大人民乐开颜。

以此同时，程景也乐开了颜——终于有了第一个邻居，是一个从军队退役的老头。在一个凉爽的秋季下午，老兵从刚砌好的大门外走了进来，随身带着他的所有家当——一个包袱而已。程景十分愿意帮老头儿清理出一间卧室，但是老头毫不犹豫地拒绝了。在两天之内老头就在寺里的空地上搭起了一座竹屋，开始和程景比邻而居。

老头长了一只鹰钩鼻子，一双眼睛经过了岁月的磨炼变得十分锐利，仿佛能够洞察一切，他身材魁梧，言谈举止都具有军人的风度。尽管程景对的军旅生活很感兴趣，但是老头本人对此缄口不谈，即使程景开口问起，他也发挥年龄的优势，啊啊了两声假装没听懂。

每天一大早，老头就起床来，照例拒绝了程景做的早餐，开始绕着大叶寺跑圈，边跑边口唱革命战歌。白天的时候，老头就在大叶寺里转悠，开始对那片小竹林情有独钟起来，但是对程景在寺里种下的其他树木就很坏。

这是因为，在大叶寺里总有一些奇怪的景象，比如，你在清早起床时看见院子里有一株女贞，雪白的一丛，好似附着在天边的云霞，到了傍晚时分，它就开始凋谢了，等到晚饭后你再跑去看它，它的树叶就已全部掉光。老头儿看见这种景象很是不安，因为这显然有悖自然规律，就计划着把这些树木全部砍倒。程景这次却没有像以前在森林里阻止伐木者们一样阻止老兵，因为这些树的木质层就像金刚石一样硬，非得要十几个壮汉合力才能劈得开，所以就由他去好砍啦。

九月的一个清晨，老头推开屋门，一眼就看见院子里的一个红色东西，他瞪眼一瞧，原来是一只火红的狐狸，正在吃地上被季风吹落的果实——到了秋季，寺里就落满了坚果和山梨，这种梨子的形状长得像葫芦，还有一种野柚子，圆滚滚，黄澄澄，但是它们既酸又涩，人不能吃，所以只好堆在那儿，等到烂掉之后就弄进园子里去当肥料。

老头儿耳清目明，一看见火狐狸就立刻叫程景来捉，但是当程景拖着两条腿子从试验室里跑出来的时候，狐狸已经跑掉了。接着程景邀请老兵来查看他的试验室，老兵在里面转了一圈后，感到十分惊讶，尽管他对程景的化学试验一窍不通，但是他相信这是很实用的技术，根据军用“飞火”和信号烟火的做法，老兵利用程景的试验室里的硫磺、石膏、硝酸盐等材料制作了一种节日用的烟花。后来当程景为了修墙而采集石材时，老兵又做了一种威力极大的炸药，除此之外，程景看得出老兵对于挖井和筑房十分在行。

这年冬天的时候，老兵指导程景将大叶寺重新修整了一遍。程景很能适应炎热的夏季，但是寒冷——尤其是今年的酷寒让他猝不及防，他白天忙着修理大叶寺，晚上就用一种据人说能强身健体的热草药水来洗澡，洗了两次之后就成功患上了风寒。老兵却经常一个人到山林里去溜达，有时也跑去城里逛逛。他说在自己年轻的时候，曾经路过樟宜县的一座庙，就在那里向当地的一位古怪的红衣僧学习了两年的心法，由此获得了一副寒热不侵的身体。

老兵开始松口谈起他的过去时，是在第二年的九月份。在他看来，如果一直将记忆留在语言之外，终有一天，它们会被遗忘到看不见的角落里，再也找不到了，尽管他自己也十分清楚，当他用话语把回忆具象化时，实则它们的形象已经缺损，只留下单调而并不准确的形式。

据老头说，他年纪轻轻就被纳入了远征军，当过烧火兵、校尉、中郎将等等，起起落落，曾与四个国家的军队作过战，他的背部受过极重的刀伤，还差点儿因此丢了性命。那是在一次上面的指挥官判断失误的情况下，他的队伍陷入了敌人的包围，凭借着险峻的地势，最终他带领那支队伍艰难地成功突围，然后在这场战斗中留下了可怕的伤痕。他有过一个妻子，但是自他离家参军之后，就很少互通音信。他一生参与了很多战斗，为国家贡献了一切，在退伍之际，他却拒绝了上面授予他的头衔和奖赏，因为他现在唯一想做的，就是忘却战争——即使他热爱军旅生活，忠贞不渝地为国效力，但是他始终认为他们发动的每一场战争，其实质都只是一种杀戮，好比是喊着统一口号的明目张胆的暴行。

尽管老兵与妻子失去联系已久，但是她是他多年来的精神慰藉，然而当他在花甲之年回到故乡，看到的却是一片荒凉，物是人非，找不到一点关于过去的痕迹了。他当即把军队坚持授予他的奖章一一扯下来扔在地上，坐在地上嚎啕大哭起来。他认为生活欺骗了他，他在烽火硝烟中献出了自己最可贵的青春，但到头来却一无所有。

在历经了绝望过后，他重新打起精神来，卷着包裹独自游历了半个搪治，他说那些地方他似乎曾经去过，不过却记不清楚了，要么就是它们已经完全变了模样。最后，他来到首都彩云城，出于偶然，军靴跨进了大叶寺，结束了他十多年的漂泊生活。那个季节里，大叶寺里开满了黄白的洋槐花，空气中飘着沁甜的香味。

四

在老兵来到大叶寺的第三个年头，明显开始衰老了，前两年里他还保持着老年人恰如其分的活力，忙于杂事，乐此不疲，但是在随后的几个月，程景就发现支撑老兵的那股精神劲儿开始衰退了，仿佛时光正在他身上发生剧烈的化学反应。

他花了更多时间与一把藤椅为伴，更加热爱闲聊，并且总是回忆过去，每说完一句，他就把嘴巴紧闭起来，好似这就是一个不可改变的结论和事实。程景有时听他唠叨，有时当老头把同一件事情重复三遍以上时，他就径直走开了。老兵回忆起了他的老婆，是一个有着柔软秀发、温柔可人的女子，但是程景连听也不要听——他起码已经听过二十遍了。程景坐在院子里由两棵山梨树的旁枝绾成的秋千上，一边听着老头的唠叨，一边却在脑海里构造出一架能精确测量太阳高度的仪器来。

程景的心变得越来越不平静了，又对外面的生活有了向往，不时往皇城里跑了。出于一次偶然的机会，程景结识了一位来自波斯的魔术师。此人名叫洛肯，长得又高又瘦，面容却像一个女人般秀丽，擅长用各种奇特道具给他的朋友们表演魔术。洛肯每天出入一家土耳其浴室，但是因为该店只接纳他们本国人，所以洛肯在每次去之前，都要先用一种源于大食的高明化装术给自己化装。后来他和那位老板结识了，就减少了化装的麻烦。

洛肯不时在自己的家里举行宴会，他的朋友中有些是在剧团里工作的，各有各的神奇本领，就轮流为其他宾客们表演上一圈，而洛肯不停地劝他们大吃大喝。有一次，一个当地人混在他的客人中不请自来，躲在角落里一味胡吃，结果把肚子吃得圆滚滚，差点儿魂归西天。洛肯让人给他喝了催吐剂后，就把他抬到院子的一边去了。洛肯也应邀参加别人的聚会，在一个饕餮大宴的比赛上——据程景所知，洛肯本身是一个对饮食相当有节制的人，但是他却常常出现在许多跟吃食有关的地方，这位魔术师先是品评了食物，然后向程景讲起他在大食的经历。

洛肯的许多魔术技巧都是在大食学到的，但是他却在波斯的一家造船厂里出生，被厂里的工人们一起养大，从不知道自己的父母是谁。在他小的时候，一个名不见经传的叫作“拉比拉斯”的剧团正在当地演出，一个船场工人因为家中临时有事，就将入场券送给了洛肯，他跑进舞台下的观众席里，此时正好上演着一个魔术表演，让他万分震惊。那时魔术很少被当众表演，那些手指间的技巧，还常常被人认为是骗术的一种，但是洛肯却立即迷上了它，并以之作为职业。在他 20 岁的时候，这个在别人看来仿佛拥有一种神秘力量的年轻人，在当地就已经十分有名。

他不时被邀请去做聚会上的魔术表演，在那些舞台上，洛肯更好的历练了他的言谈举止，尽管那张女人般的面孔遭到了一些男人的嘲笑，但是却俘获了那些看过他表演的姑娘的芳心。洛肯是一个思想相当开放的人，毫不顾忌地跟她们发生了性爱关系——在性这件事上，他认为水到渠成，反对性就是反对人的本性，反对人类与生俱来的美好的东西。就在他如鱼得水的时候，却忽然被卷进了一起莫名其妙的大型珠宝盗窃案中，洛肯没有证据为自己开脱，就不得已舍弃已有的一切，伪装成一个小贩跟着商队一路向东逃走。

当他到达搪治时，正好赶上大搪对其他国家的开放政策，于是他就留了下来。洛肯多次说道：“人不必取悦别人 ，只需专注于自身的需要，如果又肯降低需求的话，美妙就会如期而至。”但是程景认为做到这一点很难，因为它也反对了人类的本性。

这年的冬季过后，程景又去了城里一趟，却被洛肯的朋友告知，他已经在回波斯的路上了——他规划好了未来的宏伟蓝图，准备回国开创一番魔术事业。程景问她："这不是跟他的信念背道而驰吗？"那个女人呆呆地望着程景，咬了咬下嘴唇说道："可是人最大的忠实就是随时追随自己当下的心意啊。"

五

老兵再也不能讲话了。在一个夏季的雨夜，他从竹屋里走出来，神不知鬼不觉地跌到一口枯井里去了，连叫也没有叫一声。在此事发生的半个月前，老兵就忽然病倒了，他躺在自己的床上，一会儿清醒一会儿昏迷，在睡梦中也一刻不停地说着胡话，伸出鹰爪般枯瘦的大手，似乎要抓住时机最后的命脉。程景全天注意照看着老头，却没有料到他自己在后半夜稀里糊涂地跑了出去，了结了生命。这种出其不意的死亡程序让程景感到一阵恐慌，他意识到某些最为重要的东西是抓不住的，只能等待一双无形大手的指示。

不久之后，程景就在后院的竹林里看见了老头的鬼魂，使他大吃一惊——鬼魂的形象是十分奇特的，从那张脸上还能大概辨认出大概的五官，而且好似年轻了许多，但它的身子已经萎缩了，由一团浑气形成。

起初，程景把鬼魂的出现当成是自己的幻觉，当作悲痛作用下的结果，直到后来有一天，在半夜时分他从卧室里醒来，看见那只鬼魂就坐在他面前的凳子上——它正呆呆地望着窗外月光下的一株海棠花，在那空洞的神情里——如果展示出了一种情绪的话——是真切的悲伤。程景没有感到害怕，只是感到一种相似的悲伤。在那之后的一个月当中，程景时常看见鬼魂一动不动的坐在竹篷前的石阶上，有时又伫立在枯井边，不安地向井里张望。程景企图走过去和它交谈，但是鬼魂只是抬头望了他一眼，旋即沉下脑袋，盯着自己那双空荡荡的脚出了神。

一段时间过后，老头儿的鬼魂也消失了，残败的大叶寺又剩下程景一个人。一天早上，程景忽然大叫一声，疯了似的跑进试验室，企图发明一种联通阴阳两界的工具，或者一种使死人复活的特效药，但是都没有能够成功。接下来他拆掉了岌岌可危的竹屋，砌住了井口，这样一来，老头存在过的踪迹就彻底消失了。

他独自沉闷地在寺里待了两个月，终于有一天早上，他带着包裹穿过寺门，向外面走去，然后向他的目的地——环锦城出发啦。

第七章

最不相信命运的宿命论者。

一

环锦是首都的邻城，大搪的第二大城市，在进入这样一座城市之前，我们禁不住要想象它的样子，我们希望环锦是这样一座城：在四四方方的街区上，一条条石砌的道路引领你走向一座座未知的房子。每座房子的屋顶上都矗立着一只蓝色的风向标，临街的窗台上放着一盆盆秋海棠或者常春藤，一排排宝石绿的玻璃窗半开着。房子与房子之间种着无花果树或者梧桐树，树底下埋着垃圾或者写给情人的信件。在黄昏时刻，展翅欲飞的屋檐之下传来女子若有若无的歌声和男子的手风琴声——这是一个有着质朴气质但时常暴露年轻活力的城市，一座充满希望的城。

然而真实的环锦与我们的期望毫不相似——当程景踏进该城的城门时，对自己刚刚被守城门的卒子敲诈了几个铜子的进城费毫不知情；他还没来得及细看眼前的街道，一团烟尘就朝他滚滚而来，等那烟尘近了，他才看清这是一个男人驾着两匹马的马拉车，大声怪叫着从他眼前呼啸而过了。直到望着那乱窜的马车很快消失在街角，程景才拍拍身上的灰尘，开始在阳光下审视起这座城市来。就这样，程景住进了一个跟彩云城完全不同的城市。

环锦是一个内陆城市，气候干燥，只有一条来自西部群山的河流从省内经过，然而该城却有着世界上最好的水利工程师，他们设计出了世界上最为完善的水利系统——就在城市街道下方，在你看不见的水泥地下，布满了大大小小的水管，密密麻麻，犹如城市的血脉，与郊外的水库连通，提供不竭的生命力。程景初来乍到，对这座城市叹为观止，因为当地人遵循着一种生活规律，即是毫无规律——只要你愿意，政府将批准你在任何地方建造任何形状的房屋，同时给予城市居民公开举行任何活动的权利，因此有人在没有河流处架起了一座石砌的拱桥，有人在军营前开办乐器展览会，学校里每年都有斗鸡比赛和泳装大赛，一个人在担任督察院院长的同时，还担任着某个歌舞团的合唱指挥，或者本身是一个茶艺爱好者。

同时，每座房子均由该房主人亲自设计，并配有螺旋形的滑梯，面包形状的红色屋顶，几扇雕刻着红酒酒瓶、熊或者鸢尾花纹的木格子窗。但是当你继续延伸目光，你也许会看见在一座由金黄的向日葵油画装饰的房子里，女人和男人正在扭打，他们的孩子则坐在一旁的地上，专心制作一只橄榄绿的风筝；一个拄着拐杖的老人，无声地向迎面走来的撑着花边太阳伞的年轻女子下了一个狠毒的诅咒；长着一双纯洁眼睛的人，正躲在黑暗中筹划毁掉一个承诺；而在夜晚，民居的房门统一用精巧的白银锁锁住。也就是说，这是一个曾经患过癫痫病的城市……

程景在首都彩云城里呆久了，已经变得愣头愣脑，起初毫不适应环锦里的多彩生活。我们知道，程景来到这里一事无成，最大的收获就是爱上了一个名叫扬花的小姑娘，后来还鼓动她跟他一起私奔了，这显然在任何时代都是十分欠揍的事情。

二

第一天傍晚，程景先去了一家旅店，然后却在街头上过了一晚。事情是这样的：天色渐暗的时候，程景走上一架搭在砖墙上的梯子，伸手敲了敲房门，那时城里的街上正在放烟火，热闹非常，但是程景观望了好一会儿，也不知道他们是在为何而庆祝。中途的时候，几颗未熄灭的火星落到了一座草屋上，立即点燃了屋顶，因此引起一阵小小的混乱，不过大家冲上去很快把火扑灭了，那些人又接着载歌载舞了。

后来，一个披着一件大号外套、身材矮小的男人给他开了门。此人表情冷淡，两颊上长着黄毛，羊绒帽子歪歪斜斜地戴在头顶上，上嘴唇很厚，程景就想到：此人可能患有鼻炎……小个子老板要求程景先交房钱，但是程景坚持先看一下住处，小个子老板只好瘪了瘪嘴，点头同意。

他们走下楼梯，穿过一条狭窄的巷道，旅店老板提着油灯在前面带路，他的身体摇摇晃晃的，映在地上的影子犹如一只超大号的蝙蝠。程景也摇摇晃晃地跟在他身后，同时闻到一股食物腐烂的酸臭味，不禁皱起了鼻子，但是这时小个子男人张嘴打了一个哈欠，显然对这味道不是很在意。当他们顺着一架梯子爬上了楼时，小个子老板已经涨红了脸，显然刚才那段路程让他感到劳累。两人走近一个房间，旅店老板掏出腰间的钥匙打开了房门，就在这时——程景看见房里的一对儿老鼠应声逃开了，同时有一股味道向他扑面而来，这是一种完全不同于刚才小巷中的味道，这种味道可以说极其复杂，让人顿时失忆，想不起有哪些东西竟会混合发出这样的味道！这个地方显然不利于人继续生存下去，程景在老板愤怒的目光中多次道谢，然后就走掉了……他想到：还不如去公园的长椅上睡一晚呐。

环锦城的秋季气候宜人：温和、晴朗，适合度假旅游，程景独自在夜晚的大街上走着，心情却很坏，他也不是为旅游来，一切才刚开始就那么糟……他走到昏黄的路灯下面的一把长椅前，看见长椅的另一端坐着两个人，他们像连体婴儿一样抱在一起。程景凄凉的想到，如果有一个人走过来，我也不介意和他或者她抱在一起。

程景坐在椅子上，逐渐感到眼睛酸涩，头昏脑胀——一个人如果持续试图在黑暗中看清东西，就会有这种效果。忽然，一个扎着满头辫子的少年踩着滑板从程景的面前一溜烟过去了，过了半分钟，另一个滑板也溜过去了，接着，一队滑板溜过去了。程景觉得这种街头运动很有趣，不过他不会玩滑板，只会开他自己设计的那种能飞离地面仅一尺半的机器。在半夜时分，一个工装笔挺的男人朝他走过来，脚下的牛皮靴与石头地面发出非常有力的声响，他是一个社团中介人。在本城里，存在着大量的社团，他就负责招揽一切愿意参加秘密社团的人。程景正在犯困，但是意识清醒，很难入睡，听着中介人喋喋不休，就疲倦地抬头看着他，希望他赶紧把话说完。

中介人的语气中有一种懒洋洋的高傲，程景就提问他：为什么深夜里还在工作？男人却叫道：“我们就是在晚上出来工作的呀。”这个答案显然不能让人满意。工装笔挺继续喋喋不休，程景打着哈欠，想到：这与我又有什么关系？简直一个字都没有听进去。中介人讲完之后，坐在椅子上愣了愣，接着自顾自地谈起杜朗西的哲学著作来了，并且象征性地批评了一下国内的哲学研究者们，这仿佛是此类话题的一个必要程序。中介人还请程景谈谈他对这位哲学家的看法，但是程景说他从来没有听说过此人，自己只在彩云城里喝过一种用青梅泡制的叫作杜朗西的酒。这种酒是专门给那些即将行刑的囚犯喝的，他出于好奇就尝了一点，是带一点甜味儿的……天快亮的时候，程景醒来了，他环视了一下四周，发现中介人已经不见了，而那两个连体婴儿似的人也已经走掉了。

三

程景在城里租了一间房子，租期为一年，为此已经花出了一部分积蓄，他决定要找一份工作。他考虑的是，自己既有头脑，又愿意花时间，蛮可以给那些酒楼和商店的老板们出出主意，怎么招揽顾客啦，怎样设计企业文化啦，等等。此时大搪里还没有这类职业，那些老板被他说得有些心动，却一致喊道："哇，你要求的工资太高啦。"并且他们也比较认同他们个人的文化。其中有人建议程景，他应该先加入几个秘密社团进行培训，因为大部分企业与社团关系密切，在社团里出类拔萃的成员，就会被推荐去相关的公司里工作，公司则向社团支付费用。而环锦城里的秘密社团，不仅从事文化娱乐、科学技术等领域的工作，还从事毒品贩卖、盗墓以及宗教活动，等等。程景感到疑惑不解——有某些研究工作，例如数学、哲学等，根本无需在秘密环境下进行嘛，大概是那些家伙觉得，倘若一个人一直毫不起眼，但是忽然某一天就证出了数学史上某个难倒众多天才的定理，或者几大哲学派系一直相持不下的命题，就会显得相当传奇罢。

程景不知道秘密社团所在何处，又暂时无人引荐，只能去当地的酒馆里打听消息。有一个喝得醉醺醺的家伙，在肩膀上纹着一只虎形般的鹿蜀，故作神秘告诉他："没有什么秘密社团哩，因为你还没有跟魔鬼签下契约。"坐在一旁的人就告诉程景，别信这家伙的话，因为他一年四季都是个醉汉，不能说出一句真话，至于那些秘密社团，它们就聚集在城里的几条街上呐。

第二天上午，程景就走在了那些街道上，街边到处贴着各种各样的招贴画，画着不同的涂鸦：天平、花朵、奴隶、黄金罗盘以及建在悬崖上的船型房屋等，还画着一些女人的裸体，一部分很美，无论观者是男是女，只消看一眼就会心神荡漾，另一部分则令人害怕——一个女人，倘若长出了一对荷斯坦奶牛般的乳房，决不能说是正常——这样一个女人走在街上，须得有另外一个人跟在她身后，以防止其重心不稳向前栽倒。除此之外，墙上还有一些标语，往往是在一方写完之后，另一方用石灰水刷掉重写，所以看起来乌糟糟的一大片。与此同时，墙上留有一块块褐色的印迹，也就是说，在某些时刻，街上必然发生了一些武斗。程景正在出神地看着，忽然就被一双大手拉进了一个屋子里。

这双手的主人——一位健身教练邀请程景加入搏击俱乐部，因为程景身材高挑，如果坚持锻炼，必然能够拥有一副完美的身材，进而被推荐进入模特公司之类。教练是一个真腊人，能说一口大搪话，他面膛很宽阔，留着一头短发，一身的肌肉很是结实，令程景艳羡不已，教练喜欢交友，私生活也很混乱。事实上，教练的生活就是环锦城人的生活：放纵、浮夸，追求极致。这座城市，曾经像风一样生长，盘旋向上，但是繁盛的花朵渐渐腐败糜烂，这座城市的精神，即是在自由和热烈中透着堕落。

两个月以后，程景就在该教练的建议下到一家公司里工作了，但是该公司不是什么模特公司，而是一个打手公司，专门提供专业的打手服务，也就是说，养着一群供雇佣的古惑仔。此公司位于城里的工业区，四周都是炼铁工厂和垃圾处理站，程景第一天上班时，看见该区域的街头行人都把脸藏在竖起的衣领里，步履匆匆，或者在街角徘徊，令人捉摸不透。程景越往工业区里面走，就发现空气正在变得凝滞、昏暗，时间也变得越来越慢。等他转过了最后一个街角，就看见了那家打手公司——一座由砖石和钢铁筑成的建筑，如此高大宏伟，犹如西威基尼亚的监狱一般，在一瞬间朝他拉近了。

程景初来上班，感到公司气氛庄严、肃穆，犹如参加自己的葬礼，进大门时他对两个守门人微微一笑，差点儿就被他们冲过来打一顿！他尴尬地抬头向上望，只见所有的铁窗都是紧闭的，只露出一些亮晶晶的东西来，那是一只只防守用的弓弩箭头。程景走进那栋建筑里，立马陷入了黑暗之中，过了一会不知从什么地方忽然钻出一个人来，走在了程景的前面，程景立马跟了上去。这位向导一声不吭，假装自己是个哑巴，步伐却极其有力，也许曾在军队里服役，而剑术高手程景则完全不同——他走起来就像是一阵风。程景听着听着那阵有力的脚步声，就忍不住更加放轻了自己的脚步，向导立即大喊道："别像个女人似的！"程景立马抬头挺胸，把地板跺得噔噔响，非常高兴地发现向导不是一个哑巴。程景边走边想到，向导对女人有偏见——难道他不喜欢女人？找个时候我要问问他。

程景被带到了二楼上，这是一个由一条长长的走道以及走道两旁的密密麻麻的房间组成的地方，每一间屋子的门上都悬着一块木牌，离程景最近的一间上写着"闾左四"，对头一间是"闫右四"，向导推开了第一间，告诉程景这就是他的办公室了。程景好奇的探头朝里一望，一切都已经了然于胸，屋子里总计床和椅子各一，强身健体的器材十数种：单杠、臂力机、电击棒，等等。也就是说，程景的工作就是在办公室里练练肌肉，适应适应电击棒的电流之类的。但是除了"闾左四"，他哪里也不能去，既不能到街上去闲逛，也不能到其他房间去串门，一切都为了在荷枪实弹接受任务的时候，程景能让自己死得好看一点。

程景对工作内容了解不够透彻，因此毫无进取之心，和那些同事们不能常常见面，无法交流信息，除非偶然碰见——都是一些身强力壮的肌肉男，有时出来上个厕所，身上只穿一条紧身内衣，遇到了就互相尴尬地打一个招呼，转身就走。程景觉得这种工作气氛实在有些不同寻常。

四

工作结束后的晚上，程景就跑到酒馆里喝酒，这里汇集了全城最能喝的骠国人和波斯人，一些在船坞里工作的工人也是常客，他们来不及脱下蓝布工作服，喝酒前就把脏兮兮的袖子卷起来。他们大声说笑，谈到了一艘正在修理中的曾打击过海盗的战船——这是一个庞大的家伙，曾被排炮击中过，并且被海水严重锈蚀，船身已多处毁坏，估计是无法完全修理好了。程景对它很感兴趣，问了一些具体的问题，但是不一会儿这些家伙话题一转，照例谈起女人来了。

在工人中有一个黄色眼珠的家伙，性情古怪，尤其喜欢向其他人讲起《山海经》中各种鬼怪，每当讲到食人的蛊雕和凶恶的梼杌时，他龇牙咧嘴，眼球外凸，恶狠狠的盯着在座的人，好像恨不得他们出门就遇到这些妖魔鬼怪似的。有一次，他那双鱼眼似的眼睛扫到程景的身上，随即发出一道可怕的光芒。

他高声说道，“最不相信宿命的人，尽管比别人勇敢，可是他们死后是要下地狱的！”

程景却对此毫不在意，因为他想到，在某种程度上他已经接受了那股来自命运的不可抗拒力，越来越像一个宿命论者了。这难道不是好事吗？

酒馆里人声嘈杂，鱼龙混杂：染布坊伙计、动物园工人、自称学者的人、流浪汉、毛皮商人，等等，后者贩卖一些不值钱的兔子皮和狐狸皮，口称喝一杯就走，却总是在人群里逗留很久。有人一进屋就开始高谈阔论，把自己当作一架喊话机器，也有人藏在沉闷的角落，神情沮丧，满面愁容。有一个喝得烂醉如泥的青年军官，几乎是跪着趴在一把椅子上，嘴里不停念叨着不知是“保护人”还是“犯人”的词儿，身体整个缩成一团，两条腿儿像小羊一样蹬着，想把整个人都挪到椅子上去。

为了排遣无聊，程景观察起这些人来，也像那位向导一样，不说一句话，假装自己是一个哑巴——有时候我们宁愿装成那样一副样子，让别人看不见自己。

程景感兴趣的是一个男人，他是这里的常客，每次都隐蔽地坐在角落里，既不参与任何讨论，又不听别人的闲话，他时而将身体前倾，向前晃动双脚，食指毫无节奏地敲击杯子，时而不安地环顾四周，仿佛在惧怕某种危险，这就引起了程景的兴趣。

当程景向男人走去，试图主动和他交谈时，男人吓了一跳，惊恐地起身走掉了。但程景坚持不懈，几次努力过后，男人终于无奈地告诉程景，他患有焦虑症——周边细小的声音就能让他陷入焦躁之中：打击乐器的声音，人在走路时脚底与地面的摩擦、一支笔在纸儿上滑动的声响，哪怕最微小的声音都能把他的理智杀死，让他的情绪歇斯底里，与此同时，他想毁掉自己的肉体——这就有点儿可怕了。后来，患有焦虑症的男人却走进全城最吵闹的酒馆里，企图适应这种嘈杂。他告诉程景，这是一位颇为值得信赖的大夫建议的心理疗法，他因此决定试一试。

当这位焦虑症患者平静下来，却是一个十分健谈的人，没有任何精神障碍的表现，更别谈有自我毁灭的倾向。他向程景谈起了自己居住在乡间时，曾在破晓时分独自划着一条木船横渡一条翡翠绿的河流，微光之中，只见一条条金光闪闪的鱼忽地从湖底跃起，坠入湖心；夏季的傍晚，夕阳在天边变成了巨大的一轮，从正中心处流出浓厚的血来；于深秋时节走进森林深处，听着大风吹过树梢，发出巨大的哗哗声，身体无故起了鸡皮疙瘩，想要立刻大声呼喊。

“在任何一个提供交谈的场合，人们开始交换记忆，这些话语在短时间里就被重复了千百遍，毫无新意，”他摇了摇头说：“如果你想寻找有意义的东西，就只能把眼睛放低，去光亮中探寻微弱的希望；把嗅觉变灵敏，去嗅闻一扇木窗忧伤的气息；或者把脚伸进耗子洞里，去捣碎它们的窝。”他低头看了一眼自己的脚，皱了皱眉头，显然觉得这不是一个好决定。对此程景也表示同意，但是他补充道：“另外一个途径，即是致力于寻找神奇本身。”

有一个晚上，一位身披蓝色披肩的姑娘从外面走进来，她的胸脯相当丰满，长得又十分漂亮，热情地跟酒馆老板打招呼。她随手在餐盘里摘了一颗葡萄放进嘴里，在人群中转了一圈，成功吸引了一群男人的注意，然后绕到程景面前去了。后来，在一家旅馆里，两人在床上做爱，这个姑娘的裸体很美，身体又非常柔韧，但是过程中故意叫得很大声，假装很痛苦一样。程景问她问什么要那样做，姑娘可爱地嘟了一下嘴唇说：“因为你喜欢呀，因为你有施虐癖嘛！”

程景严肃地回答道：“我不是。”他不认为自己有这样的倾向，但是过了一会，他又在心里觉得自己可能是的，姑娘却心不在焉地接了一句：“快乐和痛苦是分不开的。”

天快亮的时候，这个姑娘穿上衣服，又拿出随身携带的化妆盒化了妆，嘟嘟囔囔地说，他们既然已经做过了，就算是结下了友谊，是“性友”，这种友谊远比其他友谊更为坚定！在她准备离开的时候，忽然弯腰吻了程景的额头一下，接着向后跳开一步，看着程景愣住，她高兴地哈哈大笑起来。然而这段伟大的友谊却没能延续下去，因为自从那晚之后，这个姑娘就再也没有出现在那个酒馆里了。

五

过了两年，程景终于得偿心愿拥有了自己的房子。这座宅子建成已久，位置偏僻，远离中心街区，四周长满杂花野树，房主惶恐卖不掉，又不肯冒险去装修，因此只能把价格压低，一切都相当符合程景的心意。

他准备搬去新住处的时候正是初春，天气有点儿寒冷，他穿着一件灰色高领外套，提着衣箱，站在大街上。程景已经适应了环锦城人艳丽的服装和夸张的配饰，他还紧随潮流，在他所有的衣物上都绣了一个希腊名字——这十足傻呆了。有一段时间里，城里流行希腊语，要是在某些公司上班的话，大家都有一个希腊名字，就跟现在的英文名一样，这是当时的一种时尚。

程景伸手拦下一辆马车，弯腰钻了进去。马车只是当时大塘里租车的一种，除此之外还有牛车、驴车，有钱人也常常弄一只非洲豹、锡兰象之类的当作行路工具。上了马车之后，那位车夫立即振臂高呼，马车一路狂奔，烟尘四起，到达之后程景不及道谢，车夫立即驱车离开了。

程景将房子从里到外修整了一遍，使其焕然一新——在这方面他很有经验，他还专门留出其中一间用作试验室，并且兴致勃勃地购置了一批试验器具，然而在一个傍晚，当他置身于那间屋子里，置身于各种试验器具之间时，却猛然发现头脑里一片空白，什么灵感都消失了，它似乎已在他不经意时抛弃了他。

发现这一事实之后，程景的精神就逐渐委靡了，每次他回到家里，躺倒在沙发上，就感到疲惫袭击了他身体的每一个角落。他对试验再提不起什么兴趣，渐渐丧失了对生活的热望，他甚至认定自己已经在平凡的生活中丧失了创造力，再也做不出任何有趣的发明了——这可真令他感到恐慌！

他在公司里也无事可做，两年中他没有出过一次任务，而他的同事却有些莫名其妙地消失了，他猜大概是参加的任务时候挂掉了，但是他却期待起那样一次任务来了。当他感到自己失去了创造力的日子里，他就不再进出试验室了，甚至懒得用一把锁把那扇门给锁起来，任它那样虚掩着。好几个晚上，他躺在床上的时候，似乎听到隔壁的试验室里传来窸窸窣窣的声音，好像有人在移动那些东西一样，他屏住呼吸听着这种声音，就再也睡不着了。他想起彩云城里的三月，到处盛开着洁白的梨花，招来一种喜欢吃花的鸟类。他跟张仪到郊外去采集一种特别的红壤，两人在一路上漫无目的地闲谈。天那么高，那么空旷，云层仿佛还在越飞越远，他就被这种景象给迷住了，不过那仿佛已经过去有些久了。

单调的生活使程景丧失了平常心，他就渐渐变得沉闷、古怪了，他甚至再次看见了老兵的鬼魂，它忽然就出现在了这座宅子里：无论在黑夜白天，鬼魂在院子或者房间里游荡着，它的身体已经萎缩了，个头只到程景的胸口，拖着两条细腿儿，连看也不看程景一眼，径直从他身体中穿过去了。程景却对此毫不吃惊，他把它当作是自己的精神状态坏败的一种正常结果，然而，一个猛然被发现的秘密又让他欢饮鼓舞起来。

程景的容貌似乎是不老的！事实上，自从他少年时候起，他的样子几乎没有改变过，只有身体变得越来越像一个男人了。这让他惊喜，难以置信，几乎要放声高歌，恨不得跑去向全世界炫耀一下，实际上他却没有地方可供炫耀。

后来，他跑去参加了环锦城的全民运动会，参加了剑术比赛，获得了头奖。如前所述，程景是一个剑术高手，他却没有料到该运动会是一个怪人的展览会，比如说短跑进前几名的绝对是一些巨人症患者，自由泳的运动员就是一些长着鸭子脚蹼般的大脚掌的家伙，人们不是来看比赛，而是来看一些生活中不常见的奇怪的人，仿佛他们自己的生活平凡得还不够古怪似的。程景作为剑术冠军，却胆敢容貌英俊，身体修长，只是笑容有些沉闷古怪罢了，于是被人反复从头到脚看了个遍！

不久之后，程景又恢复了落落寡欢的状态，一种仿佛能够调慢时间的孤独感，侵袭着他的身体，成为了他生命的一部分，寥寥而来，不可断绝。即使在二十多年后，程景回到了大叶寺——拥有一位漂亮的妻子，并且是三个孩子的父亲，在别人看来他一生中最宁静的时刻，他也没能逃脱过这种孤独感的折磨。

后来，他找到了一种消除寂寞的方法，就不时出入那些烟柳巷，直接从那些女人身上寻求安慰了。她们那丰满的胸部和紧实的臀部，都让他觉得自己像是一个来自原始的人，也像是一个性施虐癖。他虽然不爱她们，但是认为她们每一个都是值得爱的，他也并不为自己的生活方式感到羞愧，因为它对别人无害，只是每一次在满足了肉体的欲望之后，他就在精神上就变得更加空虚了。

六

由于精神萎靡，程景的身体渐渐出了问题，好似一个正在瘪下去的皮囊——尽管他下意识的控制自己的精神力，但是在毫不自知时他就睡着了：当他走着路，在“闾左四”里举着哑铃，或者在家里练着剑，动作逐渐变得缓慢，接着他就站着那儿——睡着啦。

那年夏天，程景终于如愿以偿的和公司的二十多个同事被派去上演一出街头闹剧，目的是为了吸引当地官兵的注意，为另一个更重要的行动争取时间。公司指定的成员们被分成了两组，上演帮派争斗的戏剧。至于另外一个更重要的行动是什么，程景们可一点儿也不清楚，这些事只有管理者们知道。

在那一天，他们这群人刚刚到达街上，却突然从街两头涌来了两组非公司的人员，他们拿着砍刀、斧头，立马加入了砍人的队伍。程景的同事们没有做好充分准备，又腹背受敌，所以被砍得很惨。程景既不愿加入砍人的队伍，也不愿意被人所砍，所以当混战刚开始的时候，他就起犯困来，是所有人中最先倒下的一个……

事后公司的态度很模糊，只对活着的人进行了经济补偿，也没有向程景们给出什么满意的答案。死掉的人消失了，活着的人就继续等待下一场战斗。

程景这次的表现也不被公司看好，因为在领导们看来，在混战中无论是砍着了人，还是被人所砍着，那都是一种求上进的良好表现，但是程景竟敢完好无损地跑回来，真是太狂妄了！

七

程景来到环锦城的第四年，春季的清新气息吹走了往日的沉闷气氛，使得山野焕然一新，无论是谁，只要从家里走出来，第一眼就能看见高远的天际。

程景有一个外号叫“老板”的同事，喜欢玩摇滚，是一个不知名的乐队的主唱，程景常常去该乐队献唱的俱乐部里。在程景看来，“老板”制作的音乐十分粗粝，并且他们向来拒绝参加含有政治意味的活动，所以维持乐队日常活动的经费时常出现问题，但是程景十分欣赏他们的反叛态度，不过程景现在非常具有局外人的意识，决不肯轻易就入局。

夏季的时候，程景为试验室购置了一整套炼金设备，因为他最近迷上了炼金术，在借阅了各种炼金术的书籍和一些本地术士的笔记之后，开始孜孜不倦地专研起炼金术来。大搪的皇城里也有不少炼金术师，都梦想着有一天到皇帝的皇宫里去工作，但是大搪皇帝似乎只对那些从天竺来的方士感兴趣，还派去了大队人马去天竺寻找所谓的“不老药”。

在程景的家里，忽然新增了两位成员，事情是这样的：那天夜里，程景正在试验室里把硫磺溶解于酒精中，想看看它与一种琥珀胶质会发生什么反应，忽然隔壁卧室里传来了一阵窸窸窣窣的声音，他停下来留神听个究竟，又什么动静都没有了。过了一会儿，一声惊叫忽然在隔壁响起，程景立即就冲了出去。

他站在卧室的门外，将剑握在手里，心情激动，然后一脚踢开了卧室的门，同时听见了混乱的哭叫。床头那边有模模糊糊的晃动的人影，等到程景的眼睛终于适应了黯淡的光线，才认出这是两个孩子。

他把他们叫到院子里，终于看清了两位不速之客的样子：一对孩子的手紧紧攥在一起，稍大的一个是男孩，十一二岁，长着一头棕色的头发，正不安地咬着嘴唇，小的是一个穿着灰扑扑裙子的小女孩，五岁左右，两只手的腕上都戴着银色手链。两个人一声不吭，当后者用一双大眼睛小心翼翼地望向程景时，他拿着剑的手就屈服了。

这是一对兄妹，自称从一个叫金粟的城镇流浪到这里来，除此之外，他们不记得任何事情，对于他们的父母也没有任何印象。程景决定留下他们。后来两个孩子都把程景叫作哥哥，很快就适应了这个家里的生活。

程景将孩子们的卧室安排在试验室的旁边，以便在晚上随时了解他们的需要。妹妹言娜相当喜欢程景，像小蝴蝶一样围着他转，哥哥罗亚要独立一些，他像探险一样的探索了房子的里里外外，显得毫不拘谨。到了秋季的时候，程景架起梯子爬上屋顶清理落叶，两个孩子就在下面仰头望着。程景在制作梯子的时候，不禁想起了大叶寺的老兵来——当时看到老兵带了一架折迭式的军用梯，程景很感兴趣，两天后就向老头说明了一架能够延伸到天上的没有尽头的梯子的设计。老头鼓励了他的创意，向他谈起了想象力的重要性，还说年轻人的想象力不应该给现有的理论知识禁锢了。

两个小孩从来没有见过有人做试验，尤其是罗亚，对程景的试验室里的一切都感到好奇，在程景忙着用酒精灯加热各种溶液时，罗亚就坐在旁边看着。同时，罗亚也对剑术感兴趣，常常缠着程景教他。

小姑娘言娜则古灵精怪，常常向程景提出一些难解的问题，比如有一次，她歪着脑袋问程景：山坡上第一朵蔷薇花是谁种下的？织好为什么长一只眼睛？山林里的风怎么会是绿色的？程景就问：“织好是什么呀？”小姑娘说它是自己梦中的一种蓝色小鸟，它的尾巴像扇子哩！旁边正在纸上写写画画的罗亚却不动声色地给了妹妹一个解释，他说得那么生动形象、有理有据，仿佛他也亲眼见过似的，几次之后，程景弄终于明白了，原来兄妹俩的梦境是相通的！

到了炎炎夏季，言娜常常一个人跑到森林里的河里玩耍，早上出门，到了吃午饭的时间就自动回来，此时哥哥罗亚也有事做——自从程景看过他的画后，就觉得他在绘画上很有天分，立马买来了作画工具。相比于妹妹的活泼开朗，罗亚的脸上则开始露出一种忧郁的神色，程景第一次在饭桌上见到时，着实吃了一惊。这孩子的心思难以捉摸，时而沉默寡言，时而大胆无畏，他的行为有时令人难以理解。他在自己的画中画了妹妹——一个长着翅膀的小天使，正在水上跳舞；有青色的狐狸，躺在地上，从细细的脖子处流出血来；有程景，从一栋房子的其中一个窗子里探出尖尖的脑袋来。后来有一次，程景正在卧室里更换衣服，领口很窄小，程景脱下它是颇费了一番功夫的，当他转过身对着门口时，罗亚正一声不响地站在他身后，用一双眼睛瞧着他，程景忽然一愣。

八

秋季的一个早晨，程景点燃了院子里的一堆落叶，火苗迅速窜起来了，三个人围着它，看着它直到完全燃成灰烬为止。程景弯腰用棍子拨了拨灰烬，然后他一抬头，就看见站在院子门口的女人。

女人脸色苍白，穿了一件白色的长裙，脚上蹬着一双高跟的棕色皮靴，没有任何行李——她自称是程景的姐姐！罗亚看着这个女人，虽然不知道怎么回事，还是懒洋洋地给她让出一条路来——这条路是通往大厅的。

在接下来的两天，女人坚持自己的说法，始终要证明自己和程景的亲缘关系，但是在程景看来，她知道自己的名字，这也不足为奇！世界上还有很多个程景哩，但是如果说这个世界上还有和自己有亲缘关系的人，那简直是不可想象的！程景没有时间听取这个叫程葵的女人的胡言乱语，他准时外出到公司去，留下两个孩子和一个女人。直到当天傍晚，女人见程景还没有到家，就围着围裙走进厨房，开始摆弄起那些厨具来。

当程景回家的时候，她已经给餐桌铺上了干净的桌布，摆上了插着木芙蓉的花瓶，取出碗筷，把丰盛而诱人食物摆上了餐桌。在晚饭期间，程葵和两个孩子相处得那样自然，她表现出来的那股热情劲儿，仿佛是谁也抗拒不了的，但是她没有忘记自己的初衷，开始讲起了姐弟俩小时候的事，企图让程景回想起过去。

他们的故乡游丁，是一个适宜种植芭蕉的小镇，气候温和，空气湿润，三面环水，是一个几乎与世隔绝的半岛。这里没有军队，没有战争，甚至没有政府官员，生活这里的人遵循着另外一套社会规则——人们比邻而居，和谐相处，不需产生愤怒就能解决问题，因此在游丁镇上没有关押犯人的监狱，也没有塔楼和棱堡，更不需要通过战争去扩大土地。为了避免地面的潮气和野兽的袭击，当地居民们直接把房屋建在大树上，同时他们也认为，这样能离天堂更近。

当地人按照自己的意愿，把各自的房子的表面刷成了白色或者天蓝色等，高低错落，好似一个个鸟巢，如果要拜访他人，就在宽阔的树干上行走，或者乘坐空中索道。这些身处高处的居民，脚下遍布着一个个芭蕉园，可以看见烟雾从地面上升起——棕色雾气升起的地方是炼铁工厂，白色烟雾升起的地方是澡堂，而彩色雾气升起的地方就是染料作坊，雾气将游丁变成了一个奇妙的仙境。

该镇由程葵的祖父和父亲负责管理，两个男人既要解决镇上的所有家庭遇到的大大小小的麻烦，还要负责给每家分配用于种植香蕉的土地，并与外面的商人保持联系，确保大家种植的香蕉卖出好价钱。程家的房子位于整个城镇的中心，是大圆环中心处的一点。

在程葵的上头还有一位哥哥，这位哥哥继承了父亲沉稳刚毅的性格和聪慧的头脑，在镇上，几乎有一半的女孩都爱慕着他。有一次，一个年轻姑娘送给小程景一只会唱歌动听歌曲的绿色鹦鹉，只希望他能在他的大哥面前提一提她的名字。

程景听了程葵的叙述，暂时陷入了沉思，后来他直接向程葵发问到：那后来这一切是怎么完蛋的。

程葵沉吟了一会儿，说她自己也不知道怎么回事，有一天，森林里忽然起火了，来了一批拿着武器的兵，他们威胁说要放火烧树林，就把大家从屋子里哄赶了出来。父亲带人赶到工厂去取兵器，在半路上却碰到另一批穿着破旧铠甲的军队，自称是起义军，他们要求父亲的人尽快离开。那两支队伍相遇后就大打一仗，十分惨烈，导致程葵一家人就在混乱中走散了。

当晚程景就做了决定，准备让这个叫程葵的女人留下来，这倒不是因为她的故事打动了他，只是他相信，这个家里的确需要这么一个女人。

九

自从程葵来到这个家里，所有的一切仿佛具有魔力一般，变得井然有序，干干净净了。她的房间安排在罗亚和言娜的卧室对面，那间房子原本是作为储物用的，堆了许多平时用不到的杂物，她很快把它连同其他屋子一并清理出来，留一间专门用作孩子的娱乐室。在接下来的几天里，她又指挥程景移动家具，把屋子变成了崭新的模样，开始显示了她在打点家务上的才能。

家庭的一日三餐自然由程葵开始接手——在今后几十年里都是如此，这个贤惠的女人总是将碗筷洗得一尘不染，保证餐桌子上没有一丝灰尘，地板上没有碍脚的东西，空闲的时候，她坐在杨花树下绣花，照看言娜，自从她观看了罗亚的画作之后，就建议他去给各类作坊的产品绘图，罗亚十分乐意，于是随后绘图就成了罗亚的工作。两个孩子都把程葵叫作姐姐，简直比热爱程景还爱她，也就是说，程葵成功笼络了这个家里的每个人。

到了春季，程葵看着屋旁的杂草山坡，就生出了开辟菜园的想法，她对程景说，你有那种药水嘛，使程景吃了一惊，因为除草的药水是他在大叶寺里发明的，此后他再也没有向人提过，不过他还是把药水制了出来。程葵还向程景提过树上房屋的想法，但是程景说，追随过去是毫无意义的。程葵就拿眼睛看着他。

过了不久，程景发现自己每个月冒着生命危险挣的钱根本不够一个四口家庭的开销，就决定更换一份工作，他的朋友即真腊教练警告他：别做傻事，如果你一定要在此时离开的话，就必须为此支付一笔违约金。其原因是，程景曾经稀里糊涂地签订了一份协议，上面载明了合同期为十年之久，固执的程景毫无犹豫拿出自己的一半积蓄支付了违约金。对于这件事，罗亚很支持他哥，但是希望他能尽快找到工作，程葵毫不在意说：“你自己作决定呀，又不是小子。”转身就进了厨房忙活。

十

在一个下午，一家人来到彩云城最繁华的街市上采购货物，程葵本想避免领着两个孩子走过烟柳巷，但是程景毫不在意，说让两个孩子见见世面也好：那些衣着暴露的女人，穿着高跟的紫色木屐，暧昧的眼神飘向任何一个进入视野的男人，与此同时，街上飘来一股说不清的味道——香水味、酒糟味、水果的腐烂味或者檀香，简直让人无处下鼻。人群好像以拥挤为乐，互相推攘，程葵抓住两个孩子的手，谨防被人挤散。

两个孩子都很兴奋、激动，领着她来到一个瘦高的白袍术士前面——这个长相如同政客般阴冷狡猾的家伙，正在指挥助手移动一面八棱青铜镜，他张口向观众们解释说，只需花四文钱，便可从这面镜子当中走进去，看到过去最美好的记忆；与此同时，在近旁的一个外国马戏团里，一头狮子矫健地钻过了四个火圈，接着踮起两只后腿儿在铜皮大鼓上走路；两只绿眼睛的猫科动物正跳上一株铜环树的顶端，抢夺一块鲜肉，而四头脖子上挂着野猪獠牙项链的黑熊在台上跳起了舞；一个小个子骠国人在嘴边吹起了一种五孔的骨笛，据说可使人忘却烦忧，掉入幻想的快乐之中。

身材高大的程景在人群中挤出一条路来，来到一个诃陵人的摊位，那个男人正好抬起头来，将一道忧郁的目光投向他们。商人对程景说，自己正在销售一种饮料，喝过它之后，人看起来就会更忧郁迷人。程景盯着他，好不容易才阻止了一股冲动，防止自己一拳挥在男人的脸上。在珠宝店里，程葵看中了一对花青镯子，她粲然一笑，忽然变得巧舌如簧，把那位老板迷得天旋地转，因此以低廉的价格得到了那对镯子。

而在服装店里，裁缝量取了罗亚和言娜的尺寸，然后拿出一本册子，给他们展示几种衣服的最新款式，两个孩子却只顾着将节日里用的大红披肩、绣花斗篷套在身上，在服装店里追逐嬉闹。

“他们可真好看呀。”店主看着两个孩子，赞叹地对程景说道。

的确，随着他们年龄的增长，兄妹俩逐渐显示出了容貌上的惊人之美，他们长得不像搪治人，也不像程景见过的任何其他国家的人，两人却长得十分相似：肌肤如雪，纤尘不染，一双深邃的大眼睛堪比深海湖泊，当程景带着兄妹俩走在街上，一路上就引来了许多注意的目光，九岁的言娜还不知道这是怎么一回事——她的心智似乎没有随着年龄的增长而增长，她的言行跟刚刚来的时候没有差别，胆子尽管更大了，但是她的确没法理解一些更复杂的事情了。程景发现这件事时，不禁心生担忧，程葵却不认为这是一件坏事，她提醒程景注意这孩子在无意中透露出的那种纯洁之美，简直让人赞叹！

而对于罗亚，这孩子显然不仅知道那些人的眼光是怎么一回事，而且程景看得出，罗亚对于自己的美貌特意表现得无所谓，故意让人嫉妒、心疼、心碎！他已经预料到，这个十五岁的孩子，是一个没有心的人，但是他也将始终是情场上的优胜者。

全家人度过了寒冷的冬季之后，到了初春，程景和罗亚开始专注于试验室里的工作，不再考虑去外面了。他们加工一枚枚的铜纽扣和银纽扣——熔炼、抛光、雕刻和上漆，这样一枚大概花五天制成的纽扣价格不菲，做满十颗就让罗亚把它们送到高级服装店的老板那儿。程景找到了其中的乐趣，就足不出户，越来越沉迷于这项工作了。

连续几个月，每天很早他就钻进了试验室，后来甚至取消了晨练和洗漱，连吃饭都要别人来叫他，他变得形容倦怠，胡子拉碴，只有一双眼睛变得更加锐利了。他的技术渐渐达到了极高的境界，设计出的图案越来越精细、复杂，所以不得不在纽扣表面把每一个细节都雕刻得非常之小，以至后来肉眼终于看不见了——一枚纽扣，好似刚刚抛过光，但是你用一架显微镜来看的话，就可以看到上面遍布着极其复杂的花纹，仿佛一颗微缩的星球，但是我怀疑，这样一枚纽扣到底能值多少钱？

有一次程葵看到程景在纽扣上刻了一串希腊的文字，她问："这个叫张仪的人是谁？"

程景不动声色地答道："一个远在天堂的人"。

十一

有一回吃过晚饭之后，程景从试验室里拿出了几个彩色布袋和一个铜罐子，接着他就在院子里向罗亚和言娜演示了一种叫作"铜灵西"的烟火：当火焰骤然升到高空之后，忽然在黑色幕布上炸开了闪亮的紫色火花，言娜拍手欢呼起来，不过当火花从天降落到院子里的时候，几个人都尖叫着逃开了。当两个年轻人都被赶去睡觉了以后，程景推开了浴室的门，打算在睡前洗一个澡，但是刚走到门口就愣住了。

程葵赤身裸体地站在浴室里，把身体侧对着他，女人的洁白而丰满的肉体在溶溶月光中简直堪称完美——一对浑圆的乳房留下迷人的阴影，曲线窈窕，那修长的双腿，使她看起来像是一尊诱人的雕塑。程景看到了她的裸体，心脏就在腔子里狂跳起来——他终于相信，无论是谁也不可能控制自个儿的心跳。他感到有些窘迫，不知所措，但是程葵忽然侧头看着他，一言不发，只是等着他退出去或者先开口说话。程景没有勇气再看她，他转身就走开了。

这天晚上，程景躺在床上辗转难眠，他的脑海里不可遏制地出现程葵的裸体，感到意乱情迷，差一点儿掉进非理性的幻想的漩涡里去，但是他以自己少年时期独自面对一切的巨大勇气重新回到了正轨，消除了脑中的那些想法，摆脱了荒谬幻想的折磨。

即使在一起生活了多年，程景认为自己也没有完全了解程葵这个女人：这个家里井然有序的一切显然要归功于这个女人的勤劳，她总是悉心照料菜园里的种种瓜果蔬菜，使得这个家能够在吃喝上自给自足，她关心两个孩子的生活，防止他们走错人生的道路，同时也鼓励他们走自己的路：她身上简直有一种上帝赋予的独特才能。而在另一方面，程葵身上还散发着一种女人本身的魅力，她那婀娜多姿的身体，那满含温柔的笑容，都能暴露出一个成熟女人才拥有的美；而她在这个家里所表现出的单纯的奉献精神以及与俗世生活完全融合的态度，也令程景感到吃惊。自从程葵在家里住下来之后，再也没有谈过离开游丁小镇后的经历，尽管程景认为那些经历对于她来说是非常重要的。

夏季到来的时候，程葵几次向罗亚提议，让他的朋友们到家里来做客，因为她知道罗亚最近结交了一群新朋友，但是她对这群男孩给罗亚带来的影响感到担忧——最近，她看见罗亚的脖子上戴着一截人的手指骨的项链，他的手臂上出现了一道可怕的伤痕，甚至有一次，他竟然主动请教程葵如果要报复一个人应当怎么做，让程葵吃了一惊。然而程葵认为，她应该接纳罗亚的朋友们，因为他们跟罗亚一样正处在喜欢反其道而行之的少年时期，得有人把他们引上正途，不过已经长得高高瘦瘦的罗亚却直截了当地告诉她，他根本不喜欢他的那群朋友，因为他们全都是傻瓜，至于他手臂上的伤，也是自己不小心弄出来的，因为这世上没有谁能够伤害他。

当程葵走进试验室里把这些话转述给程景的时候，后者一边摆弄那些仪器一边嘀嘀咕咕道：“我就知道是这样。”程葵认为程景根本不关心这件事，就准备自己去找罗亚谈一谈，与此同时，她还要时刻注意言娜的行为，因为这孩子还总像七岁的时候那样喜欢做一些跟危险搭边的事。

程葵掌管着每一个人的事务，随意进出他们的房间，好似家里的独裁者，然而由于她的勤劳和奉献精神，在事实上她又变成了任劳任怨的佣人。程景整天沉浸在试验室里，完全无心察觉家里发生的情况，但我认为，他其实是故意把自个儿关起来，好让自己什么也看不见的、听不到的。他自暴自弃，拒绝思考程葵对于他自身的意义，于是我们现在知道了，程景才是世上最无心的那个人。

自从发现罗亚很少到试验室里来，程景终于重新关心起其他人的日常生活来了，才发觉罗亚已经完全抛弃了试验室的工作，身边有了一群新的朋友，有时连续几天都见不着人影，他就觉得自己应该找罗亚谈一次。在开满紫罗兰的庭院里，在一股神秘的香气中，程景坐在石桌前向对面的毫不耐烦的罗亚说起了他年少时在大叶寺里的往事。

罗亚忽然开口问道：“你畏惧命运吗。”

“命运不是机缘的产物，”程景答道，“关键未来还在我们手中。”

第八章

世上最美妙也是最危险的事，就是陷入爱情之中。

一

程景从未接触过任何军务，当他知道政府最近正在招募士兵，却觉得自己可以去碰碰运气，不过他很快就放弃了这种轻率的打算，因为他想到，一旦选择了这条路就可能一去不复返了，这倒不一定是因为战争所引起的死亡，而是他的天性悲天悯人，那毫无人性的战场屠杀，必然是他产生痛苦的源泉。

关于痛苦，罗亚曾在无人发觉时与它打过一段时间的交道。一直以来，罗亚把程景当作自己的哥哥，他尊重他，敬佩他，直到在三年前忽然对程景产生了一种微妙的感情——他渴望程景用眼睛正视自己，并且始终和自己在一起。罗亚被自己的感情吓住了，他惶恐不安，那个人在身边，痛苦就无处不在，而程景却只知道关心他的那些试验，对其他人不闻不问，以至于罗亚表现得不动声色，而他的这种感情也在时间的流动中逐渐消失了，然而在那些不知不觉中过去的日子里，罗亚已经把程景抛下太远啦。

罗亚差不多已经长成了一个大人，但是他一次也没有把朋友们带回家来玩，却在春季的一个下午领来了一个城里的姑娘。这个女孩的年龄看起来比罗亚还要大上两三岁，身姿优美，笑容雅致，礼貌地向这个家里的人一一致意。

程葵和这个名叫善画的姑娘十分投缘，两人在午餐的桌上有说有笑，下午还一起在花园里修剪了女贞的花枝。尽管这个姑娘漂亮、谨慎而温存，但是罗亚对她的态度却稍显冷淡，虽然他在家人面前极力隐藏，但程葵还是一眼就识破了。

善画是当地一位从事古董生意的富商家的女儿，一个偶然的机会她在服装店里碰见了罗亚。那天早上，她在一位女朋友的陪同下神采奕奕地走进服装店，当时她还不知道自己的命运从此被打上了悲剧的印记。她希望老板亲自为自己制作一套别致的晚礼服。当她与那位心思细密的老板敲定一切细节正准备离开时，她的女朋友恰巧在店里碰见了一位熟人，于是暂时离开善画前去交谈。善画百无聊赖地坐在接待室里，却意外地看见了正在和店里伙计交谈的罗亚。当时他头发凌乱，神色倦怠，但是他那么漂亮、骄傲，她在瞬间就爱上了他。她的目光锁在了他身上，直到好友走过来挽住她的手臂，她才猛然回过神来。在人群里的罗亚也感觉到了她的目光，转过头来，朝她笑了笑。

在接下来的几个月里，她就经常去那家服装店了，为的只是能够再次见到那个年轻人——无论白天黑夜，他的形象留在她的心里，使她感到痛苦不已，甚至使她不由自主地流出眼泪来，因此在一个月以后，当她终于再次见到罗亚时，就真正确定了自己的心意。那天，在人来人往的街上，她不顾过路人的眼光，毫无保留地向他述说了自己的相思之情，请求他留在自己的身边。罗亚对这个陌生女孩儿的行为感到奇怪，他远远地朝他的那伙等着看好戏而哈哈大笑的朋友们摆摆手，但是他脸上那种若有若无的骄傲神情，又仿佛说明了这一切都在他掌控之中。

第二天晚上，他把她独自约出来，然后将她带进了一个无人的巷子。他靠近她带着芳香的年轻身体，伸出手掌不带任何感情地抚摸她，这个姑娘在黑暗中睁大了眼睛，身体顿时像木头般僵住了——一股巨大的恐惧充满了她的心。然而当她惶恐万分地逃回到家里，独自躺在闺房的那张床上时，那种恐惧忽然又变成了妙不可言的感受，仿佛湖水中央连续开出了一串亮红色的花。她渴望罗亚重新在黑暗中抚摸她，并且永远和她在一起。

这个姑娘的爱意像春风一样连绵不绝，在随后的几次会面中，她却遭到了罗亚冷淡的拒绝，于是她几乎陷入了癫狂的状态。善画足不出户，茶饭不思，躲开家里人独自在房间里哭泣。她家中一位约摸五十多岁的波斯女仆发现了这个秘密，但是女仆不得要领地劝说只能让这位小姐越来越绝望。在心灰意冷之后，她就下定决心，要不惜一切拿死来要挟罗亚了。

为了缓解这段激烈的感情碰撞，罗亚只得暂时松口，答应带她回家来见见他的家人。程葵对善画十分热情，在餐桌上不断向她问这问那，善画都谨慎而不失教养地回答了。言娜则坐在一言不发的哥哥的对面，完全不顾周边发生的事，正试图让左右手同时用上筷子和刀叉，在其中的间隙，言娜抬头对善画笑了笑，但是这个笑容却让善画一愣，因为这个姑娘真是漂亮得惊人！

二

的确，现在无论是谁看见言娜，必定会惊叹于她年轻的美貌：她的皮肤像细瓷儿，粉嫩的脸蛋儿上镶嵌着一双宁静的大眼睛，修长的身躯仿佛经过了上帝之手的精雕细琢。与此同时，她的脸庞散发出一阵天真纯洁的光芒，就像一个从来没有受到忧伤、嫉妒、狂喜情绪侵袭过的人儿一样，完全保持了一个七岁孩童的纯真，仿佛是一个落入凡尘的天使。尽管她的一举一动都显出孩子气，但是很难说世上会有一个男人不会被她的美貌吸引，她喜欢穿着那种料子轻盈的衣衫，在外面四处乱跑，对别人惊异的目光不管不顾。尽管她在脑力上还只是一个孩子，但她性情纯真，总用一双毫不畏惧的眼睛看人，对生活中的琐事一概不感兴趣，而她自个儿也没法儿理清楚，但是有时候她却能把一切事情都简单化，仿佛能找到最终真理似的，叫人吃惊。

有一回，她独自坐在花园的走廊里，望着脚下的那些玫瑰花，她忽然自言自语道："瞧这些花呀，又死掉了一回。"而当有一个男人从别人那里听说了她的美貌，就放弃了自己的工作专门从另外一个城市跑来向她求婚时，她却大笑对他说道："我可不会爱你呀。"

有那么一次，当善画从厨房走向后院时，就恰巧看见这姑娘站在花园的中间。她抬起头，垂手而立，神色异常宁静，在黄昏忽明忽暗的光线之中，她的样子甚至不像是凡人，而像是从另一个世界里来的人。看见这个景象的善画就感到暗暗吃惊。

春季来临，带来了崭新的气息，城里的天空开始变成了蓝白色，仿佛浇上了刚出炉的铁水，天穹深处总是闪闪发亮。言娜常常一个人走到离家几里外的河里去游泳，这个姑娘通常不穿任何内衣，只穿一件宽松的裙子，下摆刚好遮到膝盖处，当她在草丛里走动的时候，沾着露水的草叶拂过着她那双修长白皙的腿，引人无限遐想。言娜能长时间的呆在水里，甚至能游到河水的最深处，不过谁都也无需为她的安全担心，因为她似乎有一种能自动躲避危险的本领。只有一次，当她傍晚从森林里回来之后，就开始咳嗽，脖子上还起了许多的红色的疹子。程景认为这是由于某种花粉过敏所致，就让程葵用艾叶和金钱草等熬了黑糊糊的药给她喝下，结果没过几天症状就消失啦。

程景本以为自己在这个春季会再一次见到老头的鬼魂，但是它却再也没有出现过了——鬼魂已经完全消失，不存在于人间的任何一个地方了，不过有几个夜晚，他梦见了老头儿，见到他正在水塘边给几条鳄鱼喂食，丑陋的鳄鱼一边吞食食物，一边张口像人一样说话："我们吃掉了你的一切，你现在一无所有了。"老头却摇摇头说："不，你们吃下的只是些泥鳅和死仓鼠。"

在程景的另外一个梦里，他自己置身于劈开森林的一条河上，正乘着一个木筏顺水漂流而下。天非常之高，但是两边的树木把天空遮蔽成了狭长的一道，他随船漂流来到一个悬崖峭壁上，离断崖越来越近，他开始大叫起来，却发出了无声的呼喊，他就从梦中醒了过来。

以前他在彩云城里的时候，那位叫洛肯的魔术师朋友对人的梦境也有一种独特的解析，认为梦是事件的原因而不是结果，人不能从前往后去总结它，但是它却为今后提供了神秘的启示，但是程景认为这是一种谬论。

三

有一天上午，家里来了几位不速之客，为首的是两位姑娘，其中一位身着粉色华服的小姐，正叉着腰在院子里大喊大叫。程景在试验室里被她的声音所震动，一脸倦容地从试验室里走出来了——他的脑袋被复杂的试验弄得晕头转向，但是想看看这位敢于在他的院子里叫喊的人是谁。

那位粉色小姐看到一个身材高大，披散着一头长发的家伙应声而出，认定了此人便那位变态的工匠，依旧没有放下她小姐的架子，转头吩咐身边的人去告诉这个家伙，自己看中了他制作的纽扣，他必须到自己的府上来干活，但程景想都没想就立即就拒绝了——他微微一笑，摆手叫道“不去。”这位小姐气得简直想揍他，一双大眼睛瞪了程景一眼，然后转身气呼呼地走掉了。

另一位小小姐，看上去只有十三四岁的模样，穿了一件白色长裙，看起来乖巧而雅致，她微笑着走到程景面前告诉他：“你呀，会死得很惨的。”程景问：“谁，谁会死得很惨，你吗？”结果这位小姐立马伸出手揪住了程景的一只耳朵。程景想到：原来这一位才是真正的暴力狂！立即伸手把自己的耳朵从她手中解救出来，结果这小姑娘一松手就哈哈笑着跑开了。

程景朝她的背影望了一会儿，慢慢踱回到自己的试验室里，看见罗亚正在给一枚戒指镀上四种陨石金属的混合液。

“你得采取更直接一些的做法。”程景说。

“也许是的。”罗亚毫不动容地说：“不过，你又在意什么呢？”

程景不明白他的这句话，但是根据罗亚的说法，如果将四种从行星陨石中提炼出的金属按照一定比例配成熔液，镀在一枚普通戒指上，那么接受这枚戒指的人，对赠送之人的爱就会永远消失，如同石沉大海。程景相信这是毫无根据的猜想，如果罗亚想要摆脱善画，最好的方式就是直接向她解释清楚，免得两人都要受苦，但是罗亚却始终没有表示出直截了当的意思。

一连两三个月，善画每隔几天就在上午的九点左右准时来到这个家里，其目的是为了增加自己和这家人的亲密关系。她已经成功取得了程葵的信任，两人成为了密友，无话不谈，程葵有时招呼她跟自己一起修剪玫瑰花枝，或者在葡萄架下绣花，说些闲话。言娜则始终天真而友好地对待这个一大早就出现在家里的女人，并且向她提出一些孩子气的问题。每当罗亚看到这一幕，就不动声色的走开了，他假装这一切与自己无关，在他心里，他认为自己还远远不够坚定决心。

当女人们在聚在一起时，家里的两个男人就尽量避开她们，长时间待在试验室里制作银纽扣和铜纽扣，随着善画来到家里的次数越来越多，罗亚在试验室里呆的时间就越长。起初，他是为了避开不想见的人，但是随后他越来越沉迷于试验室里的工作，全神贯注，以致于在接下来的两个月中，他很快就和程景一样掌握了这项细致的技术。

罗亚遵从自己的心意，变成了一个沉默寡言的人，有一次善画在走廊里碰见他，他的表情没有丝毫的动容，仿佛他根本就不认识她似的。罗亚的变化多大呀，面颊上留起了青色的胡茬，身体显得更高更瘦了，走路有些摇晃，头发乱糟糟的，但是眼神却更加孤傲了。善画拦住了他，但是罗亚头也不抬的对她说道："小姐，请您让开吧。"在那一瞬间，她知道自己的希望彻底破灭了。

四

在一个雨过天晴的上午，罗亚从试验室里走出来，在院子里又碰见了上次那位穿白色裙子的小姐，她笑嘻嘻地问："程景在不在家呀？"接着，她直接绕过了他，自动走进了房子的大厅里，毫不羞涩地拿起桌上的花瓶里的一朵新鲜玫瑰，在鼻子底下嗅了嗅。她环顾客厅的四周，墙壁上挂满了用稻草扎起来的一束束风干的紫色风信子花，散发出无味的香味，她用细长的手指从容的穿过它们，像是一个天生远离了羞涩、惧怕的人。

这个叫扬花的小姑娘，再次到这个家里来，在表面是怀着与上次相同的意图的，她希望雇佣程景到她的府上去，回报是一份可观的薪水，很快到了中午，程葵就邀请她留下来吃午饭，她立马点了点头后，就跟着程葵进厨房拾掇餐具去了。在进餐的过程中，小姑娘那独特的活泼语气和银铃般的笑声印证了她只不过是一个十三岁的孩子，但是程景坐在她的对面，她不时把一种说不清的目光落在程景身上，竟然让他不自在起来。到了这天下午，扬花走进了试验室，她坐在一把破旧的椅子上，在一旁看程景聚精会神的工作，直到他抬头时才发现了她，她就歪着脑袋对着他粲然一笑。

程景依旧拒绝了这份工作，而且对这个孩子的行为感到奇怪，就在扬花离开后的几天里，程景却开始不由自主地想她来。他想念她那欢快活泼的笑声，思恋她可爱的少女面孔，她那纤细的手臂和那双睫毛浓密的，总是笑意盈盈的眼睛，每当想起关于她的任何东西，他就感到甜蜜、失落和哀伤，她的一言一行就像一张有魔力的网一般将他包裹起来。

这时善画依旧到这个家里来，但是她的心似乎已经死掉了，来了之后就陪程葵聊聊天，也帮忙做些家务。程葵明白善画心中的失落感，但是人心的伤痛非他人所能消除，尤其是爱情带来的伤痛，而且她还无法完全停止对罗亚的感情，想要与他保持最后一丝可能性，因此在某些时刻，就不得不懊恼自己的犹豫不决和弄不清事实状况了。

程景也陷入了麻烦当中，他整天思念着小姑娘扬花，感到身边的一切仿佛都失去了意义，之前所有的甜蜜都变成了相思的煎熬。在他有生之年里，他从未如此思念一个人，就好像一根针掉进了他的心里，让他隐隐作痛，让他止不住流下眼泪。在苦闷之中，他期望着扬花的再次到来。

小姑娘的身影再一次出现在这个家里，已经是在一个月以后，对于程景来说，这段时间可真算是漫长难熬的了。无所畏惧的小姑娘第一次面带羞涩，终于鼓起勇气向程景表明了自己的爱意——程景感到多么幸福啊，仿佛一切美梦都已成真。这两情相悦的爱啊，乃是世间最美妙之物！

此后扬花到这个家里来不再需要任何借口了，但是从年龄上，她还是一个孩子，把言娜称作姐姐，两人在院子里追逐嬉闹，她那银铃般的笑声常常使得程景在试验室里被打扰，使他忍不住想要停下手中的工作抬头去看她。当她和程景单独待在试验室里时，她异常安静地坐在那把椅子上，看她未来的丈夫工作，一边留心观察他。她送给程景一块漂亮的真丝手帕，在上面绣上了自己的名字以及关于爱情的诗句。这张手帕一直被程景带在身边，直到后来在对大叶寺的一次装修中，大家在手忙脚乱中不知被谁给弄丢了，程景因此独自生起气来。

尽管程景和扬花两个人在年龄上相差了十岁，但是他们相信彼此已经被看不见的命运的丝线联结在了一起。每天傍晚，两个人总是待在一处，共同度过了那些难忘的、妙不可言的浪漫时刻。程景很快发现了扬花的聪明机灵，她对军事和历史问题都很精通，她的某些见解也是十分独特，在这个过程中，两人不仅建立了爱情关系，更成为了精神上的伴侣，尽管在婚后的二十多年，两人都曾暗暗嘲笑过自己太过于了解对方。

这个家里唯一不喜欢扬花的人只有罗亚，因为他对这个女孩儿怀有一种嫉妒之情，自从程景和扬花两个人经常一起出现在实验室里以后，他就不得不中断了一直以来沉迷的试验室工作走到外面，重新面对现实了。他一个人在环锦城里到处闲逛，无所事事，感到身心疲惫。

那时城里刚刚来了一批外国的马戏演员，在连续几个下午里，他们都带来了前所未有的神奇表演，但是罗亚站在人群当中，却觉得台上的表演平淡乏味，因此走掉了。后来他遇到一个扮相奇怪的家伙——扎着许多条细小的辫子，如同鹰爪一般的手上同时戴着几只金戒指和银戒指，尖尖的下巴上留有一缕胡子，他用占星师一般的古怪口吻对围观人群道："银，能祈福消灾。"罗亚认为这家伙在故弄玄虚，拿厌烦的眼光看他。罗亚厌恶生活中的一切，变得性情古怪了。

有一天晚上，他正在试验室的门前来回踱步，抬头就看到了善画，她纤长的身影立在走廊的尽头，远远朝他笑了一下，然后走开了，那个笑容里有留恋，也有悲哀。第二天下午，程葵磕磕绊绊的从城里跑回来，她脸色苍白，几乎说不出一句话来，因为她刚刚得知了一个骇人的消息——善画在闺房里自杀了！

昨天的晚饭之后——据她家里的仆人说——小姐从他那里要走了一瓶氰化物的药剂，她说是用来调制给瓷器上釉的蓝色染料，他就没有起疑心，然而在今天早上，女仆在她的门外叫了几声没有得到回应，推门走进去时就看见小姐倒在桌子旁的地板上，立即吓得尖叫起来。

善画的卧室里就像往常一样整整齐齐，只是屋子里有一股轻微的苦杏仁味儿，在她喝过的一杯的水里，法医发现了溶解在茶里的毒药，但是没有任何证据能够说明善画到底是自杀，还是不小心就把毒药放进了自己的杯子结束了她的生命。

五

在几个月以来，罗亚没有为善画的突然死亡哀悼过一次，但是这件事在他内心引起的震动，事实上却超过了家里的任何人。在漫长的冬季里，他感到那么痛苦而又难熬，仿佛是在天寒地冻里，一个人在野地中踽踽而行。在春季到来以前，罗亚就下了离开环锦城的决定，因此他把自己关在屋子里，在各种地图上写写画画，布置外出的路线，准备必需物品。这些事他并没有让任何人知晓。

罗亚曾在过去听闻了一些传说：在这座城市的东面，立着一座险峻的浮桥山，翻越这座山向南前进，直到看到一棵“十字树”的时候向东方前进，渡过一个雾气腾腾、遍布着鳄鱼的湖泊，就会到达一个在传说中被称作“金库”的岛屿。这里汇集了世界上最具冒险精神的人和被孤独折磨至疯的人，在这里，据说有专门建造用于关押最穷凶极恶的犯人的空中监狱。罗亚觉得自己应该去那儿。

一切准备工作就绪以后，罗亚就安下心来了，他开始在整座房子里走动，打算把这个家里的一切都记在脑袋里。程葵是在无意中发现罗亚的计划的，不过，她觉得自己应该早就预料到这一天。她对程景说：“毕竟孩子们都长大了嘛，要是他们老想呆在这宅子里，那才不像话哩。”

程景始终认为，罗亚和自己存在着一种特别的联系，这种联系的基础就是两人的共同之处——孤独，被命运驱使常常不得不逆道而行，在同样的境遇中，罗亚的决定就是他的决定，所以程景立马就理解了他。

在罗亚出发前的几天，程葵就在厨房里忙个不停：她在平底锅上烙出一点儿也不油腻的煎饼、制作不容易被压坏的蛋糕，准备蜜饯和水果等，但是罗亚只打算在自己的行囊里放进罗盘、刀具和生火石等工具。在最后一个夜晚，罗亚避开了客厅里的其他人，独自走向了后院。后院有一片水塘和几个牲口圈，发出刺鼻的味道，他身手敏捷地钻进了堆满枯草的草棚里，老鼠们一下子就应声逃走了。

在晴朗的月夜里，罗亚躺在屋顶的横梁上，皎洁的月光照耀在他身上。他闭起了眼睛，在想象中看见自己在看不清方向的沼泽里艰难前行，衣服被汗水浸透了，头发贴在额头上，每走一步双腿就会陷进更深的淤泥里，头顶没有一点儿月光，只有模糊的萤火淡绿色的光在灰黄的浓雾中闪闪烁烁……他深深吸了一口气，仿佛吸进了满腔的腥气。

在罗亚离开之后，家里少了一个人，言娜自然好奇地向程葵打听哥哥的去向，程葵只好用小孩子般的话哄她，小姑娘以自己的方式理解了她的话，她不仅没有表现出一点儿悲伤，还显得挺高兴，因为她说哥哥“一定去爬那座金色的山顶了”，“人只要想要幸福就会去那儿的”。

程景认为言娜与常人有诸多不同之处：她的皮肤是不能感受到真正的痛觉的，她的舌头也只能尝到甜而不能尝到苦和涩，同时她压根不在乎身边的任何事。她自然地丢掉了所有矫饰，在这个世界中，唯独她保持了活生生的、纯洁的本性。

六

刚刚入秋的时节，环锦城里突然下起了暴雨，整整一个月，把一切都给毁了。这场雨是在半夜时分就突如其来的，程景正呆在试验室里，手被刚刚溅起来的酸液烧得厉害，就看见庭院一下子变得亮堂堂的，接着一声巨响仿佛把天地都给劈开了！哗哗的雨声在一瞬间就湮没了一切，程景披上了雨衣，立即冲出门去。

他的眼睛在雨水中什么也看不见了，在快速疏通了两条排水沟以后，他已经全身湿透了，然后他爬上了屋顶盖好桐油布，一步从梯子上跳下来，带着满身泥水，连滚带爬进了偏厅。

当雨连续下了七天的时候，院子里已经一片狼藉了，在积起的浑浊的雨水里，堆积着不知从哪里漂来的垃圾，包括一柄生锈的铜剑、折断了的黄金风向标，泡得发胀的羊皮纸卷和几只破烂的鞋子，等等。马棚和菜园都被大水给冲垮了，被风吹断的大树陷在了泥地里；晾在院子里的衣物早就不知所踪，只在院外的墙头上找到了被石头刮破的碎片。

在连续落雨的日子里，谁也没法儿出门，程葵不时地抱怨着古怪的天气，因为大雨破坏了她精心照顾的菜园和漂亮的花圃，而且尽管她想要阻止家具和其他东西泡在积水里，但是浑水还是不顾她的意愿，坚持不懈的从她脚底下汩汩流过，从后院流向前厅，再汇入院子的积水中。

在接下来的几天里，程葵时常坐在客厅里，坐在那扇由于受潮而在缝隙间长出黑霉的窗户前，长时间凝视院子里的一棵梧桐树，她的思绪已经穿过模糊不清的大雨，穿过到处滴水的森林，穿过潮湿的云气，最终回到了她的小时候。

在那个具有亚热带气候特征的游丁小镇，天气温暖而潮湿，雨一下过，山坡上沉积的云团向上飘去，芭蕉林里像仙境一样雾气缭绕。她回想起了以前住过的房子，想起曾经的生活，记忆一开始只是琐碎的细节，结果却一发不可收拾，就好像拉出一根线，却扯出了一张网，那些往事不禁让她在心里默默流了泪。

在足不出户的日子里，扬花却开始变得温情脉脉、柔情似水了，好像她不是十四岁，而是二十四岁、三十四岁似的。在大家意志都消沉下来的日子里，她却始终保持着恰如其分的精力，主动承担起了做饭、清洁等杂务，并且想办法让任何人都开心起来。她像一个真正称职的妻子一样，对程景嘘寒问暖，当他专心工作的时候她尽量不去打扰他，然而在他需要她的时候总会陪在他身边。

杨花跟程景商量，等到什么时候雨过天晴，就拆掉这座房子，重新在地上建造一座新的宅子，要请全城最好的设计师和工匠，蓝图里要设有青铜的壁柱，连通的阁楼、水池和花园，并配有暖房、凉室等等，反正她老爹有钱嘛，但是程景想到的是：的确要修整这座房子，木材要到森林里去砍，加固院墙的大石可以从河里运来，整理菜园并加固水渠，等等，不过听过了扬花的想法，他忽然一拍脑袋：我还从没有见过这位岳父大人呐！扬花认为住什么样的房子倒是无所谓的，要是程景愿意的话，她还可以陪他天天晚上在森林里面过夜呢！

这场大雨持续不断，把与外界的一切联系都阻断了，为了排遣无聊，程葵就指导言娜学习绣花，她先教这姑娘认识绣线的种类，再学习各种刺绣针法。言娜虽然精灵，但是一双手却是不适合干这些需要集中注意力才能干的精工细活，好似她那双灵巧的手只能采采野花、随性起舞之类的。

到了第十五天，言娜不再练习绣花，开始用唱歌来消磨时间。她的歌声如流水般透亮，唱的却是一种大家都听不懂的语言，在第二十天里，她停止了唱歌，开始坐在椅子里一言不发了。她拒绝吃东西，当把勺子和碗放在她的面前，她连看都不看一眼，天已经完全黑下来，她也不肯起身到卧室里去睡觉。在随后两天里，言娜的状态变得愈发让人担忧了：

其他人跟她说话都仿佛没有听见似的，她盯着远处，神情专注，而且尽管她就那样静静地坐在椅子里，但是谁也没有办法把她移动分毫，这个夜里就由程景一个人来照看她，以防她做出什么出人意料的事来，白天的时候他们才费了好大劲儿才把她弄到了卧室的床上，然后把她当作精神病人一样照顾了。

与此同时，家里的三匹短腿马跑掉了，它们以前一直住在后院的马棚里，在大水垮掉了棚子以后，程景就给它们临时搭建了一个住处，但是马儿们被大雨吓住了，每天夜晚仍旧哀鸣不已，终于在一个夜里四散逃走了。

在这场异常难熬的雨水之灾中，程景不仅没有像其他人一般失去耐心，反而更加专注于试验室里的工作，体会到了与世隔绝的乐趣：到第十六天，他已经制作出了七枚金纽和两枚银纽扣，到二十五天时，他用铜和铁铸成了一座城市的模型，在未上色的铜墙铁壁间，可以看见一条条种满紫荆花树的街道，半月形雕花窗的居民房，铸在高台上的皇宫，海港里随时准备离开的船只；炼铁工厂通体呈黑色，矗立着一个个高烟筒；也有圆形的城市广场，中央屹立着几座用镜片装饰的喷泉……在这样一座城市里，没有一个人，也没有发生过一个故事，一切都是崭新的。但是你也知道，崭新必然又由过去的片段组成……

在夜晚的狂风中，树木在房顶上摇摇欲坠，为了找到一把砍刀，程景钻进了渗水的地下室，却意外的找到了一个红漆的木箱。箱子是用一把锈掉的铜锁锁住的，用手一扭，咯噔一声就断掉了，在这个箱子里，装着程景从首都带来的书籍卷宗，已经全部给渗水泡烂了——他早把它们给忘在了角落里。程葵和扬花则爬上了废弃的阁楼，清清扫扫，把它变成一间卧室，因为积水都涌到其他房间去了，但是当她俩踏进那个发出阵阵霉味的空间，却发生了一些怪事——窗台上那盆仙人掌自动开出了黄花，尽管没有到时令；程葵刚走到墙角，她的手还没有碰到立在那里的石膏像，它自己就倒在地上摔碎了；在收拾杂物时，一阵风忽然从窗外刮来一片铁皮，把扬花的手臂刮伤了。这天晚上，当程葵坐在桌前给扬花包扎伤口时，她就感到心神不宁。

接二连三的，家里发生了许多这样的怪事，程葵就越来越不安了。

她不认为这是女人的发疯，却把它当成了死亡的某种预示！她被这种沉重的预感压迫得喘不过气来，就忍不住把想法告诉了程景，后者这次却用科学的观点劝解了她，打消了她的疑虑，但他自己却是家里首先产生这种不详预感的人。那天，他在看见陷入无意识的言娜忽然在半夜里醒来，望着窗外的黑夜，神色安详，那张脸庞在黑夜中发光，他的那种不安的感觉就如影随形了，后来程景逐渐把不安传染给了程葵，使她犯了女人的疑心病。程景试图用一种天竺的巫术来唤起言娜的意识——将姜末和草木灰混合后给她擦洗额头和手心，把一面青铜镜子悬在她的额头的正上方，但是也没有起一点作用。

七

程景整晚呆在试验室里，在草稿纸上计算雨停的日期，在第二十八天的清晨，他惊喜地得出结论，这个时间大约就在一天以后，但是他还没来得及把喜讯告诉其他人，就先被言娜死亡的消息给震动了。

那天早上，程葵像往常一样走进言娜的卧室里准备给她穿上衣服，她照例打开了窗户，从这里可以看见院墙外通往森林去的小路，她叫了一声言娜的名字，却没有得到回应，当她走过去碰碰她时，惊恐地发现言娜的身体已经冰凉了。

年轻的姑娘躺在床上死掉了，神色却如同婴儿般宁静，皮肤也像活着的时候一样充满了弹性，脸庞因为闪动着若有若无的光芒而显出了惊人的美丽，仿佛是纸片上画着的神女的形象。她的嘴角带着微笑，灵魂仿佛已经步入了天堂，这个超乎寻常动人的死亡场景把所有人都震惊了。

大雨在第三十天的凌晨时分就停止了。他们下葬了言娜，回到家里开始手忙脚乱地收拾东西，因为在程景的计算中，这场大雨不仅不会就此停止，还会引来一场更大的灾难。扬花觉得不可思议，但是当程景做出了离开的决定时，她却毅然答应了跟他一起走。程葵建议扬花回家跟家里人告别，程景却直截了当地回答：“没时间了。”

接着，在第二天的上午，三个人就逃出了环锦城，向首都彩云城进发了。

第九章

旧世界中的新世界。

一

在程景离开的几年里，大叶寺中聚起了厚重的荒凉气氛：凡是和土沾边的地方都长满了杂草，连窗台和房顶也给绿苔藓遮住了；炉灶旁的灰尘中开着某种蓝色的花，无色无味，用手一碰，花瓣就像面包屑般四下散掉了；所有的房间里都散发着霉味，窗户也被风雨毁坏了，窗帘变成了一堆破布；院墙脚下的爬藤植物沿着围墙环绕一圈，然后爬向了墙外，寻找另一片天地去了；走廊荒废了，只剩下空空的石架子，在石面上雕出的每一朵花卉中心，都曾经住着一只蛛形纲昆虫。

程景看到这残败的景象，不禁吃了一惊，简直怀疑自己来错了地方，在最初的几个月里，他就忙着修整大叶寺，到处钉钉补补了。他清理荒凉留下来的所有痕迹，甚至不放过墙面上的一片水渍，扬花看得出，他是那么的急迫、一丝不苟，仿佛不早日整理完毕，他就不会心安似的。对于程景，他虽然多次离开大叶寺，但是最终还是回到了这个地方！他现在就总结了自己的生活：来来回回，简直没完没了！想到这一点，他想要立马结束手头的这些工作。

在这段时间里，扬花观察着自己的丈夫，看他给走廊的木板泼水、清理污迹、铲除杂草、更换玻璃……虽然毫无疑问，自己那么的爱这个男人，一离开他自己准就难以活下去，她还是不敢相信自己竟然就这样离开了环锦城，跟他来到这个破败之地！而且以后的几十年里自己都会陪着他——这是多么荒谬呀！等扬花自个儿在那儿抽完了疯，就开心地跑过去跟着程景一起清洗走廊了。

程葵和扬花都还没有来过皇城，所以非常乐意到外面去看一看，有一天下午，程葵独自从城里回来，她听闻了一个坏消息，感到非常吃惊。程景在院子里抬起头正好看见她慌里慌张的，脸色发白，就问她怎么一回事。

“全完啦！”程葵说。

就在他们离开环锦城的那晚，在半夜时分，一阵可怕的飓风忽然从城市的东面袭来，瞬间席卷了整座城市，第二天的清晨，一股不知从何地涌来的巨浪又在瞬间把一切都吞没了——所有的街道、商店、树木和人群，只剩下断壁残垣……

扬花最终得知了这个消息，她瞪大了眼睛，想到的是：怎么会这样呢？这股飓风兴起于东面的山区，沿途没有经过任何的海域，怎么会具有如此毁灭性的力量？那洪流又是从何处来呢？在接下来的两天里，扬花沉浸在了无谓的思考当中，不再理会程葵和程景的安慰，抛弃了一切的家务，在房间里查阅起地理和气象的书籍来。两天过后，这些书籍不但对她的疑问没有起到一点帮助，反而使她完全着了魔。

她反复念叨她的疑问，仿佛戏剧团的演员在背诵台词一般——此时此刻，难以捉摸的神秘感代替了在灾难中失去家人的痛苦，有一个傍晚，她坐在光线昏暗的卧室里，偶然向窗外望了一眼，正好看见暮色中正在给桃木窗框绘制花纹的程景，同时听见隔壁传来程葵做晚饭时碰响碗碟的声音。

她望着晚风吹过的树林，忽然流下眼泪来，起初她还只是小声哭泣，但是眼泪越来越多，不可遏制，她就像一个孩子那样嚎啕大哭了。因为透过树林模模糊糊的剪影，她似乎看见了飓风怎样摧毁城市，洪水如何冲毁街道，湮没奔跑的人群，在这群人当中有她的父母和姐姐，他们就这样无情的把她给抛下啦。

在扬花消沉悲伤的日子里，程景尽量陪在她身边，想要把痛苦转移到自己的身上。两年以来，他们有过许多独处的时光，说过每一对爱人都说过的情话，有时，他把扬花当成自己爱慕的少女情人，有时把她看成了妹妹，有时又把她当成了自己的小女儿，但在这样难解的情感之下，只有一点是不变的，那就是，他至死不渝的爱着她。

二

不知从什么时候起，扬花每晚都要在睡梦中参观一座花园——也就是说，她梦见了一座园子，但是不像她曾见过的任何一座，花园里有白色的观景台和茂密的棕榈科植物，路边开满了玫瑰和丁香，满园香气，而令她不解的是，她先是在迷宫一样的走廊里转悠，不管她怎样绕来绕去，最后都会在走廊尽头看见一座相同的花园，于是她怀疑梦中这座迷宫的建造者，是故意把走廊尽头的花园建造得一模一样，好让里面的人迷路！但是问题就在于——该造梦者，就是她自己呀！

为了弄清迷宫的构造，在第一夜扬花进入了一座花园，第一个路口遇见的第一棵丁香树上做了记号；在第二天晚上，她任意走进一座花园，就在第一个路口的树上看见了那个记号，同样的事情重复出现，即使花园的方向是完全相反的。两个月以来，她每晚在花园里徘徊，与常开不败的花朵为伴，为了消解这种无聊，她走遍了所有的石板铺成的路径，然后她拿来了花绷子坐在长椅上开始绣花，长此以往，在白天的时候，连程葵都惊异于她绣花的速度了。

有一天晚上，扬花照例走进了花园里，在一把椅子上坐下来，一只蓝灰色的蝴蝶就从她的头顶上飞过去了。她忽然想到："也许我到这儿来，是为了寻找某样东西的。"怀着这样的心情，扬花走过花园的小径，共遇到了三座一模一样的圆形水池和五座女人的铜像，最终看见了一条长椅，有一个小孩子坐在那里。

"你好呀。"扬花走过去对他说道。

这孩子只有三岁的模样，穿了一件白色睡衣，身体软软的，正坐在椅子上摆动着两条短腿。他抬起头来对杨花微微一笑。

"多漂亮呀，"她在心里说："这天使般的小人儿！"

那天早上醒来之后，扬花就认为自己领悟到了梦中的启示，她咬着指头想了一会儿，对刚刚走进来的程景说："给我一个孩子吧。"

程景正坐在桌边翻工具箱，他心不在焉地说："什么？"扬花就把这句话又重复了一遍，恰好这时程葵走进来了。她没有听见两人的对话，就把晾干的衣服整齐的叠放在衣橱里，然后对他们俩说；“皇城里正在招兵呐。”

城里的大街小巷都贴满了招募士兵的告示，有一些人听到害怕，有一些人则激动不已，但是众所周知，大搪还没有与哪个国家发生过激烈冲突呢，因此征兵的说，没有打仗那回事，只是招募看守皇城仓库和宗庙的士兵，每月提供可观的月饷。城里的许多年轻人都跃跃欲试，程景虽然不喜欢军队，但是在生活的面前妥协了。

三

时值立夏，半夜时分，月光照耀在山野间，程景的身影正悄悄穿过庭院，朝一间卧室移去。山野间传来蛙鸣和微风掠过树丛的声音，此刻在他听来无比清晰，而自己的心在胸腔里剧烈跳动着，发出了只有他能听见咚咚的声响。

他的身影停在了走廊上，一只手搁在门扇上，准备推开它。而扬花呢，仿佛知道他要来似的，没有给房门上锁，任它虚掩着，但是当她真的听到门口传来脚步声时，却睁大了眼睛，感到无比紧张——她虽然盼望着这一刻的到来，此刻她还是不敢相信这是真的，当程景的脚步声离她越来越近，她就不禁在心里祈求时间在这一刻永远停止了。

在黑暗中，她感觉门被推开又轻轻关上，有人朝她走了过来，躺在了她的身边，然后伸出双臂把她抱在了怀里。程景的眼睛盯着房间里看不透的黑暗，鼻子闻到了石灰和草木的味道，与此同时，他的听觉也似乎灵敏了起来——他的耳边清晰的听到水塘边上的甲虫扑翅的声音，菜园里作物在土里迅速生长的声音，地下水汩汩冒出的声响以及蚂蚁在月光下成群走过一段树枝的嗒嗒声。在这一刻，他一直以来所压抑的孤独感终于全都涌现出来，完全击败了他，使得他的身体突然颤抖起来，他发疯似的在她耳边温柔地说道：“我不会让任何东西将你从我身边夺走。”

“死亡呢？”扬花问。

“死亡只是幻象，”程景说：“它在我们生前和死后都是不存在的。”

扬花根本没有理会他的傻话，因为她拿起他的一只手，在他的掌心深情的吻了一下，接着就伸手抱住了他，把头靠在他的胸膛旁睡着了，直到天快亮的时候，程景才悄悄起身离开。他们在许多个夜晚里玩过这样的把戏，始终没有被程葵发现，不过直到两年以后，他们才有了第一个孩子。

那时也是夏季，大叶寺里酷暑难耐，这孩子估计是在娘的肚子里热得太难受才提前出来的。自打出生后的半个月里，这孩子既不肯睁开眼睛，也不肯哭叫一声，仿佛对什么都不感兴趣。站在一个女人的角度，程葵挺为这对新父母担心，因为这孩子的出生看起来就是那么的不同寻常——在娘肚子里的时候他就睁开了眼睛，然而刚一见到外面的光，他就把眼睛闭上再也不肯睁开了，面容显得那样呆板、缺乏生气，程葵就想请一个巫师来给新生儿瞧一瞧。

扬花却持着乐观的态度，相信这孩子继承了他的父亲身上的全部优点，将来一定是个非比寻常的人物——毕竟这是她在十七年来的第一个孩子呐！在孩子的父亲看来，这个头生子也许不够聪明、沉默寡言，但是他性格坚韧，谨言慎行，这也是他所期望的。

程葵作为家里的长者，杨花两人就商量让她为孩子取名，程葵拒绝了，她说："你们才是他的父母嘛。"大家商量之后决定给这个孩子起名为明初。在小孩出生后的差不多一个月，终于睁开了眼睛，那时把大家都吓了一跳，并且在不久之后，他就打破了父亲对他的预言，展现出了过人的才智。

明初很快就学会了说话，并且立即就能在纸上写写画画了，在他六岁的时候，就对书籍感兴趣，翻看起了他的父亲藏在橱子里的那些书了。在一本记录历史轶事的书中，讲到了一位马达加斯加女王，她把她的囚犯们扔在满是鳄鱼的河里，并强迫他们的父母和她一同观看；讲到欧洲中世纪的两支军队，骑兵们在作战时都把一个个洋葱串成的项链挂在脖子上，象征着胜利；一个穿铠甲的守门卫兵，误食了森林中的一种含生物碱的蘑菇，立即变得疯疯颠颠的，在一个夜里就杀掉了他的所有同伴。

而扬花呢，在她成为了一位母亲的那几年里，就变成了另一个样，变得像程葵一样操心家务、啰啰嗦嗦了，与此同时，她也就变得成熟而温情了，那种迷人的气质，是足以让任何一个男人心驰神往的，那时她和程景也都了解到真正的性的意味，那就是，爱这个人本身，因此毫无保留地把自己融进彼此的身体里。

在环锦城里的时候，程景在曾经有过一段时间里，过度重视激情，因此可以和任何一个看对眼的人走进旅馆，但是却缺少了继续发展的基础，欲望就变成了一个无底洞，要建立牢固的关系，其基础就是对人的灵魂而非肉体的热爱。

四

在小孩儿明初两岁的时候，有一次他在大厅里，爬到了饭桌前的一把椅子上，母亲扬花走出去拿泡茶用的甘草和姜末，就把那壶滚烫的热水留在了桌子上，明初用手一碰，水壶就顺着他的手腕滚到地上去了。

扬花听到了瓷器摔碎的声音和孩子的惊叫声，立即惊慌地跑了进来，当她看到孩子的手臂被开水烫红了一大圈儿，就差点儿流眼泪了。小孩儿明初却抬起头来，睁着一双纯洁的大眼睛望着她，一声也没有哭。他甚至感觉不到疼。

这一奇怪的特征却使程景想到了言娜和罗亚，并且真正理解了他忽然离去的打算——对于这样一类人，他们不能与其他人的关系变得亲近，不是因为不爱别人，因为他们天生就学会了自我保护，他们也大可以在任何地方开始新的生活，只要他们乐意。程景在罗亚离开之后，自己曾查阅过关于那个所谓的叫作“金库”的岛屿，查来查去还是一头雾水，但是他仍然打算写一封信，寄给罗亚，把这里发生的一切事情都告诉给他。

在这封信中，程景企图用言娜死亡时的安详神态来减少罗亚得知这一消息时的悲伤，并且描述了在妹妹下葬的那一天的异象——长久以来，天气第一次放晴了，他们运送着棺材走在通往森林里的路上，露水在头顶的树叶上闪烁着亮晶晶的光，小鸟在啁啾，天空像琉璃一样澄净，就在她们安葬言娜的地方，他们看见当空忽然划过一道闪亮的光。

程景把信交给了一位信使，但是信使却拒绝为程景送这封信——他说，没有人会去那传说中的地方送信。程景却告诉他，只要在信封里装进一只鸽子脚，在信封上写明地址，再把信投到火炉里烧掉，那么这封信就能完整的送到“金库”岛了。

信使表示答应，但是他问道：“为什么你不自己这样做呢？”

程景答道：“因为我只是一个寄信人嘛。”

五

九月的一个上午，程景从街上回来，给家里带回了一整套的玻璃餐具和崭新的荷兰桌布以及七瓶从西域运来的葡萄酒、三袋生牛肉和四罐茶叶，跟他一起还有另外一个人——程景的好友宋言。

这个男人二十五岁左右，跟程景差不多高，乍看之下就给人以良好的印象，扬花微笑着把他们引进了客厅。午餐之后，两个男人一起走进了试验室里，这间宽大的屋子是程景在少年时一直用作试验室的，但是在五年前他回到大叶寺以后，他就打算着再也不碰什么蒸馏装置啦，熔炉啦，因为他十分清楚，自己已经丧失了最重要，也是最难得的灵性和想象力，再也做不出什么惊人的发明了。

几年以来，他脑袋里的错综复杂的想象力被有形的生活持续而无用的消耗着，而他少年时想要寻找神奇的想法也渐渐被磨灭了，使他最终变成了一座不会再喷发的死火山。在他回来之后，他让试验室里一切东西都保持原样，用木条钉住了窗户，又在门上加了一把锁，同时感到自己正在坠进看不见底的深渊——中了生活的圈套。

两年之后，程葵跟他说明了需要一间靠近厨房的储物室，他才第一次走进去，把试验室里的东西都搬了出来，然后就把它们堆在了某个房间的角落里。接着他就在原来的试验室的墙上粉刷了石灰，拆除了窗上的木条把它变成了一间储物室。但除偶尔去那里拿放东西，他绝不会在那里呆上一会儿，即使看见那从窗户投射进来的阳光和墙上悬挂吊床的痕迹，闻到始终挥散不去的硫磺味和焦糊味儿，也不能叫他想起曾经在这昏暗的房间里沉迷于做试验的日子。

然而，随着后来程景进入了京城的护卫队里开始接受训练，他也就渐渐恢复了良好的精神状态。他被调到大搪的护卫队里也完全是一个可怕的偶然——一开始他还在伟大的皇城里当一个普通的守城兵，一周工作五天，拿着一个普通的工资，但是也许是因为在他在训练时无意中展示出了精湛的剑术，或者是那种无所畏惧的勇气，反正他觉得肯定不是因为自己性感的身材，就云里雾里被分到了护卫队里，不过事情就是那样产生的。

据我所知，皇宫护卫队是一个特别讨人喜欢也特别讨人厌的兵种，因为这里面全是些身高在六尺以上、身材健硕、相貌英俊的男子，平时什么活儿也不用干，只需在皇宫里列队走来走去，是大搪皇宫里会活动的装饰品的一部分。那些宫女和贵妃们看见了这些年轻男人都会难免春心萌动，在别人不注意的地方还会主动勾引他们，因此做这个工作就是一种享受。而对于那些专门负责守城，运送货物的做累活儿的士兵，看见了他们就难免要愤恨，远远朝他们竖中指。程景觉得，这就是现实的荒诞性，这些事不该发生在自己身上。

在护卫队里的每个早晨，这些长相英俊的二吊子士兵们都要起早进行训练，但是后来被那些守城兵们偷偷整了几回，又被守城兵以训练松散为由向上面反映了情况，于是他们也开始接受了正规的军队训练。程景就是在半个月后一次晨练结束后认识宋言的。

叫他奇怪的是，尽管宋言身材高大，全身孔武有力，却同时有着严谨的性格和谦和的态度；虽然他对任何军队事务都不感兴趣，却能在军队里赢得威望；自称一直呆在彩云城里，却知晓世界各地的事（尤其对建筑方面更是了若指掌），仿佛是一个周游过世界的人。

在程景和他共事的几年里，两个人之间建立了牢不可破的友谊。在结识了宋言后以后，程景就重新找回了他失去已久的闲谈的乐趣。有一回，宋言送给了他一盆产自天竺的能随着音乐起舞的“舞草”，这种草还能在舞动的时候散发出一种无色无味的物质，据说是能够治愈人心中的伤痛的。在那个太阳刺眼的彩云城的下午，空气中飘来土耳其人店里的蛋糕和新烤出的面包的香味儿，街道上有孩子和流浪汉同时大喊大叫，宋言向他讲述了关于一个名叫海黛的姑娘的事情。

这是一位年轻美丽的外国姑娘，有着一双琥珀色的眼睛和迷人的笑容。她是宋言的母亲的服装作坊合伙人的女儿，尽管她有一个比她大七岁的未婚夫，但当他和她第一次在聚会上相遇之后，两个人就发誓要永远在一起。尽管两个年轻人的爱情遭遇了重重波折，但他们是那样的坚定了自己的心意，最终才获得了父母双方的同意，在抗争结束之后共浴了爱河。

在他十八岁的生日宴会上，他耐心地等待她的到来。这原本是他向他求婚的日子，但是不幸的他等来了的却是她在轮船事故中丧失的消息。他遭受了巨大的打击，变得消沉绝望，没过多久就放弃了他正在学习的建筑学，然后渐渐对任何事物失去了兴趣。他浑浑噩噩度日，打算再也不找女人了，因为她的形象长久的留在他的心里，让他无法再爱别人。

在随后的那几年里，为了排解无聊，他曾经加入过为了争取囚犯适当自由权的游行以及抓捕非法夜游者的行动，他参加过邻城的秘密社团，甚至和几个朋友一起出钱造了一艘船，出海去了危险的地带里依靠恐惧来寻求精神的慰藉。他现在谈起这些事来，自己也觉得不可思议，因为这些经历差点儿使他变成了一个闲散悲观、丧失了理想的人。后来他回到了城里，开始在军营里工作，开始了新的生活，后来才结识了在护卫队里工作的程景。

但是当他见识到了程景在做试验上的天赋，他突发奇想到，如果凭借他的才能，再加上自己在建筑上的学识，也许能制造出一种前所未有的建筑材料，使得它的各种性能都趋向完美，那么这必然在世界范围内的建筑行业引起一场大革命！

程景适时的打击了他的想法：“就目前的理论来看，要发明出这样一种材料似乎不太可能。”

“不要让任何规则禁锢了你的想象力，”宋言看着他的眼睛说道：“这可是你说的呀。”

宋言后来又多次向他谈到这件事，他的郑重建议使得程景不得不重新考虑了。他认真思考了两天后，然后告诉宋言他决定接受这个建议。

在他开始新布置试验室的几天，程葵对他决定将封闭的试验室又起用了感到惊讶。她看着程景不断在房间里进进出出，不知道这到底是好事还是坏事。小孩儿明初没有见过那些会叮铛响的，形状古怪的器具，就跟在的父亲身后要求帮他拿东西，但他警告似的对儿子说道：“你最好永远也不要碰这些玩意儿。”

在宋言来到这儿家里时，明初第一次见到他时就显露了他毫不羞涩的性格。当时在程景跑去试验室里拿图纸，宋言坐在客厅里，在空闲的当儿他就取下了挂在墙壁上的一把自制弓箭来察看，小孩儿明初站在门口，看见了陌生人后就大胆的走了进去，然后爬上了他旁边的一把椅子，开始用杯子里的茶水在桌子上画起了小人儿来。

宋言对他微微一笑：“你好呀。”小孩儿明初头也不抬地回答道：“不太好。”宋言问他为什么，他却解释道：“就是不知道为什么才不够好的哇。”扬花进来时正好听到孩子奇怪的话，就摇摇头朝宋言笑了笑。

当宋言成为了这个家里的常客之后，家里最欢迎他的就是小明初。明初非常乐意和他宋言在一起，因为他常常在和程景忙完试验室里的事后，就凭借他丰富的经历和生动的讲述才能，开始启迪孩子如何在原始森林里辨别具有致幻作用的菌类，如何躲避鳄鱼的攻击和搭建坚固的临时住所。他讲到了世界上有一种奇异的人种，他们的眼睛能够看透人的身体：骨骼、肌肉、内脏……小明初就惊骇地叫道：“那多可怕呀。”后来当宋言讲到了怎么控制一匹马的烈性时，明初忽然抬起头问他那正在给花瓶插花的姑姑：“我们家的马是怎么死的呀？”程葵当即吃了一惊，因为那几匹马是在他们离开环锦城之前就跑掉了的，那时他还没出生呢。她随口就答道：“它自己跑出去就死了呗。”

后来当试验室里的工作进入越来越困难的阶段，宋言委托其他朋友承担起了他在军营的工作，然后把自己的大部分时间都投入到同程景在试验室里的工作中去了。就在程景和宋言孜孜不倦探索新材料的几年，明初在不知不觉中开始按照他自己的方向发展了。

显而易见，明初是继承了他父母的容貌的，他长得挺快，也像他父亲一样聪明，但是在性格上却不同于他们之中的任何一个人。他温和、谨慎、从不轻易表现出巨大的热情，尽管程景原本打算把所有的剑术技巧都教给他，他却对此不感兴趣——自从童年时期他的父亲拒绝了教他有关试验的一切后，他现在唯一的兴趣爱好就是阅读——他更愿意成为一个宋言那样的博学者。

他的母亲扬花此时已经怀上了第二个孩子，还成天往森林里面跑，她对其他人解释道：这可不是她自己的意愿，是肚子里的小家伙有一种魔力！让她情不自禁地想要跑去森林里去，一个人走过爬满青苔的独木桥，赤足涉水，听林中奇异的鸟叫声，或者听树林顶端让人心惊胆战的哗哗的风声——她觉得这个孩子一定是一个挺淘气的小家伙！

当家里的其他人都忙于自己的事，不再用许多的精力注意明初时，只有他的姑姑程葵始终对他保持着热切的关心，竭力不让任何会产生坏影响的事情进入到他的脑子里，尽管这种预防措施带来的效果只是暂时的，因为谁也说不准孩子哪天就会突然变坏，但是在明初的童年时期这种努力还是卓有成效的。

六

西慈是在腊月里出生的，那时正是天寒地冻，冷得让人忍受不了，正好和他的哥哥出生的时候完全相反。孩子在出生时就显得那么活泼、机灵，刚见到世界外面的光线，就睁开了眼睛，大胆地瞧着屋子里的一切。当程葵把婴儿放进襁褓里之后，就首先让站在他母亲床边的明初瞧了瞧他。七岁的哥哥明初第一次看见新生的婴儿，小弟弟皱巴巴的模样使他大吃一惊。后来，孩子的父亲走进来，他走到床前，当他伸手准备接过襁褓中的婴儿时，小家伙忽然转动了一下眼珠子。

“看来他很喜欢你嘛。”程葵笑着说道。

“也许恰恰相反。”程景答道。

在若干年后，程景回忆起了自己这个儿子刚出生时的场景：那时他自己正呆在试验室里，焦急地等待儿子的出生，因此不由自主地摆弄起了桌子上的器具，不知过了多久，就在他熔炼锻银的间隙时，忽然听见了婴儿第一声啼哭，才如梦初醒地快步走进了扬花的房间。当他走进去的时候，看见孩子正蜷缩在毯子里，眼睛一动不动地望着窗外，令他吃惊的是这个孩子的神情，与其说是宁静，不如说是对世界的冷漠。

孩子总有着天生讨人喜欢的特性，当西慈出现在这个家里之后，程葵重新找回了当时照料小明初时的那种愉快的心情——她虽然已经接近四十岁了，却像孩子的亲生母亲一样精心照料婴儿——这个女人心灵手巧，在进入这个家的第一刻起，几乎承担了这个家里所有的家务，她有着常人所没有的充沛精力，以及值得赞扬的吃苦耐劳的精神。虽然她也曾拥有令人心动的美貌，但岁月已经在她脸和身体的每一寸皮肤都留下了磨灭不掉的痕迹。

“最好就是不要去注意这些细节，”程葵对扬花说：“否则女人会变得多么脆弱、惊慌啊。”

而同样以明显的速度变老的还有程景——尽管他曾经有着一种青春常驻的神奇本领，但就在两年以前，在他在当上了护卫队的兵组司后，立刻就有人跟上面报告了他有贪污受贿的嫌疑。随后一队人马就被派下来对他进行了调查。

他们翻出陈年往事，发现他根本就来历不明（他一直独自生活在大叶寺，自然没法说明自己的正当来历），就向他询问起了他最不愿意透露的细节，拿最不足道的小事盘问他。那个调查持续了三个多月，尽管最后事实证明了程景的清白正直，但自从那件事之后，他就迅速变得衰老了，从此失去了青春常驻的本领。

当然，他现在看起来还依旧年轻，但是光阴显然已经重新注意到了他——在他整个面部覆住并且扩张开来，如同一丛月白的芦苇笼罩着他，进行着细致而持久地破坏。他的皮肤出现了细小纹路，导致整张脸微微变了形，眼睛里的光涣散了，再也无法聚拢来。

在这对父母都没有察觉到的时候，头生子明初已经进入到了少年时期：尽管他才十四岁，但是他的肩膀宽宽的，个头已经差不多到了父亲的肩膀。他一如既往地喜欢和书为伴，他的性情谨慎而少言寡语，一双眼睛仿佛天生就带着温顺而理智的光。

在明初的少年时期，有一次一个景教教徒忽然来到了大叶寺，开始向这家人传教。几十年来，大叶寺还是第一次有访客，因为古寺的位置偏僻、隐蔽，被世人遗忘了。出于礼貌，程葵把这个自称为聂斯托利派教士徒弟的人留下来吃午餐。

在餐桌上，这个人不像是一个教士，倒像是一个饕餮之徒，他的双手像鹰爪一般，掠过整个餐桌去抓取食物，蓬松的胡子上沾着洒落的葡萄酒，一边喋喋不休地向这家人传教。午餐之后，他先在大叶寺里闲逛了一圈，就野心勃勃地想要把这里变成自己传教的基地，进而向所有彩云城人传授宗教思想，而当前的首要任务就是把这家人变成自己的教徒。当传教士踱步回到客厅，忽然转过身，发现身材高大的程景就跟在他身后时，教士明显吓了一跳。

“我们不信仰不存在的东西。”程景看着他说道。

“上帝是存在的，”传教士用低沉的声音回答：“你们急需要上帝的种子来唤起隐藏的灵性。”

“在你眼中，上帝是一位独裁者。”程景盯着教士的眼睛说道：“而我的家人也不需要恐惧。”

传教士立即瞪大了眼睛，他觉得程景仿佛看透了自己内心最深处的疑问，为了防止程景动摇自己的信仰，他当即就走开了。

接着，传教士企图向程葵、扬花和宋言传道，但是他们都拒绝相信他的话，传教士认为这家人缺乏他所需要的那种智慧，感到很失望，但是他却误以为性情温和的明初是这个家里最容易被说服的人，接连几天，他都来到大叶寺单独向他传教了。

程葵担心明初会被带坏，打算直接把教士赶走，但是她所担心的明初和教士的单独谈话，只维持了数次，因为当教士打算让明初跟随他在世界各地漫游，让他在传道过程中确立自己的信仰时，明初平静地望进了他的眼睛，接着，他忽然张口，以一套无可反抗的诡辩说法，当即驳得教士说不出话来。在那之后，那个传教士就再也没有来过大叶寺了。

程葵建议明初应该多到外面去走走，既能够见到新鲜的事物，还能结识其他的人，但是明初却认为外面的世界里没有有趣的事——他更愿意从书里去寻找乐趣。这时，当这个年轻人有什么想法或者疑惑，他还是愿意告诉程葵的，尽管程葵不是自己的母亲，但明初知道，她一向比一个母亲更尽职尽责。

有一天傍晚，他走到厨房门口，姑姑程葵正在给一家人做晚餐。他像小时候一样站在门的旁边，默默地看着她，觉得这种日常劳作的姿态真是美妙无比。

他问：“你手上戴的链子是谁送的？”

程葵扬了一下手说："一个你不认识的人。"过了一会儿她补充道："说起来她也是你的一个姑姑。"

后来程葵就向明初讲起了这个过早死去的拥有惊人美貌的姑姑的事情，讲到她如何穿着单薄的睡衣一个人去森林的河里洗澡；讲到她在夏夜的院子，站在藤椅上像孩子一样唱歌；以及她总是赤着脚在田野间穿行，蝴蝶在她的头顶飞来飞去，等等。讲完了这些事后，连程葵自己都很惊奇她能把这些事记得这么清楚。

明初问道："你确定她真的已经死了吗。"

程葵做了肯定的回答。

接着，明初看似毫不动容地离开了厨房，然而，在他走进自己屋子里的一刻，他就已经陷入了恍惚的状态，因为这个小姑姑的形象进入了他的心里，再也挥之不去了。

自从他不可自拔地爱上自己这个死去的姑姑言娜，很快就变得更加沉默寡言了。因为他相信，在这个家里，谁也无法理解他的这种感情。他成天把自己关在房间里，在悲伤和绝望中给死人写一首首忧伤的情诗——这是一种真正的、无法挽救的忧伤。他虽然也曾打算用天竺人的一种迷信的方式给死去的人写信，他却没能这样做，因为在他的想象里，这个姑姑的形象已经被神圣化了，以致明初认为信中平凡的字句根本不足以表达自己那样深切的情感。

程葵首先发现了明初的这种反常，尽管她还不知道问题出在哪里，但她明白自己正在失去他——就在不久以前，无论有什么心事，明初还愿意告诉她，不仅把她当作一位长辈，还把她当作一个真正可以交心的朋友，但现在明初已经变成了另外一个人，再也不把自己的话放在心上，甚至故意避开她，以免作任何问询式的交谈。

在西慈小的时候，简直和他哥哥几乎完全相反，是一个十足的小淘气包——在他刚学会走路以后，就在整个大叶寺里晃荡，后来等他长大了点儿，在谁也没注意的时候他就经常独自一个人跑进森林里去玩了。除非他直接出现在你面前，否则谁也看不见他的影儿。大家一致认为这孩子长大后做事准会缺乏耐心、难以集中注意力。

直到他五岁的时候，有一次，他碰巧走进了他父亲的试验室，程景随口教他认试验室里的器具，西慈不仅一下就记住了它们的名字，而且在不经任何点化的情况下，他自己就开始捣鼓起这些东西来了，而且他那专注的样子也让程景吃惊。

在那段时间里，程景依旧把精力集中在和宋言坚持不懈地钻研新型的建筑材料的技术上，几乎没有时间照管两个孩子。与此同时，明初始终迷恋着去了天国的小姑姑言娜，感到越来越苦恼，因为他知道永远没可能见到自己所爱的人了。他在各种书籍中苦苦寻觅拯救心灵的办法，但是却一刻也不能停止思恋和悲伤。他主动去见那位被他反驳得哑口无言的传教士，教士非常高兴，打算把他收入门下，然后明初就常常呆在大叶寺外面了。

家里人谁都不明白明初的痛苦，直到半年之后的一天，在一家人等着吃午饭的时刻，程葵推开了明初的房门，因为他卧室的门是虚掩着的。结果她惊讶地发现，卧室里空荡荡的，桌子和椅子已经收拾整齐，但明初已经不在了。程葵这才知道原来明初已经离家出走了。

七

在明初离开的最初，大家谁也不知道他去了哪里，因为他既没有回过一次家，也没有与家里人通过一次信。在儿子消失的前几天，扬花就和程葵商量，如果他还不回来的话，她就要出去找他啦！

“最好别这样做，”程葵预言似的说：“否则你就会永远失去他了。”

但扬花这次却下了谁也不能动摇的决心。她以一个月的时间为限，如果过了这个预定的期限，儿子还不见回来的话，她就会不顾家里任何人的反对，甚至扔下六岁的小儿子西慈，出去找明初啦。在这半个月里，扬花是怀着多么忐忑的心情在等待呀！

就在一个月期限的最后几天里，扬花已经不听两个人的劝阻收拾好了需要的东西，下定了一个人出去寻找明初的打算。然而就在一个随后的早上，她从自己的床上醒来后就感到吃惊不已，因为在梦里，她清清楚楚地看到明初正背着行囊在星夜下翻越崇山。

当时自己跟他一道走在一条山路上，她问儿子：“渴不渴呀。”

明初用男人低沉的嗓音回答道:“等翻过这座山就可以看见大海啦。”

这一天，她还没有把这件怪事告诉程景和程葵，直到在随后的几个晚上，她又在梦中看见了明初——终于离开了山区，并且以在森林中杀死的野物作为粮食储备，向着一条大河前进了。到达那儿之后，他就在夜晚的海边搭起了帐篷。第二天清晨的时候，明初开始伐木造船——他砍倒了海边的一种空心树，剔除树枝时，几只猴子就从其他树上跳下来在旁边看着他。终于在三天之后，明初开始横渡大海了。这个时候，扬花就觉得自己不能再把这件事隐瞒下去了。

程景打开了地图，根据妻子的描述，他认为明初正在前往“金库”周围的大片神秘区域中。在接下来的几天，根据地图的指示，明初将穿过这片气候温湿的大森林，并以一种栖居在树上的有三只脑袋的鸟类为生——这是森林中唯一没有毒性的东西。接着，他要走过一片长满灌木丛的山坡，最后抵达罗亚也曾到过的满是鳄鱼的沼泽区域。再以后的通往传说中的神秘岛——“金库”的路就没有了——人们只能靠各自的想象来完善它们。

程葵听完之后就开始叹气，她对程景说道：“难道咱们家不辞而别的人都非要到那个地方去不可吗。”

扬花一声不吭，她似乎以前就具有这样一种能力——通过梦境来获知自己本无法知晓的事情，梦境有时给自己以命运的暗示。先前在环锦城的时候，有一次她梦见了一个素未谋面的男人，他在梦里自顾自的跟她谈起了星象学，在他离开的时候，他低头温柔地亲吻了一下她的手背，等她后来真的见到程景这个人时，她就知道自己会成为他的妻子，并且永远跟他在一起！但是这一次，扬花通过梦境知道了儿子正在何处，却无法挽留他，她倒宁愿是自己的直觉出了错！

有此同时，程景和宋言在制作材料的过程中，猛然也遇到了无法克服的困难，两人就不得不放弃试验了。宋言在大叶寺里住了几天，后来才不舍地告别了朋友，决定去其他地方闯荡啦。

几年来，程景第一次有了时间来陪伴自己的小儿子：他刚刚放弃了繁琐精密的材料试验，就在试验室里和西慈一起制作起了会模仿人说话的木偶、有一颗橄榄核脑袋的节肢昆虫、会嘶叫着欢快跑动的金色马儿和举着桃木剑的威武骑兵，另外还有一些带着头盔的步兵，他们手里举着一只火药筒，筒子里啪啪的胡乱射出一些豆子来。他还讲述他自编的那些不着调的童话故事，关于地下矿场工作的人们的艰辛工作，讲述运输蜜饯果脯的骆驼商队如何穿过沙漠，说石头砌筑的城市冷得像冰窟。

在那几个月里，程景重新回忆起了自己的小时候，发现许多往事都已从它们原本的角落里消失，无处寻踪了。遗忘一开始使他感到了不安，有一瞬间他甚至感到了害怕，但他按照一贯的做法——随即转忧为喜了。他想到，既然回忆成灰，那么到了垂暮之年，它们就不会再也找上门来折磨自己啦。

第十章

我如此热爱冒险。冒险必不可少。

一

程景和宋言准备放弃材料试验时，正是在八月。大叶寺里草木葱茏，却阻挡不了炎热的暑气从地底下升腾起来，一切都死气沉沉的，但在夜间大叶寺周围的草丛里却往往因鼠蚁闹腾响成了一片。

在进行材料试验的期间，程景经常呆在试验室里，有时工作上一整晚——他在试验室的平台前弓着腰，双眼紧紧盯着试管里的溶液或者酒精灯芯上灼烧的金属丝，仿佛研究救命药一样；有时他又不安地快速在屋子里走来走去，神色焦虑，嘴里嘀嘀咕咕；也有几次，他不吃不喝连续把自己关在试验室里，直到三天之后的傍晚，他忽然从里面冲了出来，在院子里欣喜地大喊大叫，并且在晚饭的餐桌上，他就自顾自地用那深奥晦涩的知识，向根本听不懂的其他人解释起他的新发现来了。

在那个紧要关头，本来眼见试验就要成功的，那时宋言依旧每隔几天就来一次家里，带来试验所需的材料，有时候也带一些糕点茶叶来。他帮忙干些家里的活计，到了中午就留在这里吃午饭。四年多以来，他就像是这个家里真正的一员一样，他和程景呆在一起的时间最多，就不免渐渐沾染了程景的习性。

平时，宋言是一个温和有教养的人，注意自己的着装，生活习惯良好，但只要在试验过程中出现了问题，他就毫无怨言听程景吩咐，长时间的在实验室里忙碌，坐在客厅里讨论，或者呆在阁楼上沉思，有时候也去室外访察，他们的足迹遍布了周围森林里的每一个角落。

这对朋友的关系亲密无间，他们无话不谈。有时两人也到彩云城里那些繁华的街市上去，混在一群小商贩中间，走街串巷地去找某个人或某样东西。因为从小受到的严格教育，使得宋言必须要时时注意自己的仪表，街上许多商贩都认识他，因为除了他那显眼的外貌之外，他举止优雅，那些人也许把他当成了某个富翁的头号继承人之类的人物。与他相反，程景在最近几个月里带着一贯的科学家精神，不知疲倦地在试验室里消耗着体力，时而消极时而兴奋异常，现在的他变得又高又瘦，神态疲倦，和人交谈的时候却吐字快速、清晰，思维活跃，眼神有时如同鹰一般锐利，并且观察能力过人。有过好几次，当两个人走在大街上，程景紧紧凭借别人的外貌和动作，就能判断其职业和兴趣爱好。因此，宋言建议他在这方面深加研究，以便形成一类系统的学科。然而，程景拒绝了这个想法。他认为，拥有这种能力的人是可怕的，这样的人多了之后，就会带动人类在欺骗的本领上更进一步。程景不打算做这方面的研究，宋言始终为此感到惋惜。

宋言在首都一直呆到二十六岁，对于这座伟大的白色彩云城，他将之视为一个大熔炉，把世界的一切形态都装进里面，直到他后来去了别的城市，才发现事实并非如此。尽管如他所料，较之生活在其他地方，生活在彩云城里绝不会轻易感到寂寞：彩云城是一个丰富多彩的大都会，在这里，你总能找到与你志趣相投的伙伴，穷追不舍的对手、坚决的反对者、忠实的随从……只要你致力于与这些人打交道，那么你就会获得他们的重视。然而，舞会上的舞女，音乐会上的歌手、传经布道的僧人，售卖东西的商人，码头上的搬运工，看似复杂，其实每一种职业都在重复另一个人的经历，他们的轨迹是有序而机械的，当身陷其中时，就永远无法跳出生活来认识生活了。

后来宋言离开了彩云城，走之前不仅遣散了仆人，还卖掉在城里的房子。他认为如果程景还是单身汉的话，他大可以毫不犹豫地邀请他结伴到其他城市和国家去游历一番。程景感谢他的提议，但他同时表示出了对自己婚姻的忠诚，他好心建议宋言应该找一个女人，好好享受家庭的乐趣：“婚姻，而非爱情的美妙，虽像春风一样平淡，但是也最像风一样自然而然。”宋言沉思了一会，挑起眉毛道：“大多数人过的生活，是不值得一过的。”程景没有反驳，他认为朋友与其收获自己的经验之谈，不如亲自经历。

两年前有一次，程景和宋言两个人为了采集泥土，在上午的时候去了森林里，中午时分忽然下起了大雨——在那个气候诡谲的夏季，是经常会出其不意就落雨的，回来时两个人都淋得湿透了。宋言在走廊里脱掉自己的上衣，钻进了程景的卧室。他站在窗边拉开窗帘向外看了看，然后叹了一口气，接着解开腰带，脱掉了裤子，恰好这时程葵走了进来——她是来给他送干净的衣物，刚进门就看见了宋言——他的身体宽阔结实，肌理分明，充满着年轻男人的活力。

他对程葵抱歉的一笑，伸手接过了衣服。程葵低下了头走了出去，忽然感受到了许久都没有出现过的一个女人的羞涩。

自从她离开了家乡游丁——被战争摧毁的芭蕉镇后，就跟着一群人向北方流浪。他们一路上颠沛流离，走过荒地和沼泽，在没有食物的时候，他们不惜用鸟肉和蛇肉充饥，队伍里经常有人吃坏肚子，她甚至还亲眼目睹了两个因患肠道疾病的人的死亡。在走了两个月多后，他们在清晨时分终于到达了一个市镇。

镇上的人们打量他们，询问他们的来处，程葵跟在大人的后面，同样打量着围过来的人。最后，这个镇的镇长——一个高个的男人，同意他们在此定居下来，但是要由他来分配用于住房和耕作的土地，遵守和镇上居民一样的规则。昔日游丁镇的居民都表示同意，他们因此变成了该镇的普通居民。

程葵刚来到镇子上的时候，差不多还是一个十岁的小女孩儿，住在一个表亲家里，花了很长时间才适应了新的生活。她显然继承了她父母的美貌，在十五岁之前，尽管还没有到谈婚论嫁的年龄，但她动人的容貌在镇子上早已是人尽皆知了，甚至有一些男人专门从其他邻近的镇上过来，想要看看她长什么样。但是那时的她骄傲自负，对人冷淡，还不懂得爱人。

后来在她十六岁的时候，她忽然决定要嫁给镇上的一个男人，并且两家立即开始着手准备喜宴，邀请了镇上几乎所有的人。在那之后，两个人就同居了。她的那位丈夫，是这个镇上一个染坊的管事，是一个真正宽厚、果敢的男人。在他们相互认识之前，这个叫希什林的年轻人就知道镇上有一个漂亮的小姑娘，但他还未见过她，直到后来有一天邻居忽然敲了敲他家的门，带她来找他——自从到了这个镇上，程葵没有停止过四处托人打听自己家人的下落，但是始终一无所获。别人告诉她，镇上原来有一个一直和芭蕉镇打交道的商人，不过他现在已经去见了上帝，但他还有一个儿子，所以她就跟着这个人来到了年轻小伙子的家里。尽管希什林提供的信息并不能帮助她找到她的家人，但是两个人逐渐交往的过程中，就自然而然靠近了，因为这个年轻人是那样一个温柔、和善的人，以致于她忽然决定要嫁给他了。

但这对表面上让人无比羡慕的夫妻，在婚后的性生活却是不尽人意的，说来也奇怪——希什林在年龄上远远大于她，程葵因此对他有依赖，但她却始终觉得自己还没有爱上他！在她和这个男人结婚的前几年里，她无法对他产生任何类似于对丈夫的那种感情，两个人相互尊重，更像是一种朋友关系——爱情远远不是她当初决定嫁给他时所预想的那样，只要等等就能来的！

一开始，程葵拒绝和他同床共枕，尽管她也知道自己爱他，但那不是出于情爱。她甚至在心里承认，自己当初在那么多爱慕者中选择嫁给他，完全是一个没有经过考虑的不成熟的决定——他应该成为自己的一个朋友，而不是丈夫啊！但是男人的耐心和宽厚却是令人感动的，他按照妻子的意愿，假装在外人面前装出一副夫妻和睦的样子，静静等待着程葵改变心意。

果然，程葵由于倦怠终于渐渐卸下了自己的防备，开始觉得自己爱上了希什林。两个人一起度过了数个美妙无比的夜晚，犹如春风习习，吹动湖面荡起千层涟漪。但是在不久之后，希什林却在一次意外事故中死掉了。

当丈夫的死讯传来时，程葵正坐在走廊旁榆树的树荫下绣花下，她张着嘴，说不出一句话来。准备丧事的第二天，她那张漂亮的脸上看起来仿佛没有一丝悲痛，当亲戚们都过来帮忙的时候，她有条不紊地指挥着他们拾掇房间，移动家具，挂上白布，把几天前刚充满温馨气息的家里装扮得满是阴暗和悲伤的氛围。

当丈夫出殡时，她一直跟随在敲锣打鼓的人和亲友们中间，走在棺材的旁边，似乎没有听见锣鼓声和人们的哭喊。而其他人也从没有见她的脸上流下一滴眼泪。直到下葬的时候，当帮忙的人给死人浇上第一抔土时，她才忽然产生了一种冲动，伸手摸了一下他的棺材——这种感觉是那么的奇怪，感觉像是摸了一只大象粗糙的皮肤，如同男人的死在她心里产生的感觉，是一种完全陌生的，不真实的感受。她忽然想起来她和希什林的头一夜——他站在门边盯住她的眼睛，忽然走过来用一种难以抗拒的力量一把将她抱起，他那温热的身体又宽又厚实，简直像一头草原上的狮子。

人们逐个用怜悯的目光看了坟前的程葵一眼后，叹了口气，走开了，只剩下三个工人在那儿用碎木屑来填实坟墓的角落。她一动不动地站在那儿，在丈夫的墓前，她脑子里还在大逆不道地不断回想着那天晚上的细节。

当程葵成为了镇上最年轻貌美的寡妇之后，她却开始几乎足不出户，把自己锁在家里，不与任何人交往了。谁也不知道，这时的她才真正开始爱上了自己的丈夫，开始难以自拔地想起他来。她回想着他的宽厚体贴，想起他的忠诚，想起他曾经的每一个举动，终于让自己陷入了异常悲伤的境地。在这些日子里，在不知不觉中，她的性格就越来越像她的丈夫——变得温柔宽厚了。这种状况直到今天都还未变过。

而自从上次在卧室里看到宋言之后，程葵就开始有点儿精神恍惚——她在和其他人说话时总显得心不在焉，落落寡欢，一个人有时发起呆来，有一个晚上还忘了给家人加热洗澡水。当她坐在走廊上绣花的时候，她想到，自己是由于思念丈夫所致，还是心根本就没有完全死掉呢？而更加令她感到不安的却是，自己会在不经意间想起宋言，想起他在洒满夏日阳光的院子里，手里拿着地图和程景交谈的情景，想起他从门外走进来面带微笑的样子，想起他谈论起旅行过程中的细节时那种优雅的说话方式——那些曾经在不经意间被记住的时刻，到现在都有了一种全新的神奇魔力，让她既觉得那么美妙，又感到不安。

她尽量小心翼翼，但她还是怀疑宋言看破了自己的心思——有一次，当大家都围坐在餐桌前吃午饭时，宋言就坐在她的对面，在他接过她手中的勺子的时候，忽然故意碰了她的手指一下，她就再也无法直视他的眼睛了。第二天下午，当程葵从自己的卧室里出来的时候，宋言就站在离她不远的走廊上。两个人彼此注视着对方的眼睛，过了好一会儿，宋言才首先打破了僵局。

他压低声音对她说道：“如果你让我过去的话，我就过去。”

出乎意料的是，程葵这次用不可动摇的决心回绝了他，然后默默走开了。而在今后的两年多里，她对待宋言的方式，如同对待一个朋友般正直、和善，假装那件事没有发生过。她虽然也在心里对自己的怯弱厌恶不已，但是她同时也知道，她也没有办法把自己从回忆的深渊中拉出来了。

在那天晚上的晚餐之后，她很早就关上了自己卧室的门。她坐到梳妆台旁边，望着镜子里自己的脸庞想到：就让我一个人在往事里腐烂好了。

后来，当材料试验失败之后，宋言就做了离开彩云城的决定。在一个春季下着小雨的日子里，他来到大叶寺和这家人作最后的告别，在某一时刻，程葵觉得自己心仿佛调慢了一拍，但她很快就掩饰住了自己的感情。全家人站在大叶寺门前，看着宋言离去。

二

在此之后的第二十个年头，整个国家的东北部地区都处于战时状态。大搪和高俪的军队正在莱河处开战，而西慈将军正带着他的一支分部队穿越北部的三角森林。即使是夏季，森林里的晚上还是非常寒冷，月亮的清辉如细小冰晶，洒在整座森林和远处连绵的山脉之上。士兵们一路上伏击野熊，忍受虫蚁的叮咬，适应多变的气候，直到第七天晚上，终于成功穿过森林绕到了敌后方。

在带领分队进入山林之前，西慈将军已经安排好了整个部队的作战计划。将军在战场上的战术灵活多变，只要能够迷惑和打败敌人，他什么都可以用，甚至他还用过假死后复生这类把戏来吓唬对手。将军的几个部下熟悉将军本人的作风，因此除了将军的好友——庄维以外，都学会了非正统的作战方式。

著名的西慈将军身材颀长，长着一头黑色的鬈发，那张削瘦的脸庞配上高高的鼻梁和那一副突出的颧骨，正好说明了他那自以为是和固执的性格，而他那一双眼睛深邃难测，时而闪烁着鹰眼一样锐利的光芒，别人无法摸透他的想法，甚至是他的好友庄维将军也曾说过，有时连自己也不懂将军在想什么。

当然，这些显著的外貌特点都遗传自他的父亲程景。因为卓越的军事才能，那时将军声名鹊起，功勋卓著，而凭借着这些外形特征，人们大可在队伍里一眼就认出他是何许人也。

在结束了那次突袭战之后，将军在邻城与庄维将军的部队汇合。他们一起参加了当地民众传统的午餐聚会。餐会上的人又多又杂，所以他们特意把餐桌移到了客厅里。那时年轻的将军还不是作战的全国总指挥，在座的除了几位和将军差不多头衔的将军以外，还有几个当地的富商和一个税务官，另有将军手下的几个军官，其他的士兵和民众则在室外大声喧哗着。在圆形餐桌上，大家一边等待着侍从上菜一边交谈。将军背靠着椅子，长长的指头不时轻击着桌面，一边和别人谈话，那副天生高傲的面容不时地转向窗外。他几乎没有吃东西，在宴会才开始几分钟的时候，就起身离席了。

将军在别人为他安排的住处的客厅里转悠，弯腰察看那些制作工艺精良的家具，直到听见庄维大步跨进庭院里的脚步声，他才抬起头来。庄维将军站在客厅门口，他一脸怒气，压低了声音看着将军说道："您应该对酒席上的人保持起码的尊重，我的西慈将军。"

"好啦，庄维，"西慈将军微笑起来，一边朝他走过去一边说道："现在你就一见我就奇怪地发脾气，我可没有存心惹怒你呀。你过来，我有事找你商量，局势变化得很快，我们得小心应付。"

庄维知道他最善于反驳别人，只好无可奈何地摇了摇头。庄维走到客厅里面去，脱掉了自己的外套，把它扔到椅子上，然后对西慈将军说道："不，我们得到街巷上去走一走，顺便去了解些我们不知道的当地的情况。"

在那个下午，在没有通知任何警卫陪同的情况下，两位将军穿着便装走到街上去了。他们转来转去，最后踱步到一条人很少的街道上。仅限于两个人之间的闲谈一直是他们最大的爱好，不过自从上次的杜鹿战役之后，由于战争格局的变化，两位将军分驻两地，这样闲谈的机会就少之又少。他们先是反复确认了眼前的战争形势，并且谈到了国内的那些政客们的阴险打算——将军打心眼里认为还没有到要为那些家伙的愚蠢行径操心的地步。然后他们谈起了那位他们曾共同面对过的商将军。但西慈将军说，他倒宁愿自己从来都不认识这样一个身上满是矛盾的家伙——既渴望权力又害怕上帝的惩罚，既无知又喜欢玩弄阴谋！

就在他们谈话的间隙，一个男人忽然从一旁的巷子里窜了出来，他的脸色发红，把军装向后搭在肩膀上，走起路来摇摇晃晃，显然喝醉了酒，而且刚从一个女人那里离开。当他这个士兵看向了两位身着便服的将军时，却立马站直了身体，接着举手朝他们敬了一个军礼，就慌忙逃走了。

西慈将军回到了住处，他一边脱掉鞋子一边对他的一个军官说道："今天遇到一个我以前没有见过的士兵，"他疑惑地说道："他好像认识我。"

他那位衣着笔挺的军官平静地答道："将军，军队里是没有一个人不认识您的。"这种说法尽管太过夸张，但是这也可以解释为将军他那易于辨识的独特容貌，当然，这也可以用来解释将军为什么是一个情场上的高手，因为他在外表的优势以及他的冷傲的性格是往往能令女人心碎的。

到此时为止，自从程西慈离开大叶寺加入了军队，已经近十年了，期间他从没有回过大叶寺。然而在他小的时候，却好像一只泥鳅般在大叶寺的里里外外钻来钻去，谁也管不住他。他喜欢光着脚，也蛮喜欢到大叶寺周围的森林里去探险——河底的石头上长着湿滑的青苔，枝藤缠绕着巨大的古树，湿润的土壤中包含无限生机，这些都对他有着巨大的吸引力。他常常一个人在森林里逗留，跟他父亲年轻时一个样儿，那时他的哥哥程明初已经离开了家，否则他应该教这个弟弟把一些心思花在读书上。

有一次，小孩儿西慈走进森林里，当他站在山坡上时，远远望见低洼处有一片被灌木遮蔽的圆形乱石堆，而在石堆中心有某种东西在阳光下闪闪发亮。他沿着坡往下走，跨过沟壑，从茂盛的野草里穿了过去，然后顺着地势往上爬，直到他一抬眼就看见一座坟墓。那座坟在雨打风吹之下露出了里面的棺材板，木头已经腐烂泛白了。他好奇地绕着它走了一圈，猛地一抬头，就见一座残破的拱形高大石门矗立在头顶之上，像是一个阴险的启示，不禁让人背后发凉。

程西慈站在神秘的石门之下，一股冷风在吹来之时，也吹进了他的心中，他却顿时勇气倍增，认为世界上的一切都是可征服的。也就是说，他的勇气仿佛是来自上天，是与生俱来——凭借着这种勇气，在二十多年后，他带领军队在战场上纵横驰骋，令敌人闻风丧胆，除了高俪国之外的其他几个国家也把他称为头号公敌。一开始，他把这一切看作是自己那巨大的勇气带来的结果，但其实是内心的那种对时代和命运的恐惧驱使着他，使他想要摆脱别人的束缚，转而把任何一切都抓在自己手里。

尽管他在孩童时期因为无拘无束而自由发展，但同时就意味着家里人没有花太多的时间和精力在他身上。当时他的母亲扬花为了恢复家产，把大部分心思都放到了加工刺绣品上，同时她日夜思念着明初，常常唉声叹气的。女人的叹气声虽然轻柔绵长，但在小孩儿西慈听来却是那么神秘，令他感到不安。这种感觉与其他的感觉不同，直到后来他成为了大搪的靖国公，并且作出了一个毁灭别人也毁灭自己的决定时，那种不安的感觉终于重新钻了出来，让他止不住战栗起来。他的姑姑程葵有时候也注意照看着他，但她似乎已经给家里的家务缠得脱不开身。而他的父亲程景，时常带着一副可笑的特制眼镜在试验室前进进出出，忙于自己的实验室工作几乎完全把他忘在了一边。

生活在这样的家庭环境里，他自然而然地就养成了自言自语的习惯——无论是当他一个人在森林里探险，在卧室里临睡前，还是在一家人的餐桌上，在任何一个他要说话的地方，他都要自言自语。他对其他人不管不顾，他是生而为个人自由的。

他如此高看自由的价值，就使得他的命运被无可避免地打上了悲哀的印记，即使后来他变成了著名的西慈将军，在他看来，他所拥有的财富和荣耀都变成了他失败的证明！因为自己用命运换取了那些一文不值的东西，显然是被世间的规则给陷害了！同时永远失去了青春和改造世界的精力。人间的规则啊，一个难以逃逸的囚笼啊。

三

当西慈进入了少年时期，忽然有一天，他剪短了自己的头发，开始穿起了街上的希腊人才穿的那种宽松的希玛修式的服装，很快就脱去了他一直以来表现出来的那种活泼、机灵的模样，因为他开始把自己关在屋子里，翻阅他哥哥曾经看过的书籍，渐渐变得若有所思、性格孤僻，不大爱说话了。

程葵把一切看在眼里。她最终认为，就像明初的出走一样，西慈的性格转变也是出于一个根本不成其为理由的理由——这一切都是他们命中注定了的。不管如何旁人怎么去干涉，他们最后还是要朝自己的那条道儿上走。

五月份初的一天早晨，程景从街上回来，手里拿着一封信。这是几年来第一次收到好友宋言的来信，他又惊又喜，立即把信拿给程葵和扬花看。信里提到，宋言已经在崇州定居了，两年前他和一个美丽的年轻姑娘结了婚，有一个儿子，宋言自己则因为掌握了建筑工艺而在当地赫赫有名。他说他现在承认了，每个人都过的生活才是值得一过的。

不久之后，大叶寺又发生了一件喜事，使得扬花终于得以从失去长子的忧虑中解脱出来——几年以来她一直郁郁寡欢，即使在怀着第三个孩子的期间也是如此，这种情况，使得家里连程景也认为，这个即将要出生的婴儿一定受到了母亲的感染，以后准会是一副忧愁的模样。

有一天晚上，扬花正在厨房里拾掇晚饭后的餐具，忽然之间，她感到腹部一阵绞痛，好似一只凶猛的蝴蝶在里面乱撞，因此她叫了一声。程葵听见她的声音，立马走进厨房里，问她："怎么啦？"扬花松开了皱着的眉头，面带喜色地指了指自己的肚子。

当天半夜，小孩儿三生就出生了。母亲为她命的名。自从来到人间，她就在襁褓里大哭不止，而当父亲程景看见小小的婴儿时，也激动得几乎掉下热泪。当大家发现孩子在经过一整晚惊人的哭闹之后，从第二天开始表现出一种聪明好动的劲头时，每个人都松了一口气。

大叶寺破败的速度显然越来越快了，程景雇了城里的装修队来把家里重新装修了一遍——这还是他第一次没有亲自做这个工作，也是第一次觉得这个工作太过消耗精力。而那些工人也是第一次知道，原来彩云城里还有这样一座古寺，就在高地森林的掩映下，一家人不被人所知地居住在其中。

扬花最近变得容光焕发起来，仿佛恢复了往日的神采和精力，乐此不疲地周旋于大小家务之中，并且有几天还戴起了从前她在少女时代才常常佩戴的头饰。大家都不明白她到底是怎么一回事，直到后来有一天，她忽然喜气洋洋地在餐桌上向大家宣布了一个好消息：明初就要回来啦！结果这个说法不到半个月就被应证了。

那天中午的时候，太阳刚好升到天空中最高的位置。初夏的凉风穿过整个大叶寺，院子里的鸡鸭在吵吵闹闹，树上有虫鸟在鸣叫，一个身材高大的男人忽然从大门外走了进来。他风尘仆仆，满脸胡茬，双眼藏在乱糟糟的头发之下，高大的躯体上挂满了铜水壶、帆布口袋、成串的破旧鞋子以及其他金属制品，每走一步，全身就叮叮当当响一下。男人走进院子里，然后身体站住了。

与此同时，程景急急忙忙从客厅的门口出来走向试验室，因为他忽然想到了某个利用硝石的绝妙主意；程葵正坐在走廊里的长椅上，给婴儿编织毛衣和毛线帽子，怀中的小孩儿则伸出一只小手来抓母亲的胸前的一颗纽扣；在给婴儿编织毛衣和毛线帽子，怀中的小孩儿则伸出了一只小手来抓自己她胸前的一颗纽扣；扬花正在厨房里忙碌，她哼着歌，而锅碗也发出了叮叮当当的声音；程西慈正呆在阁楼书房里，但他一起身就正好望见了院子里的这位哥哥的模样。

当程明初看见这些陌生景象时，他的眼睛里没有闪过一丝的惊慌。

四

扬花止不住内心的喜悦，把明初拉进了客厅，她仿佛过节一般地愉悦，恨不得一直围着儿子打转。不过，她还是不得不先叫明初去洗一个澡，换掉沾满泥土的衣服，然后她高高兴兴地和程葵一起到厨房准备午餐去了。小孩儿三生趴在客厅的椅子上，从第一眼看见她的这位哥哥时，就一直睁大了眼睛好奇地看着他，而西慈跑下楼梯，这时身材高大的年轻男人跟在父亲的身后，一起向后院内走去了。

程景看见儿子回来非常惊喜，但是他压制住了自己的感情，无声地领着儿子穿过走廊进了浴室。后来他从自己的衣柜里找出了一套干净的衣服，递给儿子。明初沉声接了过去，一张脸依旧遮蔽在墙下的阴影中。然而当他在浴室里冲了个澡，刮过胡子，换上了整洁的衣服站在客厅里时，他现在的模样看起来又叫人吃惊。

明初的容貌出众，那副身材高大而结实，已经长成了一个英俊非凡的男人。但是最令其他人吃惊的不是他的外表，而是他那他不慌不忙的行事方式和沉稳的举止，仿佛他根本不是半个时辰前那个浑身脏兮兮的流浪汉，也不像是一个在沼泽的烂泥里滚过的探险者，反倒变成为了一位沉着的绅士，很难想象他在神秘岛上曾经做过什么工作，遇见过什么人。

扬花已经提前把儿子的房间收拾得整整齐齐，在他床边的桌子上放着插花，厨房的橱柜里放满了她预先留好的食物，她打点好一切，准备恢复与明初之间亲密的母子关系。但出乎她的意料的是，她翘首盼望的儿子已经完全变了样儿，几乎变成了一个陌生人，除了他那稳重内敛的性格以外，她似乎再也找不出他与从前的儿子有任何相同之处了。但她觉得这未必是坏事，因为儿子已经变成了一个成熟的男人，他很快就能过上他想要的生活了。而且对她自己来说，儿子能够平安的回到家里来，已经是一个天大的喜讯了。

程明初在大叶寺里住了一个多月，在这期间，每个早晨他都习惯早起，每个傍晚他都到森林里去散步。他并不和家人谈起他过去的事，这个男人有着自己的想法和打算。父亲要修理书房的地板，于是在白天的时候，他就和父亲一起到森林里砍伐木材。

大叶寺周围的森林越长越密，它们簇成了一束，朝天长去，一些长尾巴的鸟就在明初和程景的头顶上盘旋。父子俩用斧柄敲击树干，寻找合适的木料，一边说话，一边用斧头砍倒树木，削去枝桠。当他们把圆木运到大叶寺门口的时候，父子俩累得全身的衣服都湿透了。在这个过程中，程景发现儿子的力气大得惊人——他能毫不费劲地把挺沉的木头扛到肩上，伐木用的斧子在他手里完全是个小玩意儿。

这一年秋风的提前到来，是每个人都能感受到的。在一个凉爽的傍晚，为了洗上一个冷水澡，明初走到厨房去拿走家里每人一块的自制皂荚肥皂。但他路过厨房时，在门口停住了，看见程葵正站在里面准备着一家人的晚饭。

像小时候一样，他从背后默默地注视着这个女人，看她系着围裙一边望着煮沸的锅子，一边往茶壶里依次加入红茶、姜和枣子，然后她打开柜子，取出香料。在整个童年时期，他都像小猫一样围绕在她的周围：当这个充满活力的女人在井边给家人洗衣服，他就在她周围玩耍；当她在菜园里愉悦地忙碌时，他始终跟在她的身后，等着给她拿取东西；闲下来的季节，这个女人会取出每个人柜子里的衣服，在领口和袖口上绣上好看的花纹和各自的名字；他最享受初春时节里和她在花园里一起修剪玫瑰，清晨的雾很大，很快就消散了，她采摘玫瑰时会发出愉悦的笑声。程葵时时把他保管在身边，仿佛他是她的孩子一般。对明初来说，他爱眼前这个女人，甚至超过了爱自己的母亲。

但她现在已经因为日夜的操劳而衰老了，皮肤失去了从前那样的动人光泽，变得暗黄松弛，她那有着安抚心灵的柔和嗓音也变得低沉沙哑。他一声不响，把关于她的一切都装进了心里，直到程葵转过头来看见了他，并冲他微微一笑。他忍住了泪水，微笑着开口说道：“你没变嘛。”

程葵语气轻松地答道：“老啦。”

她的脸上洋溢着快乐的笑容，仿佛又回到了年轻的时候。她走过去递给程明初一杯蜂蜜茶水，望着他说道：“你回来你父亲也很高兴。”明初点了点头。

第二天傍晚，程明初要去森林里散步时，他站在院子里敲了敲试验室的窗子，叫上了正在埋头捣鼓金属的弟弟。他离开家的时候西慈才两岁，可他现已经十岁了，他甚至不能确定弟弟是不是还记得自己，但他觉得自己和他之间应该有一次打破隔阂的谈话。

那天早上下过了一场雨，路上满是褐色的稀泥，两个男人并排着一直往森林里面走。一开始，他们随口谈了一些无关紧要的小事，但就是这些小事，使他们如同一起长大的兄弟般敞开了心扉。明初发现弟弟显然像父亲一样聪明、古怪，但他的精神还没有被束缚，对周围的小事也有自己的想法。同时他也认为，尽管兄弟俩跟他们的父亲独处的时间都不多，但是却都深受其影响，程家的男人，都有一种自以为是而又孤独的倾向。

在回来的路上时，西慈丝毫不隐藏好奇，向他哥哥问起了关于他在神秘岛的冒险故事。明初还没有习惯向人谈起这些事，于是简单作了回答。几天前，当父亲一边伐木一边向他问起同样的问题时，他避免了回答，然后向父亲说起了自己准备在都城里开赌场的打算。两箱金子就是他在冒险岛上的收获之一，为了掩人耳目，在抵达彩云城之前他已经交给了一个朋友保管，而过去那些可怕的经历，如同烙印一样印在他的心头，却难以用言语来表达。

五

八年前，程明初单独前往神秘岛，在漫长的行程中，他曾只身与野兽相搏，也曾由于恐惧而在密林里拔足狂奔，他心惊胆战横渡了潜伏着鳄鱼的水域，也在月色下探访过雾霭沉沉的亡灵之城，这些经历很快就使得那个少年变成了一个身材结实、经验丰富的男人。在经过了三年冒险之旅后，他终于走进了环绕着“金库”最后的沙漠地带。

这时，他终于遇到了第一批去神秘岛的人马。长久以来，这是他第一次见到同行者，但那些人却阴险狡诈，谋划着在半夜杀掉他，目的仅仅为抢走他的行囊。在天黑之后，明初装扮成了他们中的一员，趁他们离开去袭击自己的时候，弯腰钻进了他们的帐篷，取走了部分干粮和物品。在午夜的沙漠中，巨大的月亮仿佛照耀着整个世界，他开始朝着神秘岛的方向孤独前行。

当他终于抵达了那座神秘的“金库”时，是一个上午。他又累又困，一抬头便看见在远处灰蒙蒙的地平线上，突兀地出现了一座银灰色的城市。没有围墙，只能远远看见矗立的钟楼和又高又尖的塔顶，鸟儿在天空中盘旋。看着阳光照耀着这座与世隔绝的城镇，在飘着几缕白云的蔚蓝色的天空的映衬下，他觉得这情景很不真实。既然目标已经近在眼前，他就不着急了，开始慢慢赶路。但这段遥望的距离比他想象的要远，等他渐渐走近，已经是傍晚了，这才发现原来城镇是盘绕在一座山上。

入夜，城里灯火通明，他在山底沿着盘绕山腰的石梯拾级而上，越来越靠近真正的城市了。等走到石阶的尽头，他听见了狗吠，接着穿过一扇拱顶石门，就见脚下一条彩色石头铺成的街道。这时，全城忽然响起了钟声和呐喊声。

这座城，有人叫它“开卢”，又有的人称它为“金库”。叫它开卢的是半个城的圣徒，这些忠于神灵的人拥有着贞洁和虔诚的灵魂，世界上还没有任何东西能动摇他们的信仰。他们认为开卢是在上帝庇佑下的城市，因此不需要任何人为制定的法律。圣徒们每年都有许多斋戒日，大部分还是素食主义者，每天晚上在钟声敲响时，他们都会成群聚到街上一起进餐。

城里的另一半人，则都是恶徒和赌鬼。他们喜欢聚众闹事，喜欢流血事件。出于对金钱的崇敬，他们擅自把这座上帝之城改名为“金库”，以吸引更多同类来到这里。没有法律的束缚，他们嗜赌成性，城里最富裕的人便是该城最大的赌鬼，因为淘金者和冒险者的金钱都要在赌场里变成他们的合法财产。他们寻求刺激，不惜以暴力和滥交为代价。在圣徒敲响上帝的钟声之时，恶徒们就会成群聚集起来嘲笑他们。

明初这时才十七岁，一开始他只是由于好奇而和赌徒们混在一起，但是他很快就受到熏染，变得跟他们一样堕落了。起初他还把自己关在家里，给死去的姑姑言娜写信，以发泄忧郁的心情，但她的形象越来越模糊，他觉得生活缺少了刺激，就开始重新寻找乐趣了。

有一段时间，几乎每个晚上他都到街上去晃荡，街边的赌场里总是乌烟瘴气，光线昏暗，挤满了如狼似虎的赌徒们。他要么走进去玩上几把，赢一点儿小钱——他的手气很好，也可能归功于他的聪明；要么他就到酒馆里去，一边喝酒，一边等待着他的猎物——城里有一些靠做性交易维生的女人，她们驾轻就熟，和男人上床之前会直接开口要价，不过明初相貌英俊，身材高大，因此往往会有一些女人被他的外表所吸引，主动提出要求了，这时程明初就和她们去一个僻静的角落或者廉价的旅馆里找一点乐子。

在一开始，放纵生活让他觉得好极了——在情欲的震动之中，他拥有了她们美丽的肉体，他也能展现自己的魅力和能力，大家各取所需。但是后来又感觉糟糕透了，因为日日夜夜，没完没了。他觉得如果上帝正看着自己的所作所为的话，那他毫无疑问是要下地狱的了。但是他不愿放弃堕落的乐趣，缺乏勇气结束这样的生活，仿佛他历经千辛万苦来到这里，就是为了自我放纵，好把自己一步步毁掉似的。

他经常呆在赌场的场馆里，在赌桌前与人玩到筋疲力竭之后，他走到角落里，把外套披在肩上，满脸带着倦容，同时感到呼吸困难。有一次几个赌徒试图过来找他麻烦，他仅仅用那可怕的眼神就把他们吓退了。接着，他走到酒架旁拿起一瓶酒，就着它吞下了几颗药丸，然后踱回到角落里——这要是他的邻居老头给他的，他曾是一个圣徒，还是一位医生，但最后变成了一个嗜酒如命的家伙。程明初开始感到头脑晕沉沉的，像要裂开一样疼，他没有在意在他面前走动的那些人，没有注意到一个用错了才智的家伙正在赌桌前向其他人介绍了六博的一种新式玩法，也没看到一个不知为何一边嬉笑一边向外逃走的男人，却回想起了他童年时的一个场景。

有一个冬夜里，大叶寺里异常寒冷，他醒来的时候发现自己披着一张毯子，光着脚站在走廊里。四周那么空旷，那么寂静，他呵出一口气，立马就在空中结冰了。这时从黑暗中走出来一个男人，他又高又瘦，把身体裹在一张麻布毯子里，而他的脖子上方却长着一颗黑猫的脑袋。男人焦急地从程明初身边低头走了过去，并低声对他嘀咕道：你怎么在这儿？看着男人的背影快要消失在黑暗之中，程明初忽然跟在他的身后跑了起来。两人都披着毯子无声无息地转过了几个走廊，直到男人转过他那张长着一对宝石绿眼睛的猫脸，弯下腰疑惑地看着程明初的脸说道：“小孩儿，你长得可真奇怪啊！”接着男人就从程明初的眼前直接消失了。

他现在回想起这个场景，不知道它到底是真实的呢，还是他自己在脑中虚构出来的。回过神来的时候，他清楚地感觉到一个女人的目光正穿过人群，远远的看着他。她眼神毫无畏惧，充满了挑逗的笑意，因此显得迷人，后来当两个人经过一番前戏的激斗之后，她躺在床上时就是用这双眼睛盯着他的。

这个女人已经三十岁了，言行和体态都充满了成熟女人的风韵，对程明初来说，她像是一个长辈。那天晚上，他们发生了几场美妙而激烈的性爱，直到后来双方均耗尽了体力，精疲力竭地倒在了床上。

他们住的那间房间非常狭小，透过窗子能看见游乐场里隐约的火光。明初把头靠在女人的怀里，开始向她抱怨起自己的生活，他翻出陈年往事，倾诉他一直以来的苦恼，甚至把姑姑言娜的事告诉了她。女人柔声安慰着他，用手掌轻轻抚摸他的脊背。但明初越继续抱怨，越觉得生活无望，以至于最后像个孩子一样在这个女人怀里痛哭流涕了。

当第二天的晨曦洒在床上时，女人还没有醒过来，明初穿上了自己的外套，套上了筒靴，站在床边打算叫醒女人，和她告别。

“明天你还来吗？”她忽然睁开了眼睛问他。明初看了看窗外，经过了内心的挣扎之后，低声作了肯定的回答。这个女人就成了他的情人。在接下来的半年里，几乎在他们相处的每时每刻，她都像长辈一样照顾、引导他，他们之间有酣畅淋漓的夜晚，也有吵架的时刻，直到有一天夜里她忽然醒来，独自望着窗外的黑暗，一会儿之后，她转头叫醒了身边的明初，告诉这个迷迷糊糊的男孩，自己明早就要离开金库了。

就在那天早上，刚刚接受了打击的明初站在门口，垂头丧气地准备离开了。但女人忽然拉住她，她像母亲一样拥抱他并亲吻了他的额头，然后对他说：记住，你也不属于这里。

在两个月之后，他就决定跟随一群人去冒险了。为了逃离堕落的生活，他像一个染上毒瘾的堕落的瘾君子，用全部勇气和自己作着斗争。在那次惊险的探险旅程中，他多次巧妙利用经验化险为夷，同时在一路上观察着他的同伴们——他们中有人想要独自寻到宝藏，有人是为了寻求刺激，有人想要证明自己的无畏，有人变化无常，有人始终保持着机警，还有人独自过活不信任任何人，但是一旦遇到危险的时候，大多数人总想把别人推到前头。越是深入了解这些人性的缺点，明初就变得越沉着冷静。他认为，只有对这些人性的弱点司空见惯，才不会成为它们的受害者。然而这些糟糕的经历却永远地留在了他的心中，慢慢侵蚀了他的内心。

第十一章

从来没有哪个时代要比另一个好。

一

在程明初看来，从事博彩行业既可以赚钱，自己的生活中又不会缺少刺激和乐趣，并且他自己也有这方面的才智，他把这个想法告诉了父亲，不是想要征求他的意见，因为他已经下定了决心，无论他赞不赞成，他都会这样干。

春季的时候，程明初从大叶寺里搬了出去——他在寺里一无所有，因此两手空空地就走了。他首先在城里租了一间小房子，开始为新建赌场的事情忙碌起来——他勘查全城最有利的位置，拜访了这方面最有经验的人，很快花钱买通了关系，得到了城里位置最好的土地的所有权，接着，他就呆在自己的房间里，亲自设计场馆的建筑蓝图，谁也不见，到傍晚的时候才走到街上去，若有所思地转上一圈。直到三个月后的一天清晨，人们惊奇地发现几个工程队开始在那里吱吱啦啦地施工啦。

为了方便查看现场和监督工人们施工，程明初搬到了离工地不远处住下来。他继续策划场馆内的装饰细节，并且每天定时地去工地仔细查看。后来当他确定自己已经把这里的一切安排妥当之后，就开始改头换面，参加起城里的一些社交活动来了。程明初懂得如何与人打交道，他们想要什么，他向其就展示什么，而单单作为一个男人，他对于女人来说也是极具魅力的，不久之后，他就获得了一批新朋友。

程葵虽然担心明初在从事博彩业之后会结交一些不够正直的人，他的父亲也为此抱怨了好几次，但是她还是建议西慈能搬去和他哥哥住在一起，向他学一点儿做生意的窍门，但西慈却借口说自己很忙而拒绝了。

实际上，西慈呆在大叶寺里无所事事，为了排遣无聊，只好把自己关在大叶寺的藏书楼里，开始对各国的兵器和战争历史入了迷——在古代的波斯帝国，军队的能工巧匠设计出了刀轮战车，轻而易举就能破坏重步兵的方阵；经过改良的投石机，像一架巨车，最高射程能达三百丈；性能优良的平射弩箭，能射穿多重盔甲。在那个残酷而伟大时代，军事艺术到达了巅峰，也给国家造成了无法挽救的损失，战争的真正意义是什么，他却一直没有弄明白。

直到后来他自己参了战，成为了著名的西慈将军，他才给了自己一个交代。他认为，战争有时是必须的，因为一些人渴望荣耀，另一些人跟随时代，而人则天生就有破坏欲，要消灭战争，不仅要消灭掉好战分子，还要消灭掉一切人类，因为人性缺陷才是导致他们一直争斗的根源。战争的结果不是带来荣誉，也不是创造和平，它就是战争其残酷之本身。

关于人的一些特殊看法，是在他小的时候就形成了的。当他还是一个孩子的时候，在城里的闹区，有一次亲眼目睹了一个醉鬼当街殴打他的妻子。在酒馆门前，男人露出了全世界最丑陋的笑容，一边用手揪住女人的头发，一边把拳头狠狠打在她的头上，她的身上，直到她头破血流，再也无法喊叫倒在地上。周围站着一群看戏的人，他们围成一圈，齐声发出怪声。他们把脸藏在衣领里，好像消失了，身体也像着了水似的模糊起来——一群幽灵！西慈睁大了眼睛，难以呼吸，心里充满了一股异样的恐惧，他隐隐约约想到：丑陋的家伙在殴打他的妻子！这世上肯定还有无尽的丑恶在等待着我！

有时他和母亲一起到市场里买东西，与人讨价还价，那些过路人、售货员、店老板、买东西的妇人，他们在大笑、争吵、辩解，他睁大眼睛，仔仔细细地观察了身边的小事，觉得它们都印证了他的想法，认为人的身上充满了让人厌恶的东西，就开始变得有些沉默了。父亲程景不知道是怎么回事，打算找儿子谈谈心，但他后来决定直接采取针对男子汉的措施——为了试炼儿子的胆量，就带西慈去看了一次犯人的处决。

彩云城里每个月都在“围栏”里处决一些犯人，这里以前是一条自然河道，地下水干枯之后就被围起来，当作处决死刑犯的固定场所，人可以在围栏外面自由地参观斩首。那一次要被处决的只有一个男人，大约四十岁，半年前就被抓入狱，罪名是他毫无缘由地杀掉了自己的家人——妻子和四岁的儿子以及两个一直跟随他家的仆人。这个商人出身的男人并不像街上人们谈论中那样长着一副凶神恶煞的面孔，反倒长得温文尔雅、畏畏缩缩，脸色发白，一直埋着头颅。直到最后一刻，他才抬起一双绝望的眼睛扫视了一圈周围来参观他的死亡仪式的人，接着，他就身首异处，鲜血四溅了。

从这个时刻起，程西慈的心中就有了一个想法，认为残酷和丑恶才是这个世界的真相，本源即是人性中的缺陷。这些缺陷能置人于死地，也能毁掉整个世界。

二

孩子中最小的三生很快长成了一个漂亮的小姑娘。她皮肤白皙，手臂纤细，圆圆的小脸镶嵌着一双玛瑙似的大眼睛，总爱穿着土库曼人的麻编短裙，跳上跳下，动作像只小鹿。她不仅没有像她的父亲说预言的那样整天愁眉苦脸——仿佛天生就是一个不幸的人儿，相反，在三个孩子中，她的性格是最令家人感到安心的。随着她的渐渐长大，那股纯真也就变成了成熟，她的心思也就越细腻。她既能够独处（并且出人意料地喜欢他父亲的那些试验），同时又不乏活力，性格友善而开朗，喜欢结交新朋友。在她十二岁的时候就搬去城里和哥哥明初一起住，在那里，她乐于参加俱乐部里的各种社交活动，很快就能接受了眼下流行的新事物，同时由于擅长表现出她的那种大方、雅致的美，她的身边还有一群年轻的爱慕者。

然而在三生刚学会走路的时候，有一次她摇摇晃晃地闯进了他哥哥西慈的试验室——照看她的母亲为了赶走一群在晒着谷物的屋顶上捣乱的鸽子，把她暂时留在客厅里，结果小孩不一会儿就自己小步移动到了走廊里。她听到试验室里传来叮叮当当的响声，就好奇地睁着一双大眼睛望向里面。他哥哥西慈正在试验平台前忙碌着，看见了她就招手让她进去。

试验室用厚重的窗帘布来遮挡着夏季刺眼的眼光，两个排风机都坏掉了，里面又闷又热，还有一股轻微的化学气味。西慈放下手中的工作，用最惹人注目的常见化学反应来讨小妹妹的欢心，还从一个满是灰尘的橱柜里取出他小时候跟父亲一起制作的自动步兵和能唱歌的女演员摆在她的面前，以至于这个小姑娘后来就经常来这里了。

后来当哥哥加入了战争显露锋芒时，三生已经变成了一个美丽成熟的女人，在家里的所有人中，只有她还试图一直和西慈保持联系，不时寄信给他。尽管她几乎不知道这些信到底在寄到了何处，是否到达了她哥哥的手中——将军带领的部队在整个东北部移动，神出鬼没，敌军担心他出现在什么地方，他就出现在什么地方。在连续的期盼中，她委托别人带去的信，仿佛是投进湖底的石子，没有回音，几乎断绝了这个家和他的联系。

程明初的赌场开张之后，他就和全城的赌徒和富人们打起了交道，那几条街很快就变成了城里最热闹的地段之一。他的家里人不知道他到底在忙些什么，因为他只在特殊节日时才会回到寺里呆上一晚，而且也从来不向他们谈起他的赌场里的生意。后来，扬花不知从哪儿打听到明初已经找了一个女人，并且还是一个富人家的美丽的女儿时，她就感到十分高兴了。

她第一次去儿子的赌场的时候，打算跟他谈一谈他的婚事，因为这几天她在街上买东西的时候，竟然意外地听见有人在谈论儿子的私生活，传言说他同时有好几个情人。她觉得明初应该尽早结束这些不实的流言蜚语。另外，她考虑到三生差不多十岁了，得让明初想想办法让她在城里接受正规的教育，免得她像哥哥们一样跟她的父亲学些古怪而深奥难懂的东西。

然而当扬花走进赌场的时候，就惊得目瞪口呆——里面尤其宽敞，布置得像个豪华的皇宫，但是到处乌烟瘴气的，什么样的人都有，让她觉得不安，生怕身边那些挥舞着双臂、大喊大叫的人碰倒了她。以至于当她跟儿子见面时，就忘了跟他谈预先想好的婚事，却开始旁敲侧击地想要了解他生意上的事情来，企图说服儿子做正当的买卖。

明初明白母亲的意思，但却完全没能动摇他的决心，他知道自己现在过上了自己想要的充满刺激的生活，同时他在自己的事情上很有分寸，凭借着这一点，他毫不费力地就说服了母亲，打消了她的忧虑。两年以后，程明初给在街边给自己建了一大一小的两栋宅子，成了城里最富有的人之一。

三

在大叶寺里，忽然有一天，西慈告诉了他的母亲他想要搬到城里的哥哥那里去住，而且已经把东西打包好了。扬花感到又惊又喜，因为自从西慈出生后，他就一直呆在大叶寺里，没有结交任何的朋友，性格沉闷，不擅长与人打交道。外面的生活对他来说是一个新世界，即使不可避免地伴随着一些危险，但肯定比呆在这座古寺里有意思多了。儿子头脑聪明，爱好广泛，外面的世界是属于这个年轻人的，母亲自然答应了。

明初的宅子位于城市繁华的中心，西慈搬到那里去住，对许多新的东西都感到了惊讶：街上的人挺多，路边的小商店里点满了蜜蜡，散发出诱人的香味，里面贩卖着各种形状的沙漏和自动玩具，就像父亲在他小时候做过的一样；一座新的儿童乐园刚刚修建好，有五彩石装饰的墙壁，螺旋形的滑梯和高低不一的圆屋顶，但是还没有开放，工人在清理现场的垃圾；戏院像是一个赛马场，夜晚也灯火通明，在程西慈第一次走进戏院时，该剧院正第一次上演一种能够描绘故事始末，称之为戏剧的表演形式；在酒馆里，别人告诉他，士兵们在军营里的生活不为人知，但他们有时会在城里的主要街道上列队行进，接受人们的致意，有时还能看到他们晚上三三两两在街边闲逛。

程西慈一直在大街上闲逛到灯火渐渐熄灭，人群逐渐散去，街道变得冷清，城里的人们对于夜晚太敏感了。就在这时，一个男人拍了拍他的肩膀。他的脸上带着友好的微笑，身材健硕，有一股军人般的正气。他请西慈去酒馆喝一杯，西慈没有任何犹豫就答应了。

这个男人的确是城里的一个士兵，他坐下来后就讲述了一些军队的生活。虽然训练很辛苦，但是他的语气中带着一丝骄傲，因为他比别人更能适应这种生活。他不停地喝酒，还向西慈介绍了他家乡的一种加奶酪制成的酒，西慈也随口向他介绍了他在试验室里的酒精制法。

为了让西慈快速适应这里的生活，哥哥明初把弟弟的房间安排在了赌场里。大厅里常常又杂又乱，但是地下室有几间房间非常安静。虽然不出半个月，明初就教会了这个年轻人怎样在赌桌上出老千以及应付各种酒鬼和暴戾之徒，但是他清楚的发现弟弟对这项工作感到无聊乏味，他似乎也不喜欢和人打交道。

程西慈的性格有点古怪，大部分时间他都喜欢独处，而胜于到处抛头露面。他虽然已经十九岁了，但是还没有把心思放在女孩们身上。他长着一头黑色的鬈发，肩膀宽宽的，又高又瘦，跟他哥哥比起来显然不够成熟，缺乏经验。而他哥哥从外面回来之后，显然就变成了一个情场高手，身边总是围绕着各种女人。他们的母亲虽然对大儿子在生意上的成功感到骄傲，但她还是担心他在外面乱结交女人。

西慈搬到明初的宅子里之后，才开始对他哥哥的私生活有些了解，因为明初不时在大宅子里举行社交活动，邀请官员和不同行业的商人，而在他的小宅子里和情人们私会。程明初曾把其中一个介绍给他认识，那是在一次聚会上，不过弟弟也不怎么感兴趣。

程西慈不愿回到大叶寺，不知怎么，自从他离开那里之后，大叶寺如今使他感到厌烦。他迄今为止的人生基本都是在那个地方度过的，他熟知寺里的每一个可被探视的角落，了解每一棵桉树和梧桐树的位置和形状，知晓每一个园蛛和亮腹蛛结的网，知道森林附近的每一个洞穴。探索它们曾经是他最大的兴趣，但它们现在只让他感到厌烦。他也讨厌他父亲的聪明才智——他在自己的研究上孜孜不倦，但是从来对其他事情不闻不问，就好像自己从来不重要一样。

他现在对城里的生活也有了新的看法，觉得繁华和有趣也仅仅是个假象，所有的人都在过着重复的生活。所有的玩具店都装饰得一模一样，售卖着相同的玩具，且用同一种原理驱动；戏院重复着相同的表演，没有变化的观众和一样的评价；士兵们每天重复同样的作息，同样的训练，而且永远等不到打仗的那一天。

他开始厌恶整个世界，厌恶周围的所有人，他曾以为真实的世界比书中的世界要有趣得多，但是事实上现实跟它一比，顿失颜色，只是他再也无法把自己重新关到以前的那个封闭的理想世界里了。

出于一个偶然机会，他认识了一批新的朋友，才使他的晦暗的心境有所好转。上次他哥介绍他认识过的那个女人，知道城里有一批学术派，对某些领域的研究相当精深，西慈跟他父亲一样掌握了许多这类知识，也许他可以和那些人找到共同话题。不过他发现这些人其实是在某类机构里工作，思想都有些学究古板，他倒是通过他们认识了一些不在机构里工作，但是同样具有钻研精神和精深学问的人。

他不时跟他们会面，讨论某类学科相关的话题，尽管这个活动使他暂时安定下来，但是他开始期盼着生活中出现一些新的东西。

四

程明初的宅子里不时地举办各式各样的聚会，甚至固定在每个月的月初举行一次的酒会上，理论上欢迎城里的任何人，因此，会上时常出现程明初认识和不认识的各种人。几年来，他广结社会人士，各方互惠互利，各取所需，而与此同时，程明初至少同时拥有五个情妇，其中有贵族小姐和夫人，也有平民家的美丽女儿，其中有人怀上了他的孩子。在这些女人中，有一个是巫女，也长了一双能够像巫女一样迷惑人的眼睛，以致于她能够俘获任何男人的心。

这个名叫钟敏的女人并不经常来赌场里住，但来了之后就一定会和明初度过一个美妙的纵欲的夜晚。她长着一头及腰的长发，白天的时候像蛇一样冰冷高傲，不易于与人相处，但夜晚的时候却像猫一样狂野热情，但实际上却是一个温柔的女人，与明初时而发生意见分歧时，她从来不像其他女人一样在争吵中咄咄逼人，相反，她表现得相当平静，却能一语戳中程明初的话里的漏洞，让他恼怒不已，但她随后又会用温柔的话来消解误会。

她和明初一样，都不刻意把对方留在自己身边，但却让对方难以离开自己，时间越长，这种爱意就越深，而不是像其他人一样恰恰相反。他们把喜欢、愤怒、伤感表现得自然而然，就像是一对真正的恋人。她知道，无论他多么多情，拥有多少个情人，这个男人终究是属于自己的，真正的魅力不止于外表，只有人心才是最能够迷惑人的。

程明初几乎不再回到大叶寺里，但是关于他混乱的私生活的消息还是传到了他父亲那里，因此当程明初一回到大叶寺，程景就警告儿子，要聚财敛财、洁身自好，不过程明初没有把父亲的话放在心上。

赌场里常常发生一些揪斗，所以程明初甚至请了人来专门处理这类事件。三个人都是从外地来的身材高大的大汉，外表严肃，名字分别叫作一、二、三。他们开始只是在赌场里工作，但是渐渐程明初把生意上的事也叫给他们处理，一、二、三就成了程明初的心腹。

有一次，一个醉酒的老头儿出千的时候被当场捉住了，他身上散发着酒糟味儿，并且长了一张红脸儿，一准备把他扔出去，但老头在人群中毫不羞愧地说："老啦，手指头不灵活，力不从心啦。"二摇了摇头，答道："恐怕这一点你的老婆感触最深吧。"顿时引得了一阵哄堂大笑。

就在这时，一个小个子男人从外面冲了进来，他一边扯下头顶的蓝色毛绒帽子，一边朝人群大叫道："打起仗来啦。"顿时人群静了下来。这时，三把这个小个子扔到了台上，让他讲讲到底怎么回事。小个子说刚才自己正站在外面的墙角里解决问题，就听见一个路过的醉醺醺的军官说要打仗了，而且要打十年。大家开始哄笑起来，因为谁也不信一个酒鬼的话，然后就把这个小个子和老头一起赶出了赌场。

但是在接下来的几天，战争的消息却迅速在城里传开了，引起了一阵慌乱。有人说，要是打起仗来，国家就要征兵，让年轻人死在遥远的战场上。扬花听人说起这个消息，就打算让三个孩子回家。在她看来，把他们送到战场上去无异于直接让他们去送死，因此一旦要征兵的话，为了避免两个儿子被征召入伍，即使要一家人躲到深山里去她也愿意。

一直以来，战争对于这些首都人来说，既是遥远的，也是不现实的。他们最近的一场战争——艰难而持久的开国之战还是在一个世纪以前，但现在已经变成了皇宫里纸卷上光荣的记载。

一直以来，大搪除了连绵不绝的内部骚乱，还一直受着周边那些国家的威胁，尤其是现今位于大搪北方的国家高俪王朝。那是一个人人都怀有野心的民族，他们不仅习惯了征战生活，而且掌握了打胜仗的秘诀，就在两年前，两个国家经历了一场高原鏖战，之后就确立了彼此敌对的关系。高俪很有可能已经野心勃勃地将领土扩张的计划深入到了大搪领土的内部。

此时，朝廷官员们乱作一团，因为战争局势不明朗，他们不知道高俪是否会挑起战争，或者已经作好了战争的准备。一些激进的官员主张采取最有力，也是唯一可行的方法，迅速召集国内除了驻守在城内的军队，在敌人发动战争之前作好准备，以抵御敌军的威胁。他们坚持认为，根据他们以往的经验，高俪是一个野蛮而不择手段的民族，完全可能以卑劣的手段首先发动进攻，并且，在任何历史上，没有哪一个国家是在不经过血腥的战争就形成和壮大的，大搪的士兵，不远千里北上作战，流血牺牲，其目的就是维护这个国家的领土和人民的安全。

另一方却认为双方争辩的问题的关键并不在于该对外采取怎样的行动，而在于如何弄清眼前的形式。他们劝对方首先要站对位置，以防最后付出惨痛的代价——他们暗指这些左翼派人士是推动杀戮的阴谋家，同时也是掌管大权的饕餮的军火商，不惜以民众的生命为代价，但是受指责者们却不为所动。

然而对于城里的平民百姓，他们对这些事一无所知，唯一感到的就是战争的传言带来的恐惧。程西慈和大家一起听到这个消息，也感到了一丝不安。城里人人都在谈论战争，而政府也没有出来辟谣，因此有人就说战争的消息是确实的了。程西慈在各个酒馆、马场、驿馆里注意地听着别人的谈论，注意观察着周围的年轻男人们的反应，发现他们的害怕多于兴奋，就像小鸡遇到老鹰似的。在听说战争的消息之前，程西慈已经作好了回大叶寺的打算，因为对于眼前的生活，他已经失去了兴趣，感到心灵在等待中成了理想的牺牲品。他的内心深处在寻求一场人生的冒险，渴望着一种与普通人截然相反的命运。即使这如同在人生的荒原里放弃了一条通往城镇的大路，转而去寻找一条未知的路径，不管它是否伴随着孤独与痛苦，也不管它带领他走向的是一座辉煌的城市，还是一片肮脏的泥沼。

先前对于战争的那种恐惧不安，逐渐变成了一簇带着喜悦的火苗，程西慈开始期盼起有人来给战争的传言开棺定论了。他在年轻的时候，总是被一种大胆无畏的冒险精神支配着，他却将之视为了命运之神慷慨泄露给他的讯息。

五

半年以后，战争的传言终于平息下来，尽管大街上再也看不到军营里的士兵在四处闲逛，但是在此期间政府没有发出任何征兵的消息，城里的每个人都松了一口气，恢复了正常的生活。

初春的一天，程明初的宅子里收到了一份来自一个军官身份的人的贺礼，礼物是装在一个用蓝色丝绒布包着的铁箱子里的，抬起来挺沉，但是搬运箱子的佣人丝毫不感到好奇，他们已经习惯了自己的老板收到来自各地不同的礼物，甚至有一次，有人在一只大木箱子里铺满干草，然后把一头非洲小象装在了里面送给程明初。

送箱子来的并不是那位青年军官，而是他的一个亲戚。这位年轻人大约二十岁，穿着一套灰色的制服，脚上是一双黑色的牛皮靴，身上没有多余的配饰。尽管他着装普通，然而他天生身材修长，举止优雅，与其说他是一个毫不重要的送信人，不如说他是一个在富人家长大的年轻少爷。

在那栋临街的宅子里，他礼貌地把一封随箱送来的信交给了它的主人，然后不卑不亢地站在书房中央，等待程明初发话。程明初坐在办公桌的后面，没有立即查看那封信，而是毫不经意地把它放进抽屉里，然后抬头看着来人问："请问您是？"

年轻人点头礼貌地答道："鄙人是杨业的表弟。"

程明初看着年轻人背后的镂空木窗，随即露出了友好的笑容。接着程明初邀请年轻人到客厅里，面对面地同他坐下来，年轻人性格开朗、真诚，程明初就与他轻松地闲聊起来。由于其中涉及到了有关私人爱好的话题，两个人的关系便拉近了。年轻人与程明初一见如故，以至于他坦诚地向后者倾诉，说自己正处于最令人头疼的境地，因为他爱上了一个女孩，却不敢向她表明心意。年轻人无不苦恼地说："爱，总是折磨人的。"

程明初听过之后却微微一笑，他鼓励这个年轻人应该听从自己的心，不要失去任何一个得到幸福的机会，并且运用了他自己的事例加以佐证。

在谈话的结尾，年轻人从沙发上站起了身，他向程明初弯腰致意，然后微笑着说："请容我真诚地说一句，您真是一个温和谦逊的人，谁都会希望和您打交道的。"

那天，在来访者离开之后，程明初走回到书房里，让一、二、三关上窗户，拉上窗帘，并在离开前关上房门，然后程明初坐在椅子上，一下午都没有起身。直到晚上，房间里几乎什么都瞧不见的时候，有人敲了敲他的房门他才醒过来，感到脑袋里传来一阵由于扰乱了作息而带来的阵痛。

他走到客厅，像往常一样看了一会儿书，等待着他的晚饭。就在这个期间，一场大雨突如其来，窗外响起了哗啦啦的雨声。晚饭过后，他敲了敲一、二、三的卧室，三个人立即站起来跟着他。他们举着蜡烛穿过走廊，走向了那间专门用作堆放杂物的屋子。程明初不动声色地打开了门，三个人接着走进去，然后反锁上了门。

在黑暗中，一、二、三同时在一大堆乱七八糟的东西中不停地摸索，直到摸到了那个裹着丝绒布的箱子。程明初走到他们前面，并没有试图直接弄开箱子上的一把实心铜锁，而是在身后找了根棍子撬开了顶部的夹板。他的手指伸进去之后就摸到了一个小拉环，他一用力拉，箱子就从里面砰地一声打开了——这就是在来信中载明的方法。

箱子里装满了书籍和拓本，他把它们取出来堆在一边，后来他直接将手向箱子底下伸去，最终碰到了一个冰凉的东西，他用力抽了出来。出现在四个人的眼前的，是一柄黑光锃亮的火枪筒！

六

那位送信的年轻人名叫庄维，来自一个商人家庭里，先前住在环锦城，一年多前才来到彩云城，跟他的表哥住在一起。这位表哥是他的所有亲戚中唯一一个参过军的，两个人小时候住在一个城市，尽管只有过几次会面，但是庄维却深受他的影响。他自己后来不仅成为了大搪的一位将军，并且也是著名的西慈将军最真挚的朋友和绝对的心腹，两个人的关系如此的亲密无间，以至于有传言说，在这两位将军之间还有着超出友谊之外的感情。

“不能完全否定，”西慈将军一边研究地图，一边微笑着说：“不排除我们之间还有亲戚关系的可能嘛。”

庄维将军对他的话不置一词，因为他比谁都了解将军在闲言碎语面前那一贯的，倾向于懒散的心态——通常不向别人明确自己的看法，等到一定时候才会主动还击，并且力求使造谣者蒙受巨大的灾难。这种心态固然使能给人留下教训，以树立他那冷酷的形象，但这通常也给将军本人带来了不利的后果。因为流言不仅多次使他被其政敌们肆意歪曲了形象，陷入了被民众质疑的危险境地，还给后代的那些个评论家们留下了把柄，把自己赤裸裸的交到了他们的手中。他的大半生，都是在承受着别人的流言之苦中度过的。

另外，尽管西慈将军拥有过人的才智和胆识，但是在性格上却捉摸不定，时好时坏，好在每当他作出一个没有经过思考的不合理的决定时，庄维将军就会真诚地提醒他：“依我看，您这是在发疯。”因此，庄维不仅是将军的助手，还是一个敢于直接指出他的错误的朋友。在我们现有的历史中，各种资料都对庄维将军记录甚少，但毫无疑问，他跟西慈将军一样，也是一位传奇人物。

庄维生于环锦城的一个商人世家，其父从事轮船制造业，拥有一个中等规模的船场。他从小就受到良好的教育，并且对其所学的知识展现出了巨大的兴趣，他不仅熟知已知世界的历史和地理，同时还对绘画和音律相当精通。

在他十三岁的时候，他的父亲第一次安排儿子跟随其叔父出海。那艘船上除他之外还有三十多名船员，有几个跟他一样是年轻的孩子。在第一次远航途中，他们都止不住内心的激动。这艘海船在经过了半个月的航行之后，他的叔父决定在一个幽静的月牙形的港湾里停靠。为了缓解半个月以来大家在船上的紧张状态，船员们用双脚踏上了岸，在检查了四周没有发现危险之后，就决定燃起火堆留在小岛上过夜了。

但是就在这天的半夜里，大家在熟睡中忽然被守夜的人那巨大的喊叫声给惊醒了。原来，两艘经常出入附近的海盗船在远处发现了他们，就在黑暗中悄悄驶近，准备偷袭。靠岸之后，那群海盗跳下了船，偷偷向岸上前进，结果却首先就踩上了偷懒睡觉的守夜人的脚。

守夜人惊醒了，这个可怜的家伙甚至还没有来得及看见那些几乎赤身裸体的海盗的模样，刚喊叫一声，就被一刀杀死了。后来双方就开始了可怕的混战，要不是庄维和几个人躲到了甲板底下，差点就送了命。

尽管庄维足够聪明，同时拥有一副迷人的外表，但还是逃不过爱情的折磨，就像他对程明初讲述的那样：他有一个自小订婚的未婚妻，却同时爱上了另一个女孩。这个女孩叫湖赫，她聪明果敢，但也美丽骄傲，像豹子一样难以驯服。尽管两个人都对这份感情心知肚明，但她却从不鼓励他对她的爱，只是用她的独特魅力来使他难以离开自己的身边。她总是以最热烈的方式回应他，却又从不肯轻易地屈从于他。

他的内心感到非常矛盾，下不定决心。为了减少两个人之间的痛苦，他决心离开环锦一段时日，来到了首都彩云城，和他的表哥住在一起，只希望一切能自然走上正途。

他的表哥杨业在四年前还是一个在役的军人，但是自从在战场上失去了一条腿之后，就再也没有机会回到军队去了。庄维来到这里，和表哥一起回忆起了他们童年时期的事情，庄维对表哥的那种军人独有的冷酷而精确的精神充满敬意，同时也对他所表现出的对国家的宽容态度感到欣慰——自从表哥受伤回到彩云城以后，他的那只受到严重创伤的腿总来妨碍他过他以前的那种严谨的生活，甚至过正常人的生活，但政府后来却只提供给了他一个无用的头衔和少得可怜的补助。杨业向认识的朋友借钱，然后开起了一家专门向外租马的店铺来讨生活。

后来有一天，他的表哥让他把一个箱子送到当地那位开赌场的老板那里去，他就照着他的话做了。但是他不知道，他的表哥和程明初之间做的是军火买卖，而且他们为了达到促进大搪和高俪的战争进程，还在城里散布战争的恐怖言论，企图把战争局势夸大。

程明初举行了一次酒宴，邀请了全城几乎一半的富人，庄维也在名单之列。他虽然曾在自己的家乡里和自己的父亲一起参加聚会，但环锦城人没有首都人这样如此对宴会着迷，没有那么多新鲜花样。

在那天的会场上，庄维没有一个认识的人，他在人群中转了一圈，找了几个人聊天，但是都不很成功——那些人只对女人和生意上的话题感兴趣。他准备喝完手中的一杯酒，就放下酒杯离开。

这时，一个又高又瘦的年轻男人从大厅外走了进来，他有着一头不常见的黑色鬈发，衣着毫不讲究，当他刚进来的时候就用锐利的眼睛环视了整个会场，接着，就朝庄维这个方向走了过来。

“如果你不介意的话，”卷发的年轻人坐下来自顾自地对着庄维说：“请让我猜一猜。”

不等庄维弄清楚怎么回事，刚要开口，那个年轻人就把两只手指放到自己的嘴唇上，做了一个禁声的动作。

“一个来自外省的小伙子，在宴会上一个人也不认识，除了这里的主人以外——你看起来可一点也不像那些来混吃混喝的人。你对这类宴会并不陌生，从你拿酒杯的姿势，我认为你还会几样乐器。”年轻人以很快的语速说道，像一只玩具在滴滴答答。

“也许您说的没错，”庄维放下酒杯说道：“那换我猜一猜。”他学着年轻人刚才专注的样子，上下打量了他一番之后说道：“嗯，您非常自以为是，从外表看您有一个突出的尖下巴。不过，同样的结论我还能以另外一种更直观的方式推测出来。”

听到庄维的话，年轻人笑了起来。如你所知，这就是程西慈和庄维的第一次相遇。

半年前，自从战争的消息平息之后，程西慈就从他哥的房子里搬了出去，决定自己找点事做。他找了一份在印书房检字的工作，每天下午都要去那个地下甬道般的地方呆上几个小时，虽然这份工作非常无聊，但是自从战争的传言过后，他的心里却隐隐怀着一种希望，觉得自己的生活有发生转机的可能，于是潜心等待着。

他独自住在希迩街的一座小房子里，两层楼之间连接着一条阴森狭小的楼梯。他带去了一切必须的东西，他的书、图纸、试验器具等等，占满了整栋楼。庄维开始以朋友的身份来看望他，因为两个人一见如故，尽管在很多事情上持有不同看法，但是都愿意听听对方的意见。程西慈认为庄维尽管温文尔雅，实际上是一个思想独立的人，而且庄维总是比其他人更有耐心，好忍受程西慈各种突发奇想的举动。

七

在那段时间里，大叶寺里却前所未有地热闹起来，到处有穿着蓝色和灰色工作服的瓦工、木工和油漆工在指指点点，测量和比对，轮流站在院子里大声争辩，等等，使得程葵和扬花不得不在他们中间穿来穿去。在每个离中午还早的时候，两个人就得在厨房和餐厅里忙碌着，准备着二十多个人的午餐，餐后那些未洗的碗碟又在厨房里堆成了小山。

程景现今已经五十七岁了，他正坐在院子里，目不转睛地看着他们，以防他们把东西胡乱搬到什么地方去。两天前，几个年轻人闯进了他的试验室，把里面的铜铁仪器都搬了出来，当作垃圾准备扔掉，还擅自打算把这里变成以后的茶室。

看见当他们在实验室里从里往外搬东西时，程景大吃一惊，气急败坏地把他们从屋子里赶出去了。后来当工人们工作的时候，他都要亲自在院子里监督他们。

这些工匠，都是程明初请来的全城最好的工匠，个个精明能干，但是当他们企图把一切细节都处理得最好时，就带来了不少的麻烦。比如有一位身材瘦高的园艺师，总是穿着一丝不苟的黑色大衣，当他在程葵的卧室里呆了一会儿之后，就建议应该把原来在窗外栽种的青皮竹挖掉，换成一种引自东非的木质茎的草本树——它有云层一样舒展的姿态，还能散发出一种能提高人的心肺功能、使人免于疾病的物质——这对于老年人来说是很有好处的。

程葵却大声拒绝了，因为“老人都是因循守旧的，谁也别想让他们作轻易的改动”。她这样说倒不是承认了自己已经在时间的摧残下年老无用了，她只是在换着法发泄自己的不满情绪，因为这些年轻人们都把她看成了一个老人，仿佛可以忽略她过去的经历和辉煌似的。

其他的工匠则在忙着给卧室安上新的门窗，换上新窗帘，重新粉刷墙壁的每一个角落；他们切割出统一规格的马蹄石，铺平院子里损坏的道路；在每条走廊的尽头，他们都在左右两边放上两盆栽种着芭蕉的钴蓝色瓷盆，又在墙脚下种了小叶扶芳藤，等等，使这里的一切都焕然一新。至今为止，这座大叶寺总共经过了三次大的修整，如今，这是它的最后一次换新。

“我们并不需要这样大费周章嘛。”扬花看着院子里忙碌的景象，对站在客厅门前的明初说道：“你的父亲又在发脾气哩！他就是想把一切都保持原样。”过了一会儿她又说：“昨天他把你小时候玩过的玩具，都拿到他房间的柜子里去放起来啦。”

扬花虽然一开始不愿把关于他父亲的事情告诉明初，但她希望儿子能够理解他们的父亲。她知道丈夫不擅于对孩子们表达感情，对于其他事物的喜爱他倒是毫不吝惜，但是他始终是一个父亲。在三个孩子都搬出去住之后，程景开始对于自己在过去对孩子们不闻不问而自我审视起来。

在半个月的装修期间，三生搬回到了大叶寺里。此时的她已经长成了一个迷人的姑娘，差不多到了待嫁的年岁。回家之后她就帮着母亲给工人们做午饭，依次整理家人的床铺和衣柜，打点花园，有时她也坐在房前的一片绿荫底下绣花。槐花树下的她身姿优雅，面容温婉柔和，阳光洒落在她散发着清香味的身体上，没有人会否认这是一个动人的情景。甚至工人中有几个来自海港城市尼苏亚的小伙子看见她之后，不自觉地相互撞到了一起，引起了她的咯咯轻笑。他们当即就脸红了。

那天早上，三生依旧坐在固定位置，看见她哥明初从厨房里走出来，就伸手招他过去。两个人随便闲聊了一会儿。最后，她假装不在意地向她哥打听起了一个名叫拉瑟的青年。她的语气尽量显得毫不在意，但是心却在碰碰乱跳，因此她试图掩盖的紧张没有逃过在爱情方面相当有经验的哥哥的眼睛。

这个叫拉瑟的男人是她在酒会上遇见的。就在哥哥那栋大宅子里，那里一个月内就要举行几次聚会。那次她身着盛装，在人群中显得愈发美丽动人，她拒绝了几位男士共舞的邀请，转而和她的那群年轻女孩朋友们谈论着当下最流行的礼服样式。她们中的一个想要结识明初，想让三生作一个介绍人。

就在三生在人群中寻找哥哥的时候，她一眼就看见了拉瑟。这个外国年轻人从外表上看，已十分显眼了：一头金发，眉眼英俊，个子挺高，剪裁合身的礼服正好衬出他那挺拔的身材。她注意地看着他。

年轻人一边和周围的人谈话，一边不时向程明初的方向望过去，显然在等待着她哥哥和另一位女士的谈话结束。他的言行严谨而优雅，脸上的微笑虽然仅仅为了应酬，但它足以融化女人的心。他身边的几位女士用暧昧的眼神看着他，有一个甚至大胆地贴近了他的身体。但是他不动声色地向后退了一步，保持了正常的距离。在中途，他抬起的目光正好和三生的目光相遇，就礼貌地朝她点了点头。

这时，明初终于摆脱了那位中年女士的纠缠，走过来拍了拍外国人的肩膀，直接和他到屋子里去谈话了。直到宴会结束，她都没有再看见他。

明初和这个荷兰人显然交情匪浅，但是三生以前几乎没有看见他们一起共过事。直到后来有一天，外国人又出现在了他们的私人聚会上。这个聚会只邀请少数人，当她从楼梯上走下来的时候，第一眼就看见了他的身影，顿时一股不可名状的情绪袭上心头，使她感到紧张不已。在晚餐开始之前，她开始在宅子里寻找他的身影，结果她在后花园的走廊里遇到了他。

他能够说这个国家的语言，的确令三生很吃惊。虽然她对他的其他方面也很好奇，但她相信在上次的聚会上他已经被人问过了那些问题，于是他们聊了一下别的。半个时辰过后，一个孩子手里举着一幅欢快地跑过来，把它送给了他们，然后跑开了。画里画的就是他们此刻站在花园走廊上的情景，两个人都显得那么年轻而美好，看起来还有些亲密。坐在院子里一个男人举着画板朝他们友好地挥了挥手。

第二天在离开的时候，他走到她面前，望进了她的眼睛，低声和她道别："您真迷人。希望以后还能再见到您。"但是在两个月里，他都没有再出现过了。

她对他的思念越加浓烈，觉得自己爱上了他的一切——她怀念拉瑟那柔和的嗓音，他的语气中总是带着禁欲色彩的严肃，使其更添迷人之处；思念那双浅蓝色的眼睛，他的眼神总是如同一潭湖水般不可捉摸；她爱他靠近自己时的自然而然，他独立而优雅，与众不同。

现在，她急切地希望从哥哥那里探听到一点消息，出乎她意料的是，她哥哥不仅告诉了她拉瑟的近况，还把一封来自他的亲笔信交给了她。明初说他拉瑟对她也有好感，而他也非常了解这位拉瑟公子——他是值得托付的。事情变化如此之快，三生甚至抑制不住内心的幸福之情，站起来拥抱了哥哥。

八

现在我们来说说程景吧——难道你们能相信这个事实吗——他从前那张英俊的面容已经变形啦，皮肤上布满了可见和不可见的皱纹；在环锦城的时候，他练下了结实的胸膛，但是这副身躯现在变得消瘦了，几乎只剩下一个骨架，甚至还有点儿驼背——他大声将其归罪于九年前的一次他在试验室中误喝了一整杯含有生物碱的溶液，自己的身体就每况愈下了；他现在走路也挺重，双腿好像绑上了两块楠木板，可是它们明明就变得纤弱了呀，并且每到了天气稍冷的时候，就开始隐隐作痛。他自暴自弃地认为，自己已经是一台充满了机械故障的机器，并且永远修复不过来，只能任其崩溃，最后变成一堆废铜烂铁。

与此同时，他的智力也出了问题，开始反对起以前的自己来：他以前热爱做发明，他就谴责做发明的那群聪明脑袋，其实都是傻瓜；他以前喜欢到处搬来搬去，他就说无论在哪儿都是一样的宿命；他以前过目不忘，记忆力惊人，但他现在却说记忆力是一个折磨人的东西，应该把以前的事情统统忘掉。

“他是故意的。”扬花叹了口气说。她比世界上的任何一个人都了解他，因此不管他干什么傻事，她都能理解他，当然，这也是因为她爱他。

程景又仔细对比了一下现在的自己和“年轻程景”的差别，终于相信这是一场逃不掉的灾难了。了解这一点之后，他就变得乐观起来了，他觉得这就是对时间最好的报复。他不再对任何试验感兴趣，不再花费精力钻研精深的难题，却开始在他的生活中寻找细小的乐趣，甚至可以说——变得有些天真。那次，他因为不满意矮个儿油漆工把他的床架刷成深绿色，就趁工人不注意，偷偷把他的颜料桶给藏起来。当他一觉睡到中午时，他也有借口——“昨晚被窗外的知更鸟的叫声吵得睡不着，必须要补觉。”而其他人在昨晚都没有听见鸟叫。他还把家里的大部分物品都编上号，有时他躺在摇椅里，大声叫到“给我三号！二十号！一百三十七号！”等待着别人给他拿过来，简直是在抽疯！

他自鸣得意地说：“我们可以选择忍耐痛苦，同样可以创造快乐”。他放弃了过去的才能，不再激动于创造的乐趣，陷入了平凡之中，这是因为，每个天才都渴望巨大的舞台，他必须为人们所追捧、仰望，天才才乐于发挥其才能，但他现在已经丧失了这个舞台和观众们，他也失去了最宝贵的也是最基本的——时间。

“什么能够打败智慧？残暴不能、偏见不能，只有死亡能。只要人一死，智慧就无处托身啦。”程景对大儿子说：“现在，叫这些家伙从我的卧室里出去吧！为什么他们要把我的床刷成绿的？”

“他们把任何人的床刷成绿的，”明初说：“到彩云城里去看看吧，有不少以前没有的好东西。”在明初看来，肉体所能体验到的快乐，有时可等同于思考的乐趣，只要你不偏把自己往伟大那条路上推。他奉劝父亲，绝对的真理是不存在的，不可能人人都同意一条意见。倘若有的话，那就是人要懂得给自己创造充满希望的虚假梦境，那才是生活的真理。

“我不同意它，它就不是绝对的。我觉得世界还是它以前那个样，明初，什么都没变。”程景说：“从来没有哪一个时代要比另一个好。”

九

程西慈辞去了检字房的工作，在那条远离闹市的街上，成天把自己关在屋子里，摆弄他的那些机械玩具和其他物件，在纸片上写些难懂的符号和算式。为了派遣无聊，他曾半夜守在竹林里，就为了观察竹子怎样拔节。他也亲自试验一种催眠药，尽管由于口味不佳吐出了一大半，但强烈的药效还是使他倒地昏睡了一整天，当庄维推门进来的时候着实吓了一大跳。不过有时候他什么也不做，蜷缩在圈椅里，任黑暗包围着他，一整天都不挪动一下。

庄维来看他时，一般是在下午，因此中午过后程西慈就一直等待他。

两个人短暂的交谈能够暂时减缓程西慈的烦闷——这位朋友的耐性的确令人吃惊，因为很少有人能忍受程西慈的懒散而不抱怨的。当庄维不来的时候，程西慈就一个人朝周围的小树林走去，带着竹篓子和工具刀，采集泥土和植物标本。

“外面的世界多无聊。”有一次当庄维刚走进来时，就听见黑暗中传来的声音。等他适应了屋子里黯淡的光线，才看见了中间坐在椅子的程西慈——他的眼睛一动不动的盯着墙上的地图，双手交叉搁在腿上，头发乱如飞蓬。

他继续说：“快关上门。告诉我，我还活着。”

“我恐怕是不能跟没有活人气息的家伙说话的。”庄维从地上踢开一些妨碍走路的杂物，又拿起桌子上一叠乱七八糟的纸张看了看：“你的眼睛怎么能使你在这么暗的情况下写出这些东西？”

程西慈不动声色地说道：“人的精神能在恶劣环境下逐渐增强，同样，人的生理功能同样如此。”他语气变得十分得意：“我现在甚至能从这里看见你额头上最细小的皱纹。”

庄维无奈地回答道：“我没有皱纹。西慈，去镜子前看看你现在的模样，简直像一只不知从哪儿钻来的野兽。”

程西慈深吸了一口气，仿佛瞬间恢复了力气，一下子跳起来说：“镜子是为漂亮的人们准备的。”虽然他这么说，但是当他路过镜子前的时候，还是瞟了镜子里的自己一眼：“你今天比前天迟到了半个时辰嘛。”

庄维打开了窗子给房间通一下风，然后说他的父亲带着全家人来到彩云城，准备在这边找到大商户，募集一些资金来重振他们家族的造船业。为此，他们用了很长时间来准备一个虚张声势的宴会，不过还是花了不少钱。

程西慈问他：“你们的船能到国外？”庄维回答说：“是的，但并不时常出国。主要是小型的渔船和货船。没有人敢贸然去很远的地方，我只在以前去过一次。”

庄维邀请程西慈参加几天后在自己家里举行的宴会，尽管程西慈毫不犹豫地拒绝了，但是庄维最终还是说服了他。而在这次宴会上的经历，也给程西慈的生活带来了新的光亮。

十

程西慈一生有过三个情人，但是都没有与她们结婚。当他在图太打了胜仗，接着离开去蒙城的时候，他就设了一个专门的寄信员，负责确保把他写给情人们的信安全送到她们的家中。寄信员的工作并不忙，因为将军并不经常写信，尤其当战争局势紧张的时候，有时候他隔了两三个月写一次信，有时候是两三年之久，有时候他甚至忘却了她们的存在。因此有人说，西慈将军是一个薄情的人，无论他爱上谁，都只是出于一时冲动。但这却不是事实，要说将军不爱人，那必然是他的骄傲自负导致了这一点。

在这三个情人中，连慕是他最先认识的，她是他在战争时期最信任的秘密助手之一。她是庄维的表妹，也是那位青年军官的亲妹妹。在他们相遇时，程西慈刚好二十二岁，独自住在小屋里，一无所有，正期待着人生第一次伟大的际遇，他应邀去参加庄维的家族宴会，故事就开始了。

在那次宴会上，有人在当众讲话，有人在欢呼，有管弦乐队在奏鸣，有绚烂的礼炮，但是他们俩自看见彼此的第一眼的时候，就把其他抛在脑后了。程西慈第一次产生了一种奇妙的感觉，使他忽然变了一个人，他走过去，毫不掩饰地对她说："我觉得我今晚是为你而来的。"

后来两个人坠入了爱河，年轻人的爱情剧烈而甜美，他们仿佛两只鱼儿跃进了一湾深邃的湖泊。连慕不仅温和善谈，同时不乏刚毅坚强的精神，即使作为女性，她也获得了周围人的普遍尊重，但是当她面对西慈的时候，她却愿意屈从于他，向他表现出最温柔的一面。她宽容了他的作息不规律，他的骄傲，和他像孩子一样的多变，她爱他不仅由于她能够理解他，还因为她懂得欣赏他的不同之处。

两个人在观看了一次外国马戏表演之后，第一次在一家旅店里真正拥有了对方。尽管双方都不是驾轻就熟，但当这个男人拥抱着她的肉体，在她耳边低语一些情话时，连慕就知道自己以后都离不开他了。

任何一种情绪都是具有传染性的，自从上次的战争传言平息之后，彩云城又开始人心惶惶起来，而这次是对战争真实的恐惧。与高俪开战的消息忽然传来，战火已经在东北交界处点燃，形势已经不是单方面可以阻止得了。

政府发布了征兵的消息，当程西慈得知集结的军队最后一天在环锦停留时，程西慈、庄维和城里的一群年轻人，受到了某种他们自己也弄不清楚的情怀的感染，甚至来不及跟家人告别（西慈急匆匆写的一封信是托其他人交给连慕的），就立马赶往环锦了。在距离军队出发只有半天的时候，他们成功混进了队伍中间。

第十二章

战争对他们来说是生活的一部分，对我来说是人生的主题。

一

西慈将军的辉煌军事生涯，真正始于他在柏地力剿了敌人的军队之后。敌军首领正是高纽，对于这位同样具有军事才能的敌军将领，将军在向人们提起他时，总是怀着赞赏的语气，说他是一个如何具有预见性的，行事果断的人，就仿佛他真的对他怀有这种敬佩之情似的。

将军本人曾经三次败于高纽之手，甚至在败仗的最后一次，为了躲避其部队猛烈的攻势，他不得已狼狈的带着自己剩下不到三分之一的军队进入了金陵山脉一侧的，传说中的森林魔区。有人预言说将军将会被具有魔性的森林吞噬，或者全军覆没，但实际上他最后成功穿越了森林，仅仅在两年之内就聚集了一批新的军队，接着就在梯山一举击败了在人数上占有优势的高纽队伍，并且在有可能活捉高纽将军的情况下，下令将他的部队和他全部消灭。

将军的右手臂上受到了严重的刀伤，就是在这次著名的以少胜多的战斗中留下的。因为伤痕留在了极为明显的位置，将军身边的军官们几乎都知道它，许多人则将之当成了一种神勇的象征。不过除此之外，将军几乎没有其他伤害，哪怕是一支涂有麻醉剂的短箭或者丛林里常见的毒蛇咬伤。

对此将军自己的解释是，命运之神虽然免除了他在肉体上的创伤，取而代之的却是更加残酷的方式——对他的精神的摧残，有时他忘却了一切，认为世界的主题就是战争，不息的心灵之战使他变得冷酷无情，使得他未老先衰。

战斗结束之后，他毫不犹豫立即安排了一场宴会以庆祝胜利。他当场把战争的胜利归功于他的将领和士兵们，恰如其分地赞赏了他们的忠诚和勇猛，他说他看待他们如同看待自己的家人和朋友，令这群远离家乡的士兵们个个热泪盈眶。然而他不改其一贯的风格，在宴会的中途就放下了酒杯，回到了自己的房间，而他的那些军官们则一直聚集在他的房子周围，玩游戏直到凌晨两点才去睡觉。

“我把高纽看做朋友的原因在于，他的死为我带来了荣誉。”将军在前往甘厝与庄维将军会合之后，在军官为他安排的当地的一家农舍里，有一次他对庄维说道。

庄维将军正站在窗边，遥望着窗外的一片野橙子林后的景色，当他听到将军的话时，就转过身来看着将军说道：“那么我对于您呢？”

“你？你怎么啦？”将军装作语气惊讶地问道，接着，他那如同雕塑般的脸上展现出一个优雅的微笑：“我听说当地有一片古老的林区，以其美丽和神秘著称，不知你明天是否愿意和我一同骑马去？”

庄维一如既往地被将军话语中的伎俩给征服了：“我看出来了，你真是对装傻也很在行。我当然很愿意去。”

在历史上，将军的形象是智慧、高尚和无坚不摧的，尽管他的确不怎么爱人，但是他有野心和远见卓识，热爱永垂不朽的名誉，因此他致力于在民众面前树立良好的形象，但是他身边的军官们都知道，将军的脾气时好时坏，令人捉摸不定，有时他会突然大发无名怒火，有时又嘀嘀咕咕向军官们抱怨一些琐事。但是无论在何时何地，能够使将军的形象完全统一的，就是他那异乎常人的旺盛精力以及坚忍不拔的精神——在漫长而充满危险的军旅生活中，他与士兵们同甘共苦，共同面对不可预见的危险，即使在他的身体每况愈下的时期，他也依旧坚持作战，丝毫不耽搁战斗计划。

将军的半生都在和他的头痛病作着斗争，自从他四十岁以后，就开始和它打起交道了，他把它看成人生中不可避免的挫折。一开始他对此视而不见，直到后来头疼发展到难以忍受时，他才给自己配备了一名私人医生。医生认为病源是在将军艰苦的作战生活中日积月累形成的，将军毫不赞同他的意见，他认为自己是遭遇了某种险恶的巫术。

那是他参军的第五年，当时他带领着十多人的队伍路过嘉州一个小村庄，当地人崇拜太阳神，非常善用巫术，并且掌握了年轻的秘诀——他们不生育，这个村子里最年轻的人也活了一百五十岁。他们用米糊配山羊肉来招待了程西慈和其他人，还给他喝了一碗味道古怪的虫草茶。

吃完饭之后，十几个年轻人就继续前进了，但是在路上的时候，程西慈忽然感到脑袋里传来一阵异样的刺痛，几乎使他睁不开眼睛，为了减少待在耽搁的时间，他让队伍保持前行，直到他们走到了嘉州城里时，一个医生才给他开了药方。两三天过后，头痛的症状才完全消失了，很长时间都没再出现过，但后来头病症成为了他最主要的敌人之一。他虽然热衷于自然科学，但在这件事上他却始终认为，当地人给他喝的那碗奇怪的茶就是他病痛的源头，但他还是改不了身边的人给他什么，他就毫不犹豫喝什么的习惯。

二

将军的部队每转移到一处，在时间充足的情况下他都会首先派人调查当地的地理环境和风俗民情，了解当地的饮食习惯和气候特征，而他自己随着部队行进，沿途观察着周围的事物，然后作出自己的判断——他通过一株植物的生长情况，就能判断当地的水质和土壤状况，通过路边的一座被烧毁的房屋废墟，就下了三年前这里曾遭遇了一场慢发性蝗灾的结论。年轻时他广结良友，兴趣广泛，对任何事物都有自己的一套经验和理论。

在那时候，他靠自己的聪明才智引来了一些仰慕者（他在女人中是十分受欢迎的，尤其在一些具有自由派精神的未婚女人中间），同时也招来了一批反对者。那些人对他的行为挑剔指责，不时拿出他在政治上见解来调侃，指出他的某些偏见，比如将军曾说过“不可忽视流行疾病在战争中的作用”，他们就指责他是非人道主义，他们也拿将军的出身开过玩笑。那时他争强好胜，理直气壮地反驳他们，但是越到后来他就不再理会这些无聊的言论了，而是在某些时候直接采取他认为必要的行动。他变得捉摸不定，变得野心勃勃，变成了一个他们一听到他的名字就会畏惧的人物。

在将军的整个军旅生涯中，他写过的信件为数不少，他虽然很少给家里写信，但是却一直和一群特殊的笔友保持着联系。他绝大部分的信件的去向无从考究，因为寄信员按照他的要求，没有为这些信件作过任何记录。庄维将军仅仅知道的一件事就是，西慈与一个在马戏团里工作的人有过书信来往，那段时间该马戏团正在各地作巡回演出，这位高个子的演员带着几个人来到将军的部队，当即就教会了十二个士兵几乎不可能在短时间内学会的，在两米高的钢丝上凭空行走的特技，并且接下来他们就为剩下的士兵们作了表演。除此之外，将军的私人笔友可能住在搪治的任何一个城市，可能是任何一个人。将军和他们打交道，必定是出于对某种专业知识的强烈爱好：戏法、医学，占卜、机械制造，等等，除了将军本人，谁也不清楚他们是谁。

在将军的笔友中，有一个在植物学方面相当有研究的年轻人，名叫邱恩，他和将军保持着书信联系，但是却一直没有机会见将军一面，直到有一次他听说将军的部队就驻扎在离他家乡不远的一个村庄，他立即赶了过去。将军对于他的到来感到非常意外，但是他立即热情的请他留下来和自己一起吃午饭。在席间两个人谈笑风生，将军比较感兴趣的话题是，应该如何从植物中提取香精，他侃侃而谈，比较了蒸馏法和溶剂萃取法各自的优缺点，并且和善地询问了年轻人的意见。在年轻人的眼中，将军身材高大，体形匀称，在一头黑色的鬈发下面脸上的颧骨突出，双手指头细长、骨节分明，言行优雅而且相当健谈。

“在我看来，您与某些人的言论中不近人情的形象简直毫无关系。”邱恩在餐桌上对将军说。

将军放下了酒杯说：“当人们成为了利益相关方，对方的形象不见得总是那么美好。”他避免了在这个年轻人面前谈政治话题，接着他微笑着请邱恩品尝一种特制的汤汁。这种汤是用一种草海桐科植物的茎叶制成的，将军微笑着说在晚餐间喝它有助于睡眠，但是如果吸食了这种植物的种子提炼出来的粉末，人却有可能会变得发狂。

在夜晚的时候，年轻人已经离开了，将军像往常一样走出门外作一次睡前的漫步——他在几乎整个战争期间一直都保有这个特殊的癖好（当然是在条件允许的情况下）。散步回来以后，他走进那间普通平房的客厅里，坐在椅子上，把身体转向桌子，开始写一封信。

这封信是要寄到彩云城里的，如果计算准确的话，他已经有六年时间没有给家里写过一封信了，他的哥哥、父亲和母亲的形象在他心中日渐模糊，亲情的感觉也逐渐变得模糊起来，他们甚至比不上他的一个笔友。不过，将军的家人以及三个情人都知道他的事情，知道他在哪次战争中险些丢掉性命，又在哪些战役中把敌人打得落花流水，使敌人的军队的调度陷入了空前的困境，因为他们可以从别人那里听到关于他的消息，而这些消息都是人尽皆知的。

三

彩云城里到处流传着将军即将回城的消息，但是说法不一，有人说他已经将高俪打败，带着军队回城了，有的认为将军的部队经过鱼米镇，需要回城来增加补给，也有人传言说将军在战场上受了极重的伤，他的部下正在护送他回城，甚至有消息说，西慈将军已被敌人杀死，遗体正在运回城的路上。就在不实流言的激流当中，实际上西慈将军的部队正在两国交接处作艰难的突围，此时的所有补给线已经被切断，人数损失了超过一半，并且在连续的阴雨天气下，士兵们的身体正在变得一天比一天虚弱，好在这时敌军内部爆发了流行痢疾，才使得西慈将军乘此机会，一鼓作气突破了敌人的包围，像驱散燕子般赶走他们，占领了敌方的驻地。

后来当他听到那些虚假的消息，先是感到惊讶，后来就怒不可遏。他虽然从来不公开对除了政治和军事外的流言作出澄清，但庄维将军知道他的内心里对那些针对自己毫无根据的猜想和诽谤是十分恼怒的。年轻的时候，他还不够聪明，总是关注别人对他的流言蜚语，那段时间最流行的一个谣言是，西慈将军虽然有几个情妇，但至今还没有哪个女人怀有他的子嗣，他们怀疑将军是否具有这样的能力，同时认为将军可能对男人感兴趣，并且在军队里，谁都知道将军和他的好友庄维关系不凡，甚至有人说，将军曾多次向他的好友深情表白：“庄维，没有你我真不知道该怎么办哩”、“有一种最真挚的感情存在于你我之间”。他们这样的关系超过了一般的友人，差不多是一对恋人——这种言论是十分危险的，将军的支持者们立即站了出来澄清这种关系，并且高度赞扬了两位将军之间伟大友谊。而最有利的证据是，庄维将军后来和一个女人结了婚，有了一个孩子，是一个漂亮的小姑娘，遗传了她母亲那具有马咯人特色的嘴唇以及庄维将军那双迷人的眼睛。即使如此，关于两个人的传言一直没有停止过。

庄维也许由于家族遗传的原因，衰老的速度比一般人缓慢，到四十岁的时候，他依旧显得年轻、气度不凡，相比之下，好友西慈将军就要不幸得多。在三十五岁之后，他就迅速衰老了，但是在此之前，他还保持着一副年轻的面孔，力气很大，精力过盛，他那副传说中比例完美的身材也受到了许多女人的青睐，就是这段最具魅力的时期他遇见了他的另外两位情人——杨婧和茗后的。爱情顿时使得他变得容光焕发，一下子年轻了十岁。

自从与她们分别结识了之后，将军曾写出了一连串强烈抒发他的爱意的信件，甚至有一封里他意乱情迷，说他愿意成为茗后永远的奴隶。这并不是假话，因为有这样一段时间他的确陷入了爱情的漩涡里，认为两情相悦的爱情乃是时间最美妙之物。他说他是如此爱她们，她们就是他的一切，但是随着他逐渐把野心转移到战争上，渴望着战场上的胜利而不是女人身上的胜利时，他就把她们放到了次要地位，甚至一度把爱情从他生命中忘却了。然而女人之心昭昭，即使她们到后来都被迫离开了他，然而她们一直爱着将军直到死的那一天。

在将军的三个情人里，茗后跟他在一起的时候最多，她曾经住进了将军的寓所，两个人的关系在这段时间里变得更加亲密了。那个时候将军的部队刚刚到达了流耳城，也是茗后的家乡，那个城市秋季的天气异常柔和，天空如水洗过般澄清，空气中能闻到花朵的香味，午后阳光常常把街道照得一片金黄。他的住处距离她的房子非常之近，就派人给她送去了一封信，信上说希望能与她会上一面。结果，她直接搬过去和将军住在了一起。在八年前，他也是同样用一封信俘获了茗后的芳心。

那时他年纪轻轻，但因为不凡的指挥才能已初露光芒。他和庄维私自来到流耳城，寻找一位曾参加过马渡战役的老兵，希望从他那里获得一些关于那批在马渡战役中出现的巨大财富的消息。那批宝藏的出现始于几个国家公开打劫了一个富有的弱小国家，为了抵御强大敌，国王打开了地下金库，公开招募有能力的人刺杀对方将领，但是却被杀手们暗算了。这些人以及其他国家的军队之间展开了争夺战，然而在混战之中那笔财富却消失了，被哪一方藏在何处不得而知。虽然财宝的事只是一个传言，程西慈仅仅见到过这批财宝中的五枚金币和一柄镀金的短剑，但是他毅然决定寻找这笔可能根本不存在的财富。他认为它不仅能够支付现在军队的开销，而且为今后不断扩大规模提供资源。

他和庄维住进了流耳城的一家旅店里，都被这里夜晚的宁静气氛给深深吸引了，漫天的繁星在遥遥天际闪闪烁烁，反映出一个陷在时间缝隙里的，再也回不来的时刻。在两个人步行去探访这位老兵之前，收到了一封极其意外的来信，因为信是哥哥程明初寄出的，在信中他让两个人时时刻刻提防这座看似温和无害的城市，因为最危险的事物就包含在纯洁之中。信中提到了一位当地的古董商，说他是他们可以完全信赖的人。程西慈对哥哥的来信感到非常惊讶，因为一路上来他都注意隐藏自己的行踪，哥哥的本事实在超出了他的预料。

那个老兵和照料他起居的奴仆住在一座老宅里，已经被疾病折磨得失去了生活的希望，程西慈一见到他，就知道是最后一口气息把他留在了活人的世界里。对于当年的那些旧事，他说自己几乎没有了记忆，尽管它常常令他痛苦不已，而且他感到恼怒至极，说他已经失去了一切，两个年轻人还要来打扰他生命中最后的宁静。但西慈识破了他的谎言，决定耐心等待。

在此期间，庄维听旅店的老板说起当地一个叫作“野蛮人”的俱乐部，那里有美丽的女侍应，而且供应全国种类最多的酒，因此很受欢迎，两个人为消磨时间就一起去了好几次。老板还说起当地的一位人尽皆知的女人，尽管她军人般的行事风格使得男人们都不太敢靠近她，但她那动人的美貌和独特的气质却又令他们深深着迷，这个叫茗后的女人偶尔来到俱乐部来处理一些财务上的事情，程西慈去那里则是为了打发时间。

因为来流耳城的决定是匆忙下的，所以程西慈没有带任何备用的衣服，仅有的一件外套又在途中弄丢了，就擅自把庄维的外套穿在身上，独自去了俱乐部。在室外的场地上，他在人群中晃荡着，身边的人在玩乐、交谈、放声大笑，他却没有被任何东西吸引，他正在心烦意乱地想着宝藏的事。他在圆形花台前坐下来喝了一杯酒，立即就摆脱了愁绪，然后走到一个比赛射箭的地方，准备玩上一把，而他的对手就是那位著名的漂亮女人。

两个人在一开始都展现出了好胜的心态，双方准头都不差，好几场下来都未分胜负，围观的人群就渐渐开始起哄了。后来比赛到了只剩最后一局时，程西慈恰到好处输掉了比赛。他对她展现迷人的一笑，承认自己被“眼前美景”分了心。

后来他们多次碰面，在相处中很快就为对方着迷了，茗后毫无疑问地成为了他的情人。尽管关于年轻的西慈将军的各种流言没有给她的父母留下好印象，但是茗后说服了自己的父母，因此这个女儿在二十多年间都可以随时去找那位名声时好时坏的西慈将军，因为她是如此地爱他，她在别的方面那么具有特立独行的精神，但却命中注定为他所羁绊。她是将军的情人，也是他的报信员兼朋友，但却不是真正的妻子——将军始终认为真正的爱情源于对灵魂的爱慕，婚姻则是束缚它的工具，凡人用婚姻来锁住爱情，而爱情之花却逐渐枯萎死亡了。但是对于一个女人来说，安全感和名分多么重要啊，这样看来将军是多么自私呀。当天晚上，程西慈走回到住处，他微笑着对庄维说：在这座温和的城市里，最危险也是最美好的事，就是陷入爱情之中。

关于那笔宝藏，程西慈最后只能作罢——那个老兵本打算与他进行谈判，他愿意把宝藏的下落告诉程西慈，但是他想要从中分得一部分，然而不久之后，老兵就带着那个秘密病死了。将军仍旧坚信这笔财富是真实存在的，在战争结束的前几年，他又开始组织人力探寻这批宝藏的下落，虽然在那时他已经富可敌国，但宝藏的事始终像梦魇一样困扰着他。

四

三生和外国人拉瑟互相倾心，不久之后就开始筹备婚礼的事宜了。尽管拉瑟是一个言行谨慎、不苟言笑甚至还有些傲气的人，但是对于三生他却总能展示出足够的耐心和脉脉温情，这一点使她深受感动。

当时在彩云城里，政府正在组织人力把一些旧的街道进行整改，疏通交通，新建崭新的公寓，拉瑟和城里的人早已有生意上的来往，就在施工上负责了其中几个环节。那时他和三生刚刚确定恋爱关系，拉瑟在工作之余到大叶寺来与她见面，她则准备好茶点，两人一起度过了美好的闲暇时光。

扬花在得知自己的女儿的恋人是一个外国人时，就打算对他来个审查，但是自从她第一眼看见年轻人起，就十分喜欢他了。拉瑟虽然长得金发碧眼，好像玩世不恭的花花公子，实际上他品性正直，值得依托，为两位女性长辈所喜爱。程景却在女儿的恋爱事件上十分重视。他从年轻人的着装和行为上找不出什么问题，就开始故意向他提出一些稀奇古怪的问题，以便来考验他的耐性。拉瑟是一个十分严谨的人，对于这位带着孩子气的未来岳父的某些问题不知该如何回答，但是他还是尽量让他满意，扬花则站在一边无奈地看着自己的丈夫，她端来了甜点，好让他停止说话。

一开始这位岳父对拉瑟来说，完全是一个陌生人，他知道老人思路古怪，固执己见，有时候又性情随和，还有些天真。他经常穿着一件棕色的带有两个兜的马甲，每当扬花提出要他脱下来换另一件时，他就大声抱怨，说那些衣服的料子让他感到不舒服——“像套上了一件蓑衣”、“宁愿到死都穿着这件”，每次都是岳母生了气才使他就范。他需要一根手杖来辅助行走，手杖用坚硬的锥栗木做成的，要是他把它忘在了哪个角落，又急着要起身走路时，老人就会大声呼喊岳母的名字，直到她急匆匆地走过来，对他说：“又发什么疯？”

后来拉瑟渐渐在这位长辈身上发现了一个秘密，他认为这个老人看起来好似对什么都不在意，但其实他头脑睿智，对什么都很清楚，在某些事物上也有深刻的见解。拉瑟猜测他也许是屈服在了时间的威力之下，但也有可能老人在用这种方式对抗心灵的日渐衰老。

六月间，这家人举办了一个幸福的婚礼，规模虽然不大，但是足够雅致，并且得到了许多诚挚的祝福。拉瑟在大塘里定居下来之后，他的亲戚也跟着来到了彩云城，是他的伯父一家三口，其中包括一个弟弟和一个妹妹。这对兄妹都都长得和拉瑟一样——灰蓝色眼睛，高鼻子，棱角分明的脸庞，不过妹妹却因为小时候发过的一次高烧而永远丧失了正常的智力——这决定了她决不会为世俗所侵扰。这家人花高价买下了别人的宅子，里面挺大，因为庭院里种满了栗子树，因此有人称它为“栗府”。

三生一共在大叶寺生活了十九年，搬出去的时候带走了两个铁皮包角的箱子，里面装了一些生活的必需品。其中一个箱子的夹层里放着一本鎏金的书籍，这曾是她哥哥程西慈的个人收藏，现在她将之据为己有。在这个家里，谁也不知道三生曾在少女时代偷偷地迷恋过她那位脾气既古怪又温和的哥哥，这种爱慕之情使她压抑、痛苦，仿佛独饮一杯有毒的甜酒，毒药在寂静中一点点将自己的心跳收紧，直至窒息。西慈对此没有丝毫的察觉，他也永远猜不到了。当哥哥后来变成了别人眼中的西慈将军时，三生依旧保持着给他写信的习惯，不过信里完全是一种再正常不过的语气了，即使最敏感的人也不能甄别出这份亲情外的感情。而她也已经把它放下了。

五

随着两国战争局势的加剧，政府已经征兵十数次，内部骚乱开始出现在首都彩云城里，一个叫作“圣徒”的组织就在此时应运而生，在城里掀起了一道恐怖的浪潮。几个月前，一个表演西方魔术的马戏团来到了城里，对于容纳一切的文化之都彩云城来说，这是一件毫不引人注目的事，而且现在的娱乐活动好像不再像以前那样有趣了——战争的阴暗气氛遍布全城，生活不可避免地变得单调乏味。这个剧团里的人个个沉默寡言，脸上毫无笑容，穿着刺朱槿的黑色袍子，虽然没有任何资质证明，却承认向剧院的所有者支付高额的租金，接着就在城里那家最大的戏院里做首场表演了，节目的名称就叫作“圣徒”。

帷幕拉开时，台下的观众们还在闹哄哄的，但随着演出的推进，人群渐渐由喧哗转为安静，最后化为死寂。现场的每个人都脸色苍白，冷汗直流，因为他们看到的不是一出话剧，而是一个魔术，一个真实的可怕场景！年轻人看到自己被征兵入伍，在混乱中被人杀死了；父亲看到了酗酒的儿子为了得到财产而杀掉自己；丈夫看到了妻子正和她那狡猾的情人在阴影中商议着什么；商人则看到了自己的管家打开了他存放金银的密室，他的手中紧握着沾血的杀人凶器……

整场演出是一个完全的巫术活动，它用未知的诡异的方法唤起人们精神里隐藏着恐惧、猜疑和暴力情绪，让观众们上瘾。他们在别地表演，继续散播精神疾病的种子，而看过这场演出的人，都自愿变成了“圣徒”的帮凶。当他们失去理智在城里四处抢劫、杀人被抓住之后，他们不愿意向政府揭露这些精神的荼毒者，他们大喊大叫，坚信他们脑袋中的可怕想法都将成为事实，因此想把一切都毁掉。

拉瑟和三生的第一个孩子日照，就是在“圣徒”最猖獗的时期出生的，所以谁也不敢指望这孩子表现得像正常人一样。拉瑟和三生不幸正是“圣徒”的第一批观众，是最严重的受害者。他们有过一段糟糕的时期，因为在三更半夜里三生醒了过来，迷迷糊糊地拿起刀想要杀死拉瑟，结果拉瑟一下坐起来，擒住了她的手腕。此时三生的肚子里怀着孩子，她对自己的行为感到愧疚，同时深受惶恐的折磨，所以对这个未出生的孩子的担心是有道理的。

两个月后孩子出生了，他的降生成为了最近家里唯一的喜讯。因为拉瑟的荷兰名字中的姓读起来与“唐”字相似，孩子就取姓为唐，名为日照。在日照出生的第二天早上，他的外祖母就赶到了栗府来看望他，要不是有一个仆人领着，她就在那座大宅子里迷路啦。她走进了女儿的光线明亮的房间，里面装点着刚从花园里采摘来的新鲜的玫瑰——自战争成为所有人摆脱不掉的噩梦之后，除了她和拉瑟结婚的那几天，家里谁也没想到给屋子里插上一朵花——战争一天不打完，每一时刻都令人不安，鲜花与这个时代不相吻合，但是从日照出生的第二天早上开始，三生决定每天都给房间里装饰花朵，直到战争结束。扬花从她手中接过小不点儿，看着他薄纸般的肌肤和短短的手脚，喜极而泣。后来她坐在床边，不禁回忆起了自己的三个孩子小时候的事，就叹了一口气，兀自慨叹时间过得飞快。

到中午的时候，扬花留在那里吃早餐，她刚一坐下，就看到坐在对面的年轻姑娘——拉瑟的伯父家的女儿时，立即惊得呆住了。因为她几乎跟言娜长得一模一样，除了眼前这位小姐的眼睛是蓝色的以外。要不是三生立马跟她介绍年轻的姑娘，她都要以为自己看见言娜的魂魄了。回到了大叶寺后，扬花就跟程葵讲起了今天中午的这件事。在晚上睡觉前，两个人都不约而同地想起了言娜和罗亚，感到了一种空洞的悲伤，仿佛心脏落入地底，让人止不住流下眼泪。罗亚自从离开后就没有一点音讯，她们都想到：“如果他现在还活着站到我们面前的话，我们恐怕一点儿都不认得他了。”扬花还发疯似地觉得：“言娜超越了时间，永远停留在十五岁啦。”

也许在“圣徒”时期受到了母亲的影响，日照从小有着温和的性格，甚至可以说是女孩才具有的柔弱。等他长大了一点，他那不愿意和人说话的孤僻的倾向就越明显。父亲的伯父一家也居住在栗府里，在这个三世之家里，有几个和日照年岁相仿的孩子——他堂叔的两个男孩和一个女孩，其中一个男孩是收养来的，出奇喜欢用小聪明捉弄其他人。当这群同龄人呆在一起的时候，日照不太爱说话，也不与任何一个孩子发生冲突。他喜欢呆在自己的房间里，他的脆弱使得他的父亲一直都不太喜欢他。

在这个特殊时期，人人都在想方法变得强大，但日照却讨厌战争，不喜欢舞刀弄棒，他跟母亲一样喜欢玫瑰花，喜欢花园，喜欢研究植物，总是和它们呆在一起。五岁的时候，他和母亲到广场上参观新建的圆形花圃，据说是由一位富商捐赠给市民的，他还准备前在来观赏的姑娘中选出一位来作为妻子。当时广场上身着盛装的女士们在吵吵嚷嚷，急着对那些新奇的花卉做出一番点评。日照和母亲被拥挤的人群冲散了，他害怕得站在原地，不敢往前走一步，但是当他听见周围的人们都在对这些植物问这问那，指指点点时，他睁大眼睛抬起头，突然开口把那些人刚才议论过的植物都介绍了一遍，引得周围的人都惊呆了，直到母亲慌忙走过来把他领走。

大概十岁的时候，日照就患上了一种奇怪的病——他害怕听到尖锐的声音，看见暴力的场景，它们让他感到胃里一阵恶心，脑袋里轰鸣作响。但是为了不增加父亲对他的失望，他就把这件事隐瞒起来了。为了克服这种毛病，他偷偷试过一些方法，但均无显著效果。有次他凑近了看围墙里面的士兵们训练，当他们齐声高喊口号时，他的脸色就开始发白，当听到他们巨大的脚步声时，他就开始头痛，但他忍住了眼泪，直到训练结束之后才离开。

青年的时候他结交了一位神秘的画师朋友，他来自遥远的绿山岛国，只在别人的墙壁上作画。他建议日照让一位灰袍巫师来治疗这种病，虽然日照对巫术感兴趣，但却反感这种企图改变现状的幻想。他认为生活没有好坏之分，谁也没有能力让现实按照自己的想法来走，生活若有不可忍受之处，那就是人可以忍受一切。在他的青年时期，由于在植物学上孜孜不倦的钻研，他的知识已经超过了同时代的人，城里的学者们也都知道他的名字，但是这个长相柔弱、优柔寡断的年轻人在他父亲的眼里却一文不名，相比起来，拉瑟更喜欢次子唐逸。

在日照出生一年后，弟弟唐逸就紧随其后来到了这个世界。跟哥哥比起来，唐逸在各方面都显得不同——哥哥显然遗传了母亲温和、聪明的特点，但唐逸却更倾向于父亲的形象——他的面容略带傲气，体格高大，不仅同他哥哥一样聪明，而且从小开始他就善于以各种把戏获得身边所有人的喜爱，得到他想要的任何东西。他最大的兴趣就是与人交往。在青年时他的朋友就包括乞丐和画师，市井小民和城里最有权势的人，他仿佛与任何人都有共同的兴趣和话题，他知道他们的想法，渐渐就掌握了管理人的艺术。

他企图向他哥哥灌输一些这方面的知识，使他不再沉迷在无聊的植物世界里，到外面和人打打交道，远比他现在手里的工作有趣得多。但是日照信念坚定，丝毫不为所动。不过在他看来，弟弟的这种本领的确为人所羡慕。

有一次他问唐逸："你能知道别人在想什么吗？"弟弟作了否定的回答，但是日照还是觉得他一定能看穿别人的想法——他从小就能让仆人拿给他最好的东西，让哥哥姐姐听命与他，现在他总是在外面晃荡，父亲却始终喜欢他。相比起来自己就是另外一种的情况——他虽然以前喜欢过一个女孩儿，但他不敢表明爱意，因此她对自己的感情一无所知，他认为在与人打交道方面自己的确不擅长，就打算一直把自己关在没有人的植物世界里了。

六

随着夏季的来临，彩云城的暑热已经蓄势待发。在栗府里，唐逸的堂叔家的哥哥姐姐们陆陆续续谈起了恋爱，而他自己却不慌不忙，虽然以前有过几场恋爱，但他现在乐意保持单身。

五月的露天市场上，一个杂技团在连续几天里展出一些奇特的人种，唐逸和他的朋友听说后就从学堂里溜出去跑去观看。这些稀奇古怪的人被关在一个个铁笼子里供人观看，他们的右脚上分别套着一个金属脚环，用一根粗大的锁链连接在笼子的栅栏上，每个铁笼前都有一块用来标注名称的木板，上面的字迹已经模糊得几乎分辨不清了，通过仔细辨认，发现上面依次写着“长着三个脑袋的怪人”“绿色皮肤的男人”“身体和鱼结合在一起的女人”“永不醒来的梦呓者”“无法长大的婴儿”等等，依次分别关着长着三个脑袋的怪人、绿色皮肤的男人、身体和鱼结合在一起的女人、永不醒来的梦呓者和无法长大的婴儿。

唐逸走到了一个铁笼子前，笼子上挂着一个破烂的竹筐，筐子里盛着盛开的粉色石竹花，一个年轻的女人被关在铁笼子里。她赤身裸体在笼子里悠闲地走来走去，伸出雪白纤细的手指触摸着夏季的阳光，对于那些围过来观看她的人，她毫不在意。自从唐逸站在笼子面前，他就再也无法移动一步了，因为她是他所见过的最漂亮的女人，她的美恐怕令太阳也为之震颤，足以令天底下的男人为她着迷，然而她的笼子上挂着一块蓝色的木牌，上面用希腊语写着“无心者”，意味着她不会爱任何人。

在展出结束之前，唐逸离开了露天市场，回到了栗府。他走在走廊上，精神有点恍惚，走路跌跌撞撞。正站在花园里的日照看见弟弟，就招呼他过去帮忙，因为日照准备把花园改造成一个试验用的温室。唐逸跟在他哥的身后，但是根本没有注意日照在讲什么。第二天早上，他又去了昨天那个市场，在那群怪人中寻找着那个姑娘，当看见她还在那里的时候，他就松了口气。他在那里站了一上午，中午的时候他从旁边的食品摊上买了吃食，递到她的铁笼子前。她看了他一眼，说了声“谢谢”之后接了过去，回到笼子中间开始进食。

一连几天唐逸都来到这里，做相同的事情——在笼子前看着她，在中午时给买她食物，她照例说声“谢谢”。他爱上了这个笼子里的姑娘。他下定了决心，为了换取她的自由，他愿意牺牲自己的全部——前程和名誉，只要能和她在一起，去哪儿干什么都行。

在第四天下午，唐逸直接走进杂技团唯一的帐篷里，他带着一袋子金币，走到团长面前要求给这个姑娘赎身。出乎他意料的是，这个姑娘毫无领情。她不记得他，也拒绝和他一起走出帐篷，她宁愿一直呆在杂技团里。唐逸无法看穿无心人的想法，不知道如何讨她欢心，热烈的爱就变成了无助的绝望。

他把这种绝望隐藏在心里，谁也不知道。杂技团原本计划要去下一个城市继续演出的，可是它的团长——一个满脸灰白胡子的老头却喜欢上了这个城市，决定在这里安营扎寨一段时间。唐逸每天依旧去看望她，但是心里却充满了无尽的失落。

七

西慈将军转移到了北方指挥作战，尽管他多次使帝国的处境转危为安，但他并不是战无不胜。在梦都遭遇了战败之后，他深刻地自我反省，蓄势准备反击，但是由于几个月以来他不断出现头痛的状况，在庄维将军的坚持要求下，将军就给自己准许了一个月的调养身体的假期。

那时将军刚好四十五岁，身体正在逐渐消瘦下去，脸上的颧骨因而更加突出，一头鬈发常常乱糟糟的。他搬到梦都的后山林里，随身配有两个仆人、四名机警的士兵和一名医生。他不喜欢让医生时刻跟随在身边，除非在头疼难忍的时候，他才要求医生给他一点能够快速止疼的药，他还觉得自己的身体并没有别人所担心的那样堪忧——间歇性的头痛症虽然一直跟随着他，但还没有到致命的程度，而且在他看来，私人医生们有可能在他死后写下在某些地方不免夸大事实，而在另一些地方却忽略了关键的，关于他的私人回忆录，而他自己最大的把柄——头痛病，则全在他们手上。

在将军老年的时候，他在庄维将军的建议下写起了回忆录，但最终因为忘记了很多事情而放弃了。在其中一篇里，他写道：为调养身体，我独居于梦都的山野间，下午我定时到周围的林子里散步。傍晚时分，群鸟飞过，红霞铺满天际，不禁让人感到悲壮、苍凉。他在回忆录的其他部分也多次用到“独自”一词，还把其他很多事情都搞混了。

在休养的期间，将军仍把精力放在工作上。他一直在考虑准许士兵们在军营里进行某些娱乐活动，某些却是必须被禁止的；他规划驻地的建设，在不同的地方就制定不同的部队纪律。他从他的小房子里让士兵把亲笔信送到部队，一如既往地要求军官们把一切重要信息汇报给他。

六月的山间阳光和煦，气候宜人，十分清净。无事可干的时候，将军躺在院子里的躺椅上闭目养神，把外套盖在双腿上，有时候不知不觉就睡着了。他做了一个梦，梦见了山里的一条沟壑。他顺着谷底一直走，结果在碎石头下面找到了一个棕色的皮囊。里面装着一些外国银币，已经锈成了一团，但隐约可以分辨一面是人头像，另一面有星辰图案。在皮囊的旁边，散落着人的骸骨，七零八落的，发着惨白的光。他醒来后以为这是一场梦，然而这是他小时候真实的经历，但他已经不记得了。

这个午睡让他感到很不舒服，他立马写信给庄维，告诉他自己必须要结束这个修养了，因为自己在这里老做白日梦。当将军把信交给他的随从时，随从却告诉他，庄维将军此刻并没有在军队里，十几天前他已经回了环锦城。

与此同时，庄维正身处环锦城的家里，与他的妻子湖赫以及女儿相会。二十多年前，湖赫还是一个年轻的女孩，虽然她爱庄维，但她天生骄傲，喜欢给他出难题，总觉得庄维不可能离开自己。但是当战争突如其来，庄维突然混进军队里变得生死未卜，音信全无时，她才明白自己对他的爱有多么深，以至世界上任何一个人都不能替代他。真正的爱情使人变得谦卑。她不顾一切，想尽办法，四处托人打听庄维在军队里的消息，花了高价钱托人把信带给他，而在这些信中，无不充满着一种动人情调的温言软语，使得两个人终于消除了隔阂，情人终成眷属。

七年前，两人举办婚礼，将军对他一生中最好的朋友表示了祝贺。那天，他双手握住了庄维的手，仿佛他们即将分别一样用力摇晃了几下，但接着他就上演自己的拿手好戏，以头痛为借口在婚宴中途时离开了。

当西慈将军刚走出大厅，他就毫不掩饰自己的愠怒和悲伤，大声嘀咕起来了。他身边的几个随从不知道怎么回事，但是将军不等他们转动脑子，就随口找了个借口把他们支开了。

在婚礼结束后的半个月里，庄维一直陪在他的新婚妻子身边，直到军令把他叫回战场。令庄维将军感到不适应的是，西慈将军虽然口称欢迎朋友归来，但是他说话时语气生硬，不冷不热地询问庄维的家庭生活是否美妙，还是根本不尽如人意。连续几天，将军只和他谈论军队的事务，而不作任何亲密的交谈。庄维了解朋友的脾气，对此他没有向将军发出任何的抱怨或者疑问，以解释为什么他对自己结婚这件事感到如此气愤，庄维像以前一样耐心等待着。

果然有一天，将军对朋友的态度突然好转，热情地邀请庄维到自己的房间里去，两人一起喝了下午茶，这天傍晚的时候，将军还准备与庄维一起吃一顿精心准备的晚餐，但是一个士兵走了进来报告说，有一个外地来的女人要求见西慈将军。当下属报告了女人的名字后，西慈将军立刻站了起来。他对他的朋友微微一笑，请他暂时离开一下，让自己单独和这个女人在房间里呆上一会儿。

这个女人面容秀丽，身材高挑，脚下蹬着棕色的长筒靴子，腰间别着短刀，有着军人般的风度，乍看之下，就给人以头脑聪慧、行事果断的印象。

这个名叫茗后的女人正是将军三个情人中的其中一个，也是他哥哥程明初的友人。出乎将军预料的是，她并不是从流耳城来的，而是从浮仁来的——在三天前的那个下午，她从浮仁的铜马镇坐马车出发，赶到河口后经过两个夜间和一个白天的行船，在凌晨时分，她抵达了距离将军的驻地最近的一个河口，直到这天下午她才赶到将军的营地，并且带来了一个坏消息。

将军坐在椅子上看完她带来的信，就坐在椅子上，一言不发了。茗后提醒他道：“情况很紧急，如果不能立即采取行动，明初的事情就无法挽回了。”

西慈将军若有所思地站起身来，对茗后说道：“这件事我来想办法。原谅我现在什么情况也不了解，只知道您现在急须休息。”接着，他双手拥住了她，并深情地亲吻她的蜜唇，说：“您还是如我初见您时一样美丽。”

“哦，是吗，”她抬起下巴望进他的眼睛说道：“希望将军能够始终注意到这一点。”

他亲自安排了她的住处，就在他自己的房间的对面。他透过二楼的窗户朝外看了看，外面是一片广袤的野地，完全笼罩在了黑暗之中，头顶的夜空也只有模糊的星光。他走回到客厅里，叹了口气，对他的军官说道：“把庄维将军叫进来吧，我现在很需要他。”

八

冬春交接的时节，太阳一露面，大大小小的街道就被融化的雪水浸得湿漉漉的，一股清新的气息拂来，彩云城里的人开始走到屋外去，享受短暂的美好时光。在公共的草坪上，有人在发射飞茏（一种竹篾编成的小玩意），并迅速以箭击之，但由于已经造成了几起误伤事故，城里已经下令禁止这项活动。居民们在自己房门前焚烧垃圾，城里四处升起了滚滚的烟雾，他们有很多东西需要焚烧——由于战争，过去珍视的一切现在都变成了垃圾，他们还觉得整个城市就是一个垃圾场。浑身湿漉漉脏兮兮的野狗则出没于彩云城的街头，白天和夜间它们都在狂吠。

“如果这些家伙再这么傻叫的话，”大个子梵岭长了一副巨大的身躯，天生一副冷血心肠，“我就把它们全部给毒死。”

天快黑了，他走在城里最偏僻的街上，弓着腰大步向前赶去。一只黑色的狗从巷子里窜出来，和他迎头碰上，它吓得掉头就跑掉了。梵岭却没有注意到它，他继续向前赶路，转过了几个弯，街上的灯火也越来越亮，直到他走到城里最大的赌场门前。

梵岭先生住在一条挤满酿酒厂的偏僻街上，是其中一个工厂里的工人。虽然他从不偷懒，勤劳肯干，但由于他那超乎常人的巨大身体、脱口而出的脏话，使得工厂里的工人和他的邻居们都害怕他。

这天下午，有一批政府人员来察看他们的酒厂，他们表情严肃，穿着黑色的厚外套和皮靴，在充满热汽、散发着酒糟味的工厂里很快就感到头晕脑胀了。中途的时候，小个子的书记官晕倒了，因此不得不中断审查。两个年轻军官走在最后，他们一边抱怨自己的差事，一边谈起了他们今晚的行动。大个子梵岭正好站在他们脚下的铁板之下，就听见了他们的谈话。

官员们刚刚离开，梵岭就溜出了工厂，往程明初的赌场赶去。大个子梵岭刚来都城的时候，身无分文，饥肠辘辘，正好遇上程明初府上的宴会，就偷偷钻进去大吃大喝一顿，使自己免于被饿死的痛苦。后来程明初看梵岭力气挺大，就暂时把他安顿在了自己的府上，直到梵岭主动要求离开。而在此期间，他发现了程明初在暗中做着贩卖军火的生意。他曾受过程明初的恩惠，就不能放任不管，因为他刚刚从那两个军官那里得知，政府已经悄悄查清了此事，今晚军队就会带着武器冲进程明初的两栋豪宅和赌场里，把他的一切都彻底毁掉。

他马不停蹄地赶到程明初的赌场，却没有见到程明初本人，就把消息告诉给了他的三个助手，让他们立即通知他。他回到工厂里，累得气喘吁吁，那位红头发的管事骂了他一顿，还扬言说要开除他，但大个子梵岭没有听见他说什么，他的心脏在呼呼直跳，知道有坏事即将要发生了。

九

当天夜里，几队武装起来的搜查人员忽然冲进了城里最大的赌场，他们猛力砸碎了桌子，毁掉了地板，烧毁了窗帘，撞开了全部的房门，人群被吓得四处惊逃。在没有找到任何非法武器的情况下，军队又迅速搜查了另外两所房子。他们用火药炸开大门，在远处就可以看见他们手中的火把将夜空照得通红，听到房子燃烧和爆炸发出的声音。

程明初的三个助手在院子里和士兵们发生了武斗，他们徒手打死十数名士兵，其中两人在凶猛的围捕中耗尽了最后的力气，被一击致死，另一个则从密道逃脱了。士兵们搜查了整座房子，却没有找到程明初。他们派人走进那条密道，最终在房子巨大的地下室里找到了装在木箱子里的常规的冷兵器和他们见所未见的新式武器。士兵们笑着庆祝起来，开口大骂程明初这个野心家，准备把武器都搬到地面上去。就在这时，房子的地基下面忽然传来了奇怪的吱吱声，仿佛风吹过摇摇欲坠的楼房。士兵们不知道怎么回事，随着声音越来越响，他们害怕起来。接着，“嘭”的一声巨响，整座房子爆炸了，化作一团火海。

在黎明之前，政府就下令封锁了城门，在全城内搜捕程明初。天亮之后，在原来常常举行舞会的地方，只留下一堆烧焦的废墟和尸体。消息传得很快，到中午的时候，全城都知道了此事。也是直到此时，程明初的家人和朋友才得知他一直在暗中从事军火交易，程明初就是那个利用可怕的战争来为他自己赚钱的人。士兵们继续搜捕程明初，到第三天天快黑的时候，两队两队士兵才在一家旅店后门的巷子里找到了他。他躺在地上，头部遭受了重击，已经奄奄一息了。

在辗转了几个关押地点之后，在不能探监的情况下，仅仅在两天之后，程明初就被秘密地处以了极刑。

程明初的家人是从一个年轻士兵那里得知这个可怕的消息的。士兵和他的同伴执行了最后一次转移犯人的任务，在那个废弃的工厂里，他亲眼看见十二个士兵对程明初执行了火刑。当时他站得位置很远，只看到了他们中有人举着火把，有人上前给捆绑着双手的他摘下了头罩，那头罩自他被抓之后就套在头上。他们用铁链把他绑到了火柱上时，他甚至都没有叫一声。

这个士兵一直敬仰西慈将军，在从别人那里知道了这名犯人和将军的关系之后，他就打听他的家人的住处，跑到大叶寺把消息告诉了他们。听到儿子已死的消息，扬花当即昏厥了。在醒来之后，她摇摇晃晃地抓住士兵的手问：“你确定真的是他吗。”

士兵点了点头。他说他们从上一个秘密地点接手过来，在那个废弃的工厂里，负责人告诉他昨天晚上发生了一场混乱，有人点燃了这个地方，他怀疑有人想要趁机救走犯人，但是当他们扑灭了火后，赶到程明初被关押的地方，他还在那儿，一个士兵在看守着他，他的手臂上有一个马的形状的胎记，所以那人就是程明初，被烧死的人身上也有。

扬花惊讶地看着他，她疑惑地问其他人：“我可不记得明初手上有什么胎记呀？”

十

将军提前结束了名不副实的休养，回到了战场上，一边指挥战斗，一边预测着敌人们的阴险打算。他知道高俪在暗中收买了国内的几名官员，他们串通起来协助对方玩弄政治阴谋，以扰乱他的计划并且破坏他和其他军队间的平衡关系，他还因此遭受过几次损失。

“敌人的信誉相当于一层纸，虽然暂时能够蒙蔽人，但它一击即破。”将军始终认为，在战争时期，最有效的力量就是军队的力量，背叛者只是在私底下转转眼珠子，制造一点小麻烦，他自己也擅长玩弄整人的小把戏，并不觉得为了夺取胜利必须遵守什么道德规则，但是当将军读完了一封从彩云城里寄来的信后，还是大发雷霆了——被收买的官员们允许伪装成了平民的高俪间谍进入了彩云城里。

实际上，国内的官员不是被收买，而是被胁迫的，他们早已不受对方的信任了。间谍们来到彩云城以后，悄悄刺杀政府里支持将军的官员，另一些人则在居民区里制造恐怖事件，他们纵火点燃了居民的房子，绑架平民，用残忍的方式使其致死，最后人们在巷子里找到了他们的尸体。恐怖的死亡气氛弥漫全城，人们不敢在白天出行，夜晚则变得更加恐怖。

由于最近的死亡事件，日照和他的朋友们通常的见面不得不改为半个月一次，由室外换到了酒馆的房间里，每次必须小心谨慎。除此之外，他的生活几乎没有发生改变，除了休息和拜访朋友之外，他都跟他的植物呆在一起，对城里的混乱他并不焦虑，相反，他对自己的朋友们最近的思想倾向感到担忧。

由于敌人猖獗行为惹怒了城里的一群年轻人，义愤填膺的他们自发组成了一个队伍，打算发起反击。在日照的朋友当中，也有一些人产生了一阵对暴力的狂热，想要加入这个组织。当他们询问日照的意见时，日照却明确地告诉他们，他丝毫不支持他们的做法。他虽然从小就听他的母亲讲关于舅舅——传奇的西慈将军的故事，日照敬佩他的智慧和勇气，但是却不明白他为什么热爱战场，热爱充满暴力的战争生活。

此时他的弟弟唐逸还陷在爱情的烦恼之中——他爱上了全世界最漂亮的，但没有心的女孩儿。他不顾身边随时可能发生的危险，坚持去和这个女孩儿见面，但每一次他都失望而归，因为她对他的爱视若无睹，让他痛苦不已，尽管她是无心的。

有一个早晨，唐逸照常走到他们扎起帐篷的地方，只是这一次，他只看见在狂欢之后扔得到处都是的空酒瓶和满地的垃圾——为了躲避混乱，她已经在黎明的时候随着杂技团离开了。唐逸环视周围凄凉的景色，忽然感到一阵无法遏制的悲伤，他终于坐在草地上大哭一顿。后来他擦干眼泪，忽然之间又燃起了希望——他决定要追随这个姑娘的方向，跟她去任何地方，直到有一天，她同样爱上自己。

日照早就知道弟弟喜欢上了一个女孩，但是他一直认为弟弟是一个情场高手，总是不费吹灰之力就令许多女孩伤心，自然也能处理好眼下的事，尽管有一天半夜里，弟弟忽然跑来向他诉苦，日照着实吓了一跳。直到有一天，日照发现弟弟追随那个女人而去的时候，他才知道了事情的严重性。

当知道儿子为了一个女人逃走的时候，父亲拉瑟毫不留情地破口大骂，对于这个家来说，它毫无疑问地是一个巨大的耻辱。那天早上，拉瑟那双蓝色的眼睛甚至变成了灰色，他怒不可遏地砸碎了家里的椅子和桌子，然后气冲冲一个人走出门去了。

到了晚上的时候，日照不得不从他的温室里走出来，因为仆人走进来告诉他，他的父亲早上就出去了，到现在还没有回家来，外面现在一天比一天乱，他的父亲可经历过比儿子出走还糟糕的事，也没见他拿自己的生命开玩笑。

果然不幸的事情发生了。在第二天早晨的时候，日照和其他人在一条巷子里面找到了他的父亲。他的身下压着一大滩血迹，脖子被人砍了一刀，早已经没有气息，浑身冰凉了。这一刀砍得如此之重，以致于别人抬起他的时候他的脑袋突然从肩膀处滚落，把他抬到家里的时候，三生一见丈夫的样子就吓得昏了过去。日照在将他的父亲装进棺材里之前，不得不先找人把他的脑袋和脖子的皮肤缝合起来。从这个时候开始，连这个家里性格最温和的人也参加进了战争里。

日照封闭了他的温室，从此再也没有进去过了。他一反常态，在和朋友们的聚会上声称自己支持年轻人的行动，鼓励朋友们对这些残暴的入侵者实行更可怕的报复，令他们大吃一惊。之后他就和其中几个同样志向的人一起加入了那个年轻人组织，打算捉住那些敌国间谍，很快就变得一副冷血心肠。

他呆在家的外面，与他的同伴们形影不离，几乎参加了组织实施的所有行动。年轻人们大胆无畏，肆意妄为，他们一共捉住过三个间谍，然后把过去的所有仇恨都发泄在了他们身上——他们称之为“审判”——私下在一个废弃的破旧牢房里，用最残忍的方式把这些间谍全杀死了。日照参加了每一次的“审判”活动，这也是由他和另外一个人提议这样干的，在对那些人下手的时候，他没有丝毫的手软。

另一个提议的人，外号叫作“燕子”，是一个街头长大的混混，脸上总是带着无声的微笑，却天生知道怎样才能让手下的人跟随着他，组织的所有行动几乎都是日照和他一起制定的，两个人共同为这个组织的领袖。燕子从不反对日照的任何提议，但是后来当日照提出让大家到梦都去找他的舅舅西慈将军，直接到前线去的时候，燕子却摇了摇头。

“不，我们不去。”燕子微笑着盯着日照说：“我们在这里是神，但在那儿，我们什么都不是。”

尽管如此，还是有一些人打算追随日照去冒这个险，他们是一群很小就出来独自谋生，仿佛杂草一般的人，无牵无挂，不在乎在哪儿死掉，所以他们商定好在半个月后就从这里出发去梦都。

十一

三生从前是一个热情大方、雅致迷人的女人，但是在接连遭受了命运的打击之后，就变了另外一个人。在她给丈夫服丧的期间，她穿着高领的黑色衣服，把头发束上去以后颧骨就显得格外突出，跟她的哥哥西慈将军一个样了。下葬完丈夫之后，她把自己关在房间里谁也不见，不吃不喝，直到三天之后才打开了房门。

她从楼梯下走下来，目光那么平静，家里有人喊了一声她的名字，但她连头都没有动一下，好像根本就没有听见似的。她走到屋外，仰起头，六月的阳光照在她苍白的脸上，至此，她的泪水已经永远干涸了。

母亲劝她回到大叶寺去住——扬花唯恐三生住在这没有人情味的大房子里有一天会疯掉，但脸色苍白的三生微微一笑，接着说道：“不知道怎么的，我好像在小时候就已经预见到这一天了”。扬花只当女儿是在遭受巨大的悲痛之后胡言乱语。她说：“谁知道命运会跟咱们开什么玩笑呀。”

后来有一个下午，栗府的大门被一下子推开了，客厅里传来了一个男人急躁的脚步声。这是日照，他的脸上有伤痕，乱糟糟的头发在脑后扎了起来，他回来收拾几天后要带走的东西，甚至没有注意到旁边的仆人面色惊惧地看着他，就径直朝楼上走去了。在他拿着包裹走下楼梯，向门外走去的时候，母亲忽然一把抓住了他的手。

她盯着儿子那双棕色的眼睛说道：“如果你要一定离开这个城市的话，就提前来和我打声招呼吧。”日照已经成为了一个真正的男人，他低头看着母亲，等她把话说完。

“不要像你身边的人一样把自己的命当作什么都不是”她说：“就算为了我你也要活着回来呀。”

日照答应了她。

第三天清晨，他带着他的那支十多个人的队伍，就按照预定的路线朝梦都方向出发了。他们穿过凄凉无人的街道，跨过废弃的满地碎陶片的糖厂，穿过郊外的农田，远远看见了农房烟囱里冒出的一缕缕白烟。一路上队伍里谁也没有说话。在穿过荒凉的水库公园的时候，日照最后朝来的方向望了一眼，就转身踏上了那条早已被命运安排好的道路。

第十三章

我们在打仗，并且打赢了。

一

程景已经八十岁了，尽管他鼓足了勇气对抗生活，但在接二连三的坏消息从外面传来时，他感到双眼眩晕，躺在藤椅上再也站不起来——他有一股无名的怒火压在心中。在他回到彩云城，失去了神奇的驻颜本领之前，他的内心和其他人一样在逐渐变老——他坚持容貌上的衰老都是从心的衰老开始的，因此他最终失去了年轻的面容。没有心灵能够始终保持纯真，所以人永远战胜不了时间，他现在已是老朽之人，那股怒火也已经摧毁不了任何东西了。

有一个雨夜里，程景被一阵雷声吵醒了。他从床上坐起来，发现四周静悄悄的，外面根本没有打雷，只有淅淅沥沥的雨声。他站到窗子跟前，望着黑乎乎的院子里，头顶上没有星光，也听不到飞鸟扑翅的声音，眼前只有院子里的一棵孤零零的石榴树，他觉得这个场景似曾相识。在他以前做过的一个梦里，自己在一间封闭的大屋子里踱步，里面什么都没有，但他摸了摸墙壁和金属门把，确定自己正在大叶寺的某间屋子里面，就不感到慌张了。他走到窗子前，外面是圆形的院子，后面是无尽的黑夜。这时，外面忽然被点亮了，院子里的树木，忽然全部开出了花，在黑夜里发出夺目的光芒。他不记得这是什么时候做过的梦，但必定过去了很久，还有什么比梦中之梦更遥远的呢？他对自己发问：十几年来，他到底对自己的几个孩子付出了多少，以致于他们纷纷和自己越来越远？外面的世界到底变成了什么样，他还认识它吗？时间又是通过怎样的方式给人带去苦难的？他觉得自己想不出任何答案了。

在程家里，要说被时光摧残得最厉害的，却应当是程葵——哎呀，她的脸蛋怎么变成这样了呀，简直皱得像一块抹布，要不是看见她那双安详的闪烁着光芒的眼睛，谁能依稀辨别出她曾经是一个美人呢。在九十岁的高龄下，程葵依旧精力充沛，操持着家里的家务，尽管大部分的活计不得不交给两个仆人去做。

这两兄妹是在装修完大叶寺之后明初叫来的，其中哥哥叫雁山，年纪小点儿的女孩儿叫冉凌，两兄妹都是诚实憨厚的人，都挺能够吃苦。雁山长了一副稍比常人矮小的身材，但生了一张和气的脸，他把为西慈将军的家人服务看成是一种莫大的光荣，而且希望有朝一日能亲眼见到将军本人一次。有一次，在挨个打扫大叶寺的房间的时候，他问："那间上了锁的房子是干什么用?

扬花随口就答道："父子俩的旧试验室呗。"她宁愿自己家里的孩子们一个个都像雁山这样，做一个平常人，只怀有普通人的思想和智慧，就不会使他们为了自己巨大的野心而付出可怕的代价，也不会离这个家这么远了。

二

春季来临，气候已经转暖了，彩云城的街市上又开始热闹起来，贩卖食品和生活用品的商店都开了门，人们逐渐在街上举办起娱乐活动来了。路边的酒馆里则始终有一群流浪汉聚集在一起，他们要么划拳要么打架，要么就无聊地盯着街上——自从他们的房子在混乱中被毁了之后，无处可去，逐渐就变成了游手好闲的人，游手好闲之人又变成野蛮人，酒馆里的小事都常常升级为流血事件——战争让人们对暴力习以为常。却也有人把战争带来的痛苦记忆全然抛到了脑后，只顾眼前的享乐。

在大叶寺里，冉凌协助扬花修理了玫瑰园，扬花抱怨四十年前请来的园艺师的设计破坏了寺内的风水，才导致了家里发生了这么可怕的事，但她心里再清楚不过，自己是在自欺欺人。冉凌是个十九岁的年轻姑娘，她的个子不高，皮肤因为吹过海风而呈红棕色，她有着一双敏锐的大眼睛，做事勤劳，笑起来像孩子。在冉凌的家乡，她们的花园里从来不栽种玫瑰，因为那是一个海岸边的村庄，它的面积太小了，还没有被纳入已知世界的范围，要不是流亡的兄妹俩几年前来到这里，恐怕现在还没有人知道这个地方哩。

在冉凌小的时候，海边居民用砂石来建造圆形的房屋和砌筑围墙，用彩色的玻璃来装饰墙壁，全村的每一个建屋点在一张古老星象图上都有星辰的位置与之对应。他们建筑房子时使正门朝向大海，在屋顶上固定一枚风向标，每一家都代表一种不同的动物：山羊、马鹿、锁链蛇、甲鱼、蜥蜴……以此来表示他们对造物者的敬畏。在这与世隔绝的海岸，他们甚至还不知道科学、战争、教育和种族，除了与生活紧密相关的一切，他们都不关心。他们在村子的中央位置建立一座海神的雕像，而在古老的星象图上显示，那个地方就是整个宇宙的中心。

在她大概十岁的时候，海岸第一次来了一群脚蹬高筒皮靴，手拿地图的陌生男人，他们带来了在白天和夜里都轰鸣不止的机器，靠这些高速转动的机器，他们砍倒了海边的树林，建起了他们的府邸，还在当地人的头顶上架起会发光的大桥，他们还把一种圆形的金属机器开到天上去，像鹰一样在空中盘旋。当地人被他们的先进的技术惊呆了，当他们流落到外面的世界后也没有再见过比它更神奇的。虽然当地人被外来者的行为惹恼了，但是却没有机会和对方的首领交涉。本地的一位据说能和海神对话的人，告诉居民们海神的力量远远比外来者强大，他预言神一定会让外来者们付出代价。

有一个初秋的清晨，海面上被大雾所笼罩着，几天前出海的渔船在海湾里被发现了，船身已经残破不堪，没有找到任何船员。这一年里接着发生了诸多怪事，比如喝水的杯子里忽然出现一条摇着尾巴的金鱼啦，从窗子看出去望见的是一片沙漠，但是立马跑出去看还是一片海啦，房顶上开出细碎的小花啦，有人的头发变成绿色的水草啦，等等。当地人接受了海神的暗示，就在海啸发生的前一天就从那里逃走了。

三

程葵曾是家里最勤劳的人，但衰老还是把她固定在了床上，她的那间卧室里的窗子还得常常关起来，免得明亮的阳光刺伤了她常常流泪的眼睛。只在下午的时候，雁山才推她出去享受一会儿温和的阳光，以防止她的皮肤上出现霉斑：大叶寺里的潮气越来越重了，人的皮肤总能感觉出空气中漂浮的细小水分——大叶寺正在逐渐被周围的森林所包围，半个世纪以来，这个地方已经被人忘却了，因此扬花才决心修理花园，铲除院子里的苘麻和遍地的马齿苋，请工人来疏通大叶寺通向彩云城的道路，好使外面的旅客能够来到这儿。

在九十岁以后，程葵对时间的感觉变得模糊起来，当她听到有关西慈、唐逸或其他人的消息，只能在心里激起一些不清晰的感觉。她分不清上午下午，分不清现在与过去，有一次她的口中念叨着一个人的名字，甚至还以为自己在游丁镇上住着呢——有一次她的父亲打猎归来，他告诉她每当半夜月亮开始发出轻微的鼾声的时候，夜的精灵们就要开始出来觅食了，它们的身体是透明的，长着蚂蚁的脸，翅膀用花香做成，听见这个令人惊异的消息，程葵张大了嘴，继而又欢呼起来。冉凌急忙俯过身来问她怎么啦，程葵躺在床上闭着眼睛说："哎呀，它们现在正成群飞越森林呢！"但是当程葵意识清醒的时候，她就知道自己即将和死神碰面了，但在它到来之前，她要平静地度过最后的年岁。

春季里的一天，一个男人循着植物的芳香来到了大叶寺里。他从外省来，但他确定一个名叫程景的老人住在这里，扬花一面打量他一面把他请进了客厅。随后，在雁山的协助下程景终于走进了客厅里，他一看见男人的模样就吃了一惊，在男人自报了家门之后，他就确定了自己的猜测，立即惊喜得两眼放光了。

这个男人就是宋言的长孙，名叫宋青河，他独自到彩云城里来闯荡，因为他的祖父一直对这位老友念念不忘，就嘱咐他务必到大叶寺来代替他拜访一下程景。青河的长相虽然和宋言没有一处相似，但是他和他的祖父一样仪表堂堂，温和有礼，当程景面对面坐着和他交谈的时候，几乎错觉自己是在跟老友交谈了。青河向他讲述了祖父的经历。

自宋言离开彩云城以后，他就去了环锦，那里曾是一个充满生机的美丽城市，人们聪明而有特色，他们在大搪里首次创造了"秘密社团""时装"和"风格建筑"等新奇事物，但是自从几十年前遭遇了一场可怕的大洪灾，活下来的人虽然都感谢上帝，但是被洪水洗劫一空的城市从此变得破败、苍凉了。当地百业待兴，但是却有许多无业游民，他们住在破旧的房子里，深受潮气之害——自从洪水退却之后，当地形成了许多湖泊，湖水的蒸气被风吹到市镇上，腐蚀着房屋、家具和人们的心灵，但是宋言惊讶地发现洪灾携带来的泥沙沉积在了湖底和河底，淤泥里含有金子。他组织了当地无业的人为他工作，他们一起制造了流板、溜槽和淘金盘，不断改进工具，那些人都成为了他手下的职业淘金者。六年之后宋言已经攒够了钱，他准备造一艘船外出游历了。

他把工作交给了一个当地人，使得他们在自已离开以后能够继续这个职业，靠他们的双手有一天建立起繁荣的生活。宋言的海船在搪治南部一个叫“南潮”的沿海市镇建成，帆船上配有一名船长，两个舵手和十四名船员，大船上还放着四艘大小不同的舢舨，船桨统一由愈疮木制成，其中有一只专供宋言使用。他们从那个港口出发，一路向西航行，历经了酷热，暴风雨天气和险滩急流，途中他多次险些丧命。

在航行中，宋言始终渴望见识世间的一切事物——平和、威胁、细致和伟大等等，他产生了狂想，想让自己成为每一个人，成为存在之本身，帆船就是他最有利的工具，使他能够在各个地方停留，和不同的人打交道——那些没有名气的、志得意满的或备受生活折磨的人，包括小偷、政府官员、海盗、妓女和伪君子等等，而又不至于变成他们其中的一员。他透过他们的生活想要寻找到最终的真理，他觉得自己一旦找到了，他的旅行自然就会停下来了。

宋言在现实与幻想的重重迷雾间穿行，直到最终具有魔力的爱情把他引到了正途。他深爱那个女人，她比任何一切都使他着迷，而她也愿意为他付出一生。他带她回到了搪治，来到了崇州，在这里重新开始了另一种生活。他认为老友程景已经随着时间失去了他不凡的想象力，就如同他自己失去了成为每个人的机会，但他现在已经找到了最终的真理，他写信告诉程景，说平凡的生活中包含最大的价值。

宋青河在大叶寺里呆了几天之后就回到了彩云城里，他决定在这里像他祖父年轻时一样开创一番事业，这个年轻人也不太赞同祖父的观点，认为整个世界在等着他去认知，于是他踌躇满志地和大叶寺的人告别了。

四

唐逸追随着无心的美丽女人，当他坐着马车达到一座叫始终的城市的时候，已经疲惫不堪了。在此之前，他辗转了几个城市，跟随马戏团的足迹，但是总在他们之后，直到他追上的时候，是在三个月前，团长老头儿告诉唐逸，他已经付清了那个姑娘的酬金，她回到了她的家乡始终城。于是唐逸找到了另一辆愿意带他去那儿的马车，继续向他的目的地出发了。

整整两天，他们的马车在森林里的大道上奔跑着，越向前行，道路变得越狭窄，尤其在夜晚的时候两边的树木都向中间压过来，车轴子发出的咕噜声回荡在整个森林里。半夜里唐逸醒了过来，他把脑袋探出了窗外，想要看看传说中精灵们在森林里游荡的情景，但他没有如愿以偿（这是小时候祖母告诉他的关于古老森林的故事）。马车夫是一个身材矮小，皮肤呈淡绿色的阴险家伙，把车驾得东突西奔，并且假装没有听见唐逸在车厢内的大声呼喊。

第三天的清晨时分，疲惫的枣红马才踏着蹄子穿过了一道已经生锈的铁门——连接在两个爬满枯藤的高大石墩之间，在一座废弃花园似的地方停下了。唐逸在梦中被一阵孩子的嬉闹声给吵醒了，他迷迷糊糊地朝窗外望去，只看见了一座废墟似的城堡，石柱上挂着锁链，园子里留下了过去人行的道路，几只黑色的乌鸦站在高处注视他们，他简直怀疑自己来错了地方。马车夫却自信的告诉他，这就是始终的入口，他要找的美丽女人就住在这堆废墟里。

他付清了马车夫的酬劳，就变成了一个真正的穷光蛋。他穿过破败的石头花园，听见不知从哪儿传来滴水声，不知不觉走进了巨大的城市废墟里。他走在荒芜的街道上，见不到一个人，只有阴暗的气氛笼罩着他，但他知道已经有人透过窗户和门缝看见了他，但他们躲避着他，像幽灵一样悄悄跟随他，或在远处偷偷观察他。他变成了一个傻瓜，简直有点儿懊恼他没有经过任何准备就来这儿了。他的肚子饿得咕咕直叫，就随手推门走进了一座宅子，因为那座房子挂着蛛网的门楣上写着“欢迎宾客”。

一进门他就凭着直觉朝厨房里走去，到处翻找出食物之后就开始狼吐虎咽，还喝了几杯味道酸涩的果酒。吃饱之后，他才从厨房里走出来，仔细查看了房子的内部。卧室里有一张豪华的紫色六柱床，装饰以枯萎的不知名花朵，地板上放着许多木箱子，里面胡乱堆放着各种金和银的器件，最显眼的是床头上的一颗头骨，毫无疑问那是一颗完美的女人头骨。浴室里用深绿色的厚重窗帘遮住，一盆石花摆放在窗台上，还有堆满杂物的房间和不知用途的其他房间，花园则长满了杂草。夜幕逐渐拉开，门外传来了狗吠，他决定在这屋子里等待房主人回来，然后就躺在那张大床上睡着了。

唐逸的少年时期贯穿着战争的影子，他也是在此时成长起来的第一批无视社会规则的人。当时哥哥日照逐渐沉醉于植物学，足不出户，也不结交朋友，唐逸有时协助他的工作，他认为哥哥的性格太过谨慎、温和，与这个时代不符。唐逸跟其他同龄人一样，具有自我解放和解放时代的才能。他少年的时候乐于做出超过常规的事，随着城里的情势越来越混乱，他常常背着家里人擅自行动，曾和几个一起长大的好友抢劫过别人运输糖料的车子，为了挣零花钱而为不合法的社团做过宣传，还曾在街上以一个女人的模型当场做骇人的性表演，甚至有一次他们蒙面冲进了一对新人的现场，搅乱了喜宴的气氛。这些男孩都是十来岁，虽然到处惹事，但是城里的治安官却因为其他更糟糕的事情无暇顾及他们，但是当那群朋友准备做出比之前更可怕的事情时，唐逸就和他们划清了界限。他以为那群朋友和他一样追求精神的自由，但其实他们只是一群不知节制的人，而他自己也难免把精神自由和不自制弄混在了一起。

五

“欢迎宾客”的房子的主人司微士，是一个几乎与社会隔离的人——他还穿着上个世纪的真丝卷领和绿色饰带的贵族服装，右手的食指上带着一枚样式陈旧的蓝宝石戒指，这位脾气温和的绅士，准许唐逸为了追求他的爱情在自己的房子里住下来，唯一的要求仅仅是他偶尔打扫一下房子，除了自己的阁楼之外，唐逸大可以把这里当做家。唐逸感谢司微士的慷慨，然后向他打听起了那个无心姑娘的住处。

那个无心姑娘名叫艾琳，和她的父母住在一起，还有一个叫塔莎的姐姐。这家人居住在一座废墟似的城堡里，墙上挂满了破碎的蜘蛛网，桌子和书柜上铺满灰尘，镶着金线的厚重窗帘总是拉上的，仿佛阳光被禁止进入这个家里似的。再次见到唐逸，漂亮的艾琳感到十分开心，在自己那阴暗气氛的家中她自然而然地接待了他，这让唐逸看到了希望。

在司微士的房子里，每天一到了中午，一阵动听的门铃声响起，司微士就会从他的阁楼上走下来，从门口取走他雇佣的仆人送来的午餐。自唐逸来了之后，他就把之前一份的量定为了两份，早餐就由司微士自己解决，但也仅仅是在厨房动手加热一碗植物熬成的浓稠汤汁，还得前一天晚上提前准备好。唐逸对这种又酸又涩的东西没有爱好，就另外给自己做早餐，尽管他猜想那种汤汁就是司微士保持身体健康的秘诀，因为据他观察，司微士每天锻炼身体的机会只是在阁楼的楼梯上来回走动，但是他身材匀称，面容看上去比他的实际年龄要年轻很多。

唐逸每隔两天就去艾琳家里，他以前与各种人打交道的广博见识为他提供了讨她欢心的资本，他像讲冒险故事一样讲述那些经历，使她着了迷。他还为她朗诵自己写的诗歌，描述人间不存在的美妙景色，吃完饭之后和她的父母闲聊，讲述外面世界的事情，但是她的父母宣称他们不喜欢外面的“荒唐事”，于是他就改成了和他们一起玩纸牌游戏。

美女艾琳没有爱上他，但逐渐把跟唐逸的见面当成了一种习惯，当成了她的生活中必不可少的一部分。她每天下午都坐在窗台边，向下张望，因为唐逸每次来的时候都在窗台下抬头对她微微一笑，这种迷人的笑容对于任何女人来说是无法抗拒的，艾琳只是感到了一种愉悦，笑容立马浮现在她耀眼的百合花般的脸上，不过这已经足够了。

艾琳的姐姐塔莎是一个身材高挑、性格严谨的女人，修长的脖子上总是佩戴着珍贵的珠宝颈饰，言行中都带着克制。对于唐逸的到来，起初她没有丝毫的作为，但是时间一久，唐逸就察觉出了她的敌意。在唐逸和艾琳两个人呆在一起时，塔莎常常走进来拿取东西或找个理由把妹妹叫走，在艾琳向她谈起唐逸的时候，她就蓄意破坏他在妹妹心中的形象，并且以冬季不接待宾客为由从中阻挠两个人见面。

有一次他赶到艾琳家，天上正在下着大雨，雨声如此之大，以致里面的人没有听到他的敲门声，但是他抬头看见塔莎就站在城堡的楼上，透过窗子面无表情地看着他。两人对视着，直到艾琳在里面听见了他的声音，走过来为他打开了门。唐逸自己猜不出塔莎是怎么回事，直到有一天，唐逸在这个家里午睡，醒来后他起身无意间看见姐妹俩在房间里同床共枕，姐姐塔莎不动声色地亲吻了醒着的艾琳时，他睁大了眼睛，立刻后退一步。

此时唐逸比任何时刻都要理智，他觉得自己不能直接把艾琳抢过来或者悲痛欲绝地离开，他想找塔莎谈一谈。他的理由是，尽管自己没有其他人那些对爱情的世俗偏见，但是由于没有了心的缘故，艾琳似乎并不明白与自己的姐姐发生亲密关系的含义，塔莎就不可避免地具有欺骗她的嫌疑。塔莎却对这个不合情理的关系保持缄默，她的立场却是坚决的，一开始她拒绝和唐逸交谈，但后来又同意了，因为她的爱在此时已经孤注一掷了。

六

自从塔莎出生在这个废墟堆里，她的悲惨命运就开始了。她的母亲本是一个性情孤傲的女人，在婚后遭遇了丈夫的背叛后就更加难以接近，她发疯似的遣散了家里的所有男仆，销毁了男人们的画像和衣物，除非得到她的允许，否则禁止任何男性访客进入这座房子。

为了防止悲剧再次发生，母亲擅自为两个女儿制定了严厉的家规，禁止已经长成了一个小姑娘的塔莎到外面去参加任何活动，她不能结交同龄的朋友，甚至没有与男孩们见面的机会，每天在重复的无聊生活中消磨着自己宝贵的青春。尽管她继承了母亲的美貌，但是当身姿优雅的她站在厚重的窗帘后面，透过满是尘垢的窗子看见了昏暗的天空，听见凄凉的石头花园里传来滴水声，只能徒劳地感到一阵悲伤。

后来母亲自杀，遗书中将她和妹妹艾琳交给一对无法生育的夫妻，并付给他们一大笔钱，以维持正常的生活。在悲惨的命运之下，塔莎只有和自己唯一的妹妹之间是不可分割的。两个人小时候为了打发时间经常玩一些游戏，相互拥抱、打闹，直到塔莎忽然发觉妹妹的惊人容貌，那次的游戏就变成了一次极其亲密而危险的抚摸。塔莎不仅沉迷于这种令人激动的感情游戏，同时她逐渐有了一种野心——但凡野心都是危险的，更危险之处在于根本意识不到危险，她甚至以为她和自己的妹妹就会一直维持这种秘密关系，直到死去。后来完全出于一次偶然，妹妹追随着一个马戏团去了外面的世界，当她回来之后，一个英俊的男人就追随她而来，他爱上了她并且怀着跟她结婚的打算，她觉得自己的唯一的最高的梦想开始摇摇欲坠。

在道德观念上，她知道这件事是完全错误的，但是无法改变的事实却是，她爱艾琳相当于爱自己，或者胜于自己，她们不仅已经相爱，而且塔莎告诉唐逸，按照一种神秘的古代巫术的启示，艾琳第一个爱的人是自己，因此无心者的心已经存在于自己的身体里了，不能再给别人了。

唐逸向司微士请教，世界上是否有一种获取人心的巫术，使之忠贞不渝，不能再爱上别人，司微士看了他一眼后，他对他的问题感到惊讶，因为他也曾经历过相似的痛苦，于是两个男人惺惺相惜，互相倾述了自己的遭遇，一致认为世界上最痛苦的事莫过于被爱的人抛弃。不过，司微士后来又更正了他的看法，他说有些人爱不爱别人完全是他们自己的事，一个人倘若不被人所爱，那是他们自己的过错，世界上根本没有什么巫术。

唐逸对他出尔反尔的话无从反驳，因为就像他来时那样，在唐逸返回彩云城的路途上，他也只能是独自一人了。

七

高俪与大搪的战争持续了半个世纪，甚至更长，给两国造成了难以估计的损失，也耗尽了许多人的一生。就在一个月以前，西慈将军的部队攻打到了对方的首都杜丘，胜利在握——自高俪国失去了几位重要的将领之后，就开始节节败退，因此从两国边界的鸣金山脉和鸣金河起，沿西北方向一直延伸至高俪帝国中心的土地，都成为了十几年中两军交战的战场。在两个帝国间产生的数不清的鏖战当中，有三分之二的重大战役是由西慈将军指挥的，他所表现出来的坚忍不拔的精神、卓越的军事才能以及对整个国家做出的贡献，同时代的人中没有一个能望其项背。

在攻占了高俪的皇城之后，将军阻止了士兵们点火烧掉皇宫的做法，他命令他们坚守自己的岗位，不能有丝毫的松懈。连续的几天，将士们依旧保持着战斗的紧张状态，直到他们认定已经完全消除了周边的敌人再次进攻的可能性。

因此在消除戒备的第一天晚上，全军队就在高俪被打穿的杜丘皇宫里举行了一次狂欢，为他们过去的惨败和胜利，为他们死去的战友，为他们遭受战争之苦的亲人，也为自己那听天由命的一生，整个皇宫里的灯——甚至包括最角落里的都被他们点亮了。白色的宫殿群几乎被石头、弓箭和大火毁坏了，但狂欢时的景象依旧繁华，皇宫里的奴仆端来了最好的食物和各种美酒，士兵们则坐在皇宫前的草地上开始大吃大喝，他们直接拿着坛子喝酒，在痛饮中每个人都浪费了大量据说只能献给国王的佳酿。后来他们扮起了当地人的装束，把绣着紫荆花的金丝腰带系在腰上，把各式各样的玛瑙串珠挂在脖子上，有些人在头上插上孔雀翎毛，结队围着水池跳舞。

在狂欢开始前的两个小时，将军在浴室里洗了一个冷水澡，还在蓝色的水池里游了一会儿泳，时间差不多的时候，将军从里面爬了起来。他披上了别人为他放在桌子上的衣服，他此刻的感觉不是轻松，而是异常的疲倦——这种疲倦一直藏在他身体里，当他终于承认它的时候，就是心灵的一种疲倦了。他走到墙上挂着的镜子前面，长久以来第一次看清了自己的样子，令他自己都很吃惊——好像变戏法一般，他的个头比以前变矮多了，身上优美匀称的肌肉也已经萎缩，他的下巴胡子拉碴，脸颊上几乎没有了肉，颧骨变得更突出了，只有那双震慑人心的眼睛依旧锐利、坚毅，但是忽然间又充满了疑惧。

在他用一双发抖的、苍白而骨节分明的手整理完自己的领口之后，才听到了外面响起的巨大的钟鼓声和士兵们的喧闹声。他深吸一口气，仿佛一下子完全恢复了年轻的活力，接着大步向门外走去。将军走进人群当中，也像其他士兵一样把一个金色的花环戴在头上，跟他们一起学起了当地的舞蹈来。其中有几个士兵想要和将军比试酒量，因为谁都知道将军的酒量惊人，所以每次他们都不得不找几个人一同过来，但是将军在灌醉了第一个士兵之后，他就冲他们摆了摆手。

接着他向他的军官们走去，他们席地而坐，围在一起，尽管每个人都背负着巨大的荣誉，但他们此刻正在用一种怀念的语气讲述自己的家乡——几乎每一个人都被乡愁击倒了，离回家的日期越是临近，他们就越容易被它侵扰。将军阻止了军官们在看见自己之后准备起身的动作，然后坐下来在旁边认真地听他们继续讲着，发现他们的记忆里关于家的回忆都是一个梦，虽然美丽但不真实。他们之中只有一个军官沉默着，他那张英俊的脸上神情忧伤，双眼望着水池里晃动的灯火的影子，没有注意到将军正在盯着他。

这个军官叫霍林，是从大战中途开始跟随着将军的，是他所有的军官中最年轻，也是同时兼具灵活和稳重性格的一个。西慈将军非常了解他的情况，甚至可以说，没人比将军更加了解了。霍林的家族在他的老家汾记有着一定的影响力，该家族里的人都有做生意的头脑，因此一直富裕非常，但他们并不受人尊重。霍林的父亲霍雷是一个身材高大，没有受过教育而谈吐粗野的人，同时也是一个狂妄之徒。有一次，将军的军队在汾记停留，霍雷邀请将军到他家里做客，将军的军官们一致认为将军完全可以拒绝这样的邀请，这不仅是出于安全考虑，而且为了将军的名誉着想，但那时将军却让他的一个校尉陪同他去了。

在饭桌上，霍雷为了显示自己知识渊博，开始大谈特谈各个城市的风土人情和气候，他满脸惋惜地说，在全国各地，人们的共通之处就是倾向于懒散，接着又开始对他一知半解的军事和政治发表评论。那是霍林还是一个十二岁的少年，和他父亲完全是两个迥然不同的人。他长着一头栗色的头发，一双眼睛像阳光下的葡萄石一般温和明亮，不仅聪明而且有教养。他不喜欢他父亲的蛮横和缺乏人情味是显而易见的，但是他一直忍耐着父亲种种有悖于自己信仰的观点和做法，在将军即将离开的时候，他询问将军，自己是否可以和他一直保持着联系，将军微笑着点了点头。

将军没有给人回信的习惯，但是他当着人的面是不肯轻易让其失望的，好在霍林只给他写过一封信，半年之后霍林就离开了汾记，直接追随着将军参加了各种战争。霍林的父亲虽然争强好胜，在家里实行专制独裁，但在霍林到达将军部队的前一天，将军就收到了一封从汾记寄来的信，在信中霍雷恳求将军能够照看好他唯一的儿子，保证他在战争结束之后能够活着回去。

此时的将军又看了一眼霍林，他知道他同最近军队里的许多人一样，一方面渴望战争早日结束，盼望宁静的生活，无需在睡梦中也保持着提心吊胆，但是在另一方面，他们又担忧战争后能否适应普通人的生活——平淡乏味，丢掉荣誉，也失去了人生的目标。今年霍林才二十九岁，但他的军旅生活已经超过了十五年，将军甚至认为他可能丧失了正常人的感情——霍林虽然容貌出众，还有一头漂亮的栗色及肩短发，散发着迷人的光芒，如同戏剧里女人们迷恋的王子，连将军都曾夸赞过他的美貌，但是他至今还没有与哪个女人有过长久的恋爱关系，他一直把战争，而不是家庭关系或者社会交往当作人生的主题。将军相信，对士兵们来说，从军旅生活到正常生活是一种一时难以接受的转变，对他自己而言，同样如此——如果他也要选择退役的话。将军觉得应该在此刻鼓舞一下他们，他站起身来，热情鼓动他们一起唱那首唱过无数遍的军歌，在他们的高声合唱中将军也受到了气氛的感染，一边哼唱一边用手打着拍子。后来将军下结论似的对军官们说道："摆在我们和回家之间的最大障碍，是长久战争的伟大胜利，而不是其他。"这句话果然使得军官们都笑了。

八

部队虽然攻陷了高俪的大部分地区，但还没有完全掌控它，它就像困在笼子里被拔除獠牙的一头海象，他残存的一口气仍旧使它扭动着巨大的身体，造成不可小觑的威胁，因此将军的部队还有几场仗要打，他们还必须等到其他部队来接手这里，然后，对那些不抵抗的平民制定某些政策，对于那些反抗者则要坚决予以镇压，然后将军的部队才有可能回到彩云城。将军并不打算让敌人有反击的机会，他和军官们开始着手研究接下来的几场仗的打法。

下午四点钟的时候，两个哨兵在哨塔上吹响了号角，圆形场地上士兵们的军训结束，在紫橙色的夕阳背景下，他们大声唱起了那首永恒不变的战歌。以前那里是皇宫举行露天活动的地方，现在变得坑坑洼洼，沙土已经掩盖不住新长出的杂草。将军身披一件灰色的外套，告诉了军官他的去向之后，就一个人出去了。

他脚下的这条石阶路位于皇宫的背面，是一条Z字形的道路，下面像悬崖一样深，这条路就附在纵切面上，还有另外一条与之对称，是两条到皇宫之外的城镇的捷径。但是在两个月前的混乱中，高俪国王逃跑时还没来得及用上它——他刚来得及推开门，就被人从背后一枪刺中了胸膛，倒在了石阶上。连续几天，将军都一个人沿着这条小路走到皇宫之外，从城镇的地方观望这座依山而建的半圆形城堡，他回来时总是显得精神愉悦，跟他的军官们共进了晚餐，询问关于他们关于某些事情的看法。

将军的卧室里的窗户是向西开的，下面正对着一条人行的道路，路的两边种满了高大的芭蕉，这个时节里正好它们成熟，要是士兵们白天训练时经过这里，他们就会顺手采摘几个来吃，到了深夜，就只剩下巡逻兵拿着武器在路上来回走动。

有一天晚上，将军又失眠了，他躺在床上听到了窗子下面传来小孩的嬉笑声，差不多是两个男孩和一个女孩。他从床上坐起来，想要看看这些孩子到底怎么回事，尽管他十分肯定那是自己的幻听。他走到阳台上去，俯身向下张望，果然只看见了两个巡逻兵，没有看见任何孩子。他穿着一件睡衣长袍，在阳台上仰头望着夜空，而月光照出他那削瘦的、完美的侧脸。他被头顶那无限的灿烂星河给迷住了，望着它们，就像他儿时躺在森林里仰望它们一样，渐渐感到自己正在变得轻盈，身体逐渐在黑夜中上升，世界正在快速下沉，不存在的冷风一直拍打在他脸上，他屏住了呼吸，直到最后一丝恐惧也从他身体里消失了。

他低声自言自语道："就算是为了看它们一眼，也应该来这儿一趟。"

九

最近，将军的脾气时好时坏，那是因为该地的天气时好时坏。有一天傍晚时分，城里照例响起了钟声，天穹似乎得到了信号，阴云开始凝聚，一会儿就下起雨来。将军的心情容易受到天气的影响，加之阴雨天气里他那头疼的毛病又开始折磨着他，他一个人在客厅里来回走动，以排解他烦躁的心情。不过那场雨只持续了差不多半个小时就停了，他立即打算一个人出去走一走——对个人的安全问题他是从来不会担心的，因为他一向认为一个人只要有足够的机智和洞察力，就可以避免任何危险的发生。

散完步回来之后，将军依旧被头疼侵扰着。他一回到大厅里，就听见一个校尉在谈关于杜丘皇宫的历史以及其他鲜有人知晓的奇谈怪论。那个校尉说这任国王和他的父亲都曾在夜晚的皇宫里看见过可怕的鬼魂，它长着一张发光的绿色长脸，身长是正常人的两倍，拖着一双腿在走廊里游荡着。宫里的仆人们也曾看见过，立即就被吓得晕了过去，但是国王不仅没有对此事进行辟谣，反而大张旗鼓请来了一些江湖术师，让他们把这些鬼魂抓来给他当宠物。该国的有一任国王是一个残暴无比的人，他曾在下令在皇宫里面一下子杀掉了三百人，大概是被绞死的篡权者、对丈夫不忠的女人或者鸡奸的男人，从此之后，每一位国王都看见过宫里游荡的鬼魂了。接着校尉大声嘲笑起那些与同性发生关系而被处死的男人，说女人的肉体才是男人的欲望源泉，出其不意的，他那轻蔑的态度激怒了一直在外面听他说话的将军。

将军大步走到他面前停下来，猛地俯下身紧盯着上尉的脸，那双眼睛里充满了怒火："事实证明，那些乐于压迫别人的野蛮人——哪怕别人尊称他们为皇帝,即使只受过上天的一丁点儿恩惠,也不会愚蠢至此。"将军继续义正言辞道："在我看来存在于某些男人之间的爱，如同希腊的阿喀琉斯和帕特洛克罗斯之间的爱，比普通的男女之爱更令人敬畏。"

上尉显然被将军的粗声粗气吓坏了，接着将军怒气冲冲地扔下一圈的人，朝门外大步走去。校尉看看周围也被惊呆的其他人，不知该怎么办才好。这不是将军第一次没有为他在难以控制的发脾气后设法补救了，他大步穿过院子，刚到客厅，霍林就跟着走了进来。他也目睹了刚才将军发怒的一幕。

“我所不能容忍的不是这件事情，而是它所代表的含义，”将军大声道，“我们不远千里跑到这里来，打算在原来的国家上建立新的秩序，但这些家伙的愚蠢和自私，跟以前的那些人没什么两样，照样可以轻易把国家毁掉，我们只不过是在重复旧的历史罢了！恰是由于人性的弱点，才给我们带去了无限的灾难。”西慈将军在说完之后，怒气已经减弱了一些，由于庄维将军在攻下高俪皇城的几个月前的战场上右腿受到了严重的创伤，必须中途停止为国效力，提前回到了家乡环锦城——大夫说只有在静养的情况下他才有可能完全恢复，所以几个月来将军就只能把他的所有抱怨都发泄给了霍林听。

“但这究根结底也不是他们的错呀。”霍林把一篮还沾着水滴的水果端到了桌子上，这是将军最近喜欢上的一种跟甜橙相似的水果，他知道将军每天晚上都会吃上两个。

“我不需要知道这是谁的错，”西慈将军语气生硬地回答，“问题是我们该怎样解决这些麻烦，这些无穷无尽的麻烦……”将军接下去就没再继续嘀咕了，因为他转过身来，面带微笑地看着霍林说：“我听说你刚刚收到了你父亲的来信，而且它带来了一个好消息不是吗？”

霍林已经习惯了将军的喜怒无常，他告诉将军他的父亲最近成为了一座铜矿的所有者，他希望自己回去之后继承他的所有财产，将军对他表示了祝贺，但是霍林却摇了摇头，他说自己不会回去继承家业，自己好似一直都被一种无法掌控的命运所左右着。

“别担心，”将军说道，“抉择前的考虑往往跟直接做选择不是一回事，到时候我们才会知道怎么做。”

第十四章

只要拥有希望，随时可以像“金矿脉号”一样起航。

一

历经两个月的返程之旅，唐逸终于回到了彩云城里。当他回到家踏进栗府的客厅，第一眼就看到他的堂哥和一个女人在客厅里乱交的景象，于是就决定和他母亲一样搬到大叶寺去住了——那位游手好闲的堂哥，现在依旧不改其风格，常常把他的一群情妇带到家里来，他的放纵和滥交使得唐逸的堂叔已经声称要和他断绝父子关系。这位堂哥曾是他的哥哥日照小时候最好的朋友，是一个聪明人，但自从他十四岁和一个刚结婚的女人发生了关系之后，就变得什么都不放在心上，开始自我放纵了。他虽然有用不完的奇特想法，但是全都浪费在了女人身上。

在混乱时期过后，家里的人变得更少了，有的离开，有的死去，栗府只剩下堂叔和两个不知是谁家的孩子，以及两个任劳任怨的仆人，堂哥就把他的情妇们明目张胆带到家里来，和她们整夜地狂欢，疯狂的叫喊声常常使得邻居们发出了抗议，但他们丝毫没有理睬邻居们。堂叔为了两个孩子不受这种坏风气的影响，只好把他们送到一个老友——一个种植花卉的园主家去住了。

在丈夫和儿子离开以后，栗府里已经没有了可供三生留恋的东西，她就搬回了大叶寺。那辆马车驶到大叶寺门口时，她从车厢内看见那座圆形的围墙上又长满了新生的攀缘植物，盛夏里有两三只蝴蝶在阳光底下在飞舞着，如同梦幻一般。她走进客厅里，放下两个小衣箱，斗转星移，从窗户外射进的亮光已经从三十年前挂着风信子的墙上转移到了悬挂镜子的地方，落在一张枫木框的风景画上，时间真是一种魔法！

三生给唐逸购置了几套新衣服，穿上去之后非常合身，儿子看起来像一位年轻英俊的船长，他也变得跟他父亲越来越像了——他的身材颀长，眼睛是灰蓝色的，鼻梁挺拔，突出的下巴上长出了硬硬的胡茬。唐逸回城之后得知了日照离开的消息，就立刻向他的朋友们打听哥哥的去向，因为他的舅舅——西慈将军回信来说根本没有见到过这位外甥。唐逸后来听人说，有人曾在一片长着沙枣树的盐碱地里看见过他的哥哥，他当时孤身一个人，骑着一匹羸弱的马，凄凉的水袋挂在脖子上，正朝夕阳落下的方向赶去。

有一天，程景忽然决定把试验室从大叶寺里撤掉，而且永远不准人在这里建立自己的试验室。他把想法告诉了扬花，但她认为他只是一时兴起，不过由于程景语气坚决，她就只好照着他的意思做了。第二天雁山就开始把试验室的东西开始往外搬。

那天中午的时候，唐逸走进来了，他是自愿来这里帮忙的。他穿了一件两排扣的蓝色外套，长发用绳子扎在脑后，胸前佩戴着一枚银项链，驾轻就熟地察看了房间的内部。那些铜和铁的试验器具上已经落满了灰尘，生锈了，霉烂了，能报时的自鸣钟锈成了一块废铁，柜子里的玩具兵团和它们的长矛都变了形，白蚁们已经合力凿穿了墙壁。

唐逸用手敲了敲一架风速仪生锈的铜皮，里面发出沉闷的声音，他仔细检查了一下它的内部，发现许多精细的零件组成了一个复杂而有序的世界。他把它搬到院子里，对那位坐在椅子的老人说："如果你还需要这些的话，我就留着它们。"

"世界上没有人需要啦，"程景微微一笑，说："尤其是我。"

夏日的午后，阳光如同钻石般闪亮，巨大杏仁桉的树冠如盖，为大叶寺里撑起一片片绿荫，到处一片清凉。祖孙俩开始面对面闲聊，他们谈起了打猎，谈到怎样在野外怎样烤制他们的猎物，程景说如果在厨房里侍弄的话，就是女人们的专长啦。程景很喜欢这个外孙，就向他回忆起了自己以前的一些事。他说起当年去环锦城的时候，在一个小农场里的老头处租了一匹杂毛马，老头说他如果能在明晚之前归还的话，租金就是十五个马掌钉，但程景如实回答道："我不能保证在明年归还。"于是他花了两百个马掌钉买下那匹马，天快黑的时候，他和马匹走进了一个树林里，在离一个泉眼不远处点燃了篝火，这时月亮刚从云层里钻出来，他整晚都听见狗吠声和人的呼喊声。到了环锦城后，有一天当他走在街角的一丛石榴树下的时候，看见一个裸体的男人大笑着跑过街道，他的手里挥动着灰绿色的军服。

唐逸接连向祖父提了几个问题，程景就开始迷惑起来了，他说：“我什么都不知道，唐逸，我记得它们，但是不确定它们真的发生过哪！”

二

唐逸珍视友情的价值，为了感谢司微士在五个月里无偿为自己提供食宿，就给那位住在废墟里的朋友写了一封信，在信中他用调侃的语气邀请他到活人的世界来，因为他曾向他坦言始终城不像是人住的地方。他知道司微士虽然生活封闭，但他喜欢与人谈论新奇的事物，而这一次唐逸就在信中设想了这样一个世界，请司微士作出评价——他假想在天地逐渐膨胀至极限，转而缩小的过程中，时间开始回放。世界万物遵循的规律也会完全颠倒：结果导向原因，一对矛盾事件可以同时成立，人由苍老变得年轻，愤怒使人更美，与此同时，火焰向下攒动，机器开动了是由于它建立了一座城市，爱上一个人的原因是他根本不存在。

司微士回信来说：“在这样一个扭曲的世界，有些东西的价值提高了，而有些事物则被迫压低了形象，它扰乱人的价值观念，仅凭这一点，我们还是期望那个世界不要到来的好。”在信的最后几行，司微士说他正好有事情要办，很快就要来到彩云城。

城里则渐渐恢复了往日的繁华景象，许多在以前离开的马戏团和剧团又回到了彩云城，天气一晴朗起来，街上就蔓延着节日般的气氛。一批穿着红色皮短裙的外国舞女在花车上跳舞，而年轻的男演员们戴上了紫色的洋兰花环，乘着大象招摇过市。一个化装成梼杌怪物的男人牵着一只黑熊在街上溜达，引起了人群的阵阵惊呼，商贩们则趁机向人们售卖他们带来的商品，夜晚的公园就成了男女们幽会的地方。

不到一个月，司微士就到达了彩云城，虽然是六月间，但他穿着一件棕色的毛呢大衣，头戴一顶深绿宽沿礼帽，手里拿着小皮箱，从车夫的位置一个大步就跨了到了街道上——半路上他觉得呆在狭小的车厢内十分难受，就和马车夫商量两人换了位置。由于他那高超的驾车技术，使得到达彩云城的时间比预定提前了三天。

“没有什么能比再见朋友更令人开心的了，尤其是一位来自始终城的朋友。”唐逸决定趁此机会到城里买一套自己的房子，搬到那里去住，等司微士来了就可以和他呆在一起。他提前租下了位于圆形广场东北角的那栋房子，这里距离他的另一位朋友的住处也不过几里路，那位友人叫榆地，是一位女性占卜师，她曾多次指点过唐逸，是一个脾气温和、身体微微发胖的中年女人。九年前他们就认识了，两个人一见如故，可称莫逆之交。

那时唐逸已经十六岁，像所有年轻人一样，他正处于自己青春的迷茫时期，他心情低落，落落寡欢，觉得世界上的一切都了无趣味。此时栗府的孩子们都差不多已经长大成人，彼此之间都藏有秘密，有时还和长辈们吵翻了天，此时哥哥唐逸忙于做他的研究，父亲是一个不易接近的人，唐逸又不愿和母亲谈论自己的麻烦，所以大家都对唐逸的处境毫不知情。

在那个冬季天气稍微好转，太阳显露光芒的时候，唐逸前往榆地的住处。在大街上，他压低了自己的帽子，缩着肩膀，周围的一切都没引起他的注意。在榆地的房间里，他向她提出了一些年轻人时常弄不清的问题。年轻的女人没有立即回答他的问题，而是用温和的语气请他坐下来喝一杯甘草茶，但是他由于急于知道答案而大声拒绝了。

“您恐怕是个行事果断的人。”占卜师优雅地微笑着说到。唐逸意识到了自己的失态，嘴角勾起无力的一笑：“我不想冒犯您，但我的心最近老是不听我的命令，”接着补充道，“仿佛它是属于别人的。”与此同时，他想起了一则关于一对双胞胎的传言——两个孩子总能让对方做自己想要做的事，而且谁都无法违抗对方的意愿，后来大家才知道两个人的心脏在他们的母亲肚子里的时候就已经交换了。

唐逸坐了下来，神情显得那么沮丧，榆地开始安慰着他，然后以隐秘的方式告诉他不久之后他就会遇到一个令他心仪的姑娘。唐逸不太相信这件事，但走之前还是对她表示了感谢。令人惊奇的是，两天之后唐逸果然遇到了一个女孩儿，两个人就开始了一段热恋。在那之后，榆地不仅成为了他的心理咨询师，还是他的一个挚友。

而另一位朋友司微士则对他的新住所很满意，他们的那座房子有两层楼，前面是一个碎石铺地，并带有围墙的院子，院子里长着几棵粗大的鱼鳞松和紫杉，树下有石桌和石凳，还有一扇半圆形的石拱门通向外面。他们两个人可以在傍晚的时候步行至广场。

“不明白一间房子有什么好修补的，”司微士说：“反正最后都会变成废墟。”唐逸开始搬进来的时候在房子里钉钉补补，常常发出噪声，司微士就开始向他的朋友抱怨，唐逸觉得司微士的言行有时候就像个孩子！值得注意的是，司微士来城里以后就给自己买了新的衣服，而且挑选了最新款式，变成了一个彻头彻尾的彩云城人。每天早上的时候，他就提着箱子出去了，直到晚上的时候才疲惫地推门回来，而且像阴谋论者一样竖着他的衣领。他不知道司微士来彩云城里干什么，他也不清楚他是否在这里有认识的人，他自己现在正打算和朋友一起筹建一个商品市场，因此没有精力向司微士详细问明情况了。

直到一个月后，在一个天快黑的时候，司微士忽然夺门而进，唐逸正坐在沙发上，立即站起来问他怎么回事，结果被司微士一把抓住手腕，拖进了房间的一个角落。他把食指放在他自己的嘴唇上，示意唐逸不要发出声音，门外传来了一群人的喊话声和混乱的脚步声。他们听着这种声音，直到它完全消失后才从帷幕后走了出来。

第二天早晨起床之后，司微士高兴地对唐逸说他也已经习惯了他装修房子的吵闹声啦，然后起身给阳台上花盆里的植物浇水，同时等待着他的早茶，仿佛昨晚什么事情也没有发生一般，不过唐逸觉得自己应该问一问他到底怎么回事。

三

随着将军在高俪战场上的接连胜利，回国的日期日益迫近，许多官员变得愈加担忧将军转而想要夺取政权，把两个国家合成一个，进而统治全国。他们认为将军是个十足的野心家，他的军队则国家安全的最大威胁，但是将军反驳说，如果有一群人能毁掉整个国家的话，那就是他们这群愚蠢的政治家，而他自己则不怀任何的野心。不过有一次在和其他军官的聚会上，他无意间说过，他梦想着有一天整个大陆成为一个国家，不再有任何的战争，人也没有贫穷和富贵的差异，从首都延伸到大陆的边缘，到处都是店铺林立、灯火辉煌的繁华景象。他那双充满魅力的眼睛里闪烁着梦想的光芒，说话的语气极富感召力，但是现在都成了对他不利的证据。

接连两个月来，反对者们悄悄发动城里的平民，在城里散播将军要称王称霸的谣言，认为现在就该解散他的军队，把他的形象定义为了人民公敌。他们还动用自己的权利，延缓了给将军的部队的粮草供应，并且有些人想到了将军住在大叶寺的家人，认为他们的人身安全也是对付将军的筹码。而将军那些狂热的支持者立即作出回应，公然对那些官员发出恐吓，并且在不惊扰将军的家人的情况下秘密对他们进行了保护。

将军的支持者们进行着有组织的公开活动，城里出现了一批演说家，他们是将军的维护人和歌颂者，许多传颂将军伟大事迹的诗歌和传记书籍在各处传播，这种行为形成了政治对抗，街头巷尾到处写着反对或支持将军的口号，但是作为激烈言论的中心人物，在城里最热的八月中旬，西慈将军才派人在官员间公布了一封亲笔信。

信中他表示，对于现在出现的混乱情况连他“自己都感到惊讶”，因为他从参军到现在，唯一也是最高的目标就是保证人民的生命安全，他对一个国家的掌权者的看法是“卓越的政治家和道德家的结合体，而非一个军事家”。他还说如果要按一个人对国家贡献了多少土地来论功行赏的话，那么最应该奖励的人不是他，而是高俪曾经的统治者。

此时此刻，在高俪的另一个城市沿绎的高原上，西慈的部队驻扎在那里，他对他的一个军官说：“我们所做的这一切如果没有人来评价的话，就是根本不存在的。”他披上了那位军官递给他的军大衣，钻出了帐篷，这时太阳刚刚在云层里露面，金光四射，像是一个好征兆：“我们不仅要为我们的人民而战，还需要倾听他们的满口胡言。”将军继续自言自语：“现在是彩云城最热的月份，而这里简直冻得像一个冰窟！谁他妈知道我们来这里干什么！”

将军虽然耐力惊人，为了战斗可以连续几天不吃饭不睡觉，在夏季闷热的雨林里也可以两三个小时保持纹丝不动，但是对于寒冷他简直没有一点抵抗力。只要冬季一到，将军的手脚就会冻得冰凉，而在这个北方异邦，气候简直毫无章法可循——刚进入夏秋交接的时节就开始刮冷风，从内陆湖泊里吹来又臭又凉的气息，将军常常在晚上冻得全身发抖。他止不住大声咒骂这里的鬼天气，甚至他有一次曾气急败坏地说，如果天气像人一样的话，他一定要把他发配到没有人的最远的地方去。

将军的私人医生们一直致力于解决他这个怕冷的毛病，其中最见成效的一个，是五年前跟在他身边的那位。他以前是政府里一个官员的私人医生，该官员和西慈将军交情不浅，听说将军有怕冷的习惯，就派他到部队为将军服务了。

这个在自己的专业上并无系统知识的医生，尤其擅于解决少部分人的疑难杂症，对于将军的毛病，他选择运用偏方来解决。在他跟随着将军的期间，将军怕冷和头痛的毛病都得到了显著的改善，在将军感到身体不适的情况下，这位医生差不多成了他唯一的救命稻草。这位医生的儿子在父亲离开以后继续为将军服务，他是一个长着一头棕色头发的、相貌端庄的年轻人，几年前他一直在西方国家学习医学，在最新的治疗技术上比国内任何一位医生都要精通，但他为人谦逊，聪明好学，同时立下了自己的目标，打算在这个国家采用新技术修正传统医术的缺陷。

接着，将军的部队继续沿着狄嘉河河岸的市镇移动，消除残余的反抗力量，士兵们跨过了一座山坡上，清晨的细雨已把空气洗刷一新，云层消散之后天穹就像夏季里一样闪闪发亮。将军抬头看了看天空，太阳差不多悬在他的头顶，而其他人则俯视着他们脚下的另一边，那里是一座他们曾经攻占过的城镇，包围它的黑土地上长着一圈一圈深绿灌木丛，像一个古老的符号。接着，将军遥望着市镇上荒凉的景象——房屋被摧毁啦，道路变得坑坑洼洼，大理石的神像倒在政府的门口前——这是一个信仰神祗的国家，阳光照耀着这一切，将军有点弄不清眼前的一切到底是怎么回事了。

他下令让士兵们分别沿几条长着红色荆棘的山路走下去，直到他们进入到了镇子上。到了那天夜里，除了警戒的士兵之外，其他人都在不同的屋子挤在一起睡觉，有一座房子的周围不断飞舞着一群发光的蓝色蝴蝶，任谁都驱不走。将军让军官给他拿来纸笔，借着月亮的光辉就写起了一封信。周围一个士兵看到了，立即到别处为他找来了一盏煤油灯，但弯腰写信的将军只是看了他一眼，冲他摆了摆手。把信写完之后，将军把信交给了一位专门的送信员，低声向他交待了几句。接着，将军转过身，对那个打算为他照明的年轻士兵招了招手，示意他到自己前面来。夏季的野地里有狼群在游荡，遥远的嚎叫声引起了守夜兵的注意。无需月光，将军就在昏暗之中和年轻士兵轻声交谈了起来。

士兵报告说他来自大搪东部的一个叫作“白陶”的海湾小镇，五年前才在那里参了军，将军听说过那个地方，小镇是以精湛的贝壳制作工艺而闻名的，而且该镇上的气候冬暖夏凉，适宜居住。士兵惊讶于将军知道他那籍籍无名的家乡，接着，像所有有机会和将军单独相处的士兵一样，这个小伙子向将军抱怨起了他最近的财务状况，将军耐心地倾听了，并向士兵保证解决他的困难，士兵又惊又喜，立即握住了将军的手。

如你所知，将军擅长运用话语中所包含的力量，也就是说，他最擅长收买人心，但是对于这个年轻士兵的关怀，将军完全是发自内心的。当然，在将军的所有士兵看来，他对他们的关心都是发自内心的，将军关心他们如同关心自己的家人。

将军一直用他的私人财产来支付士兵们吃喝的巨额花费，部队里一旦谁有了自己没法解决的麻烦，只要找他特设的一个军官就会得到解决，将军甚至在养病期间也多次向政府写信，力图为他的士兵们争取更多的利益。在他参军的四十年间，许多人自愿为他出生入死，他们将毫不犹豫执行将军的任何命令，甚至支持他发动的任何一场战争，因为征战生活使他们原本的生活变得遥不可及，生命中曾经珍爱的许多东西已经化为灰烬，幻想破灭，世界的本质残酷依旧，唯有将军才是把他们从纠缠不清的丝网中解救出来的人，他既是他们的精神领袖，也是他们的救苦救难的菩萨。

在杜丘战役结束之后，军队中有更多的人希望将军取得这个国家的统治权，而且他们也期待着被战火毁掉的国家如今在战火中重建起来的模样。因此只要将军一声令下，他们就会立即转而像国内进发，攻陷首都，哪怕牺牲个人的荣誉和生命。但是将军那捉摸不定的心思，却成了跟随者们痛苦的最大来源——将军从始至终都没有公开这样的想法，尽管他的那群政敌早就把他当成了危害国家安全的人物，在后来回国后，将军恳请那些和他同生共死的人享受过去的荣誉和人生中短暂的宁静光阴，今后仅以一个朋友的身份与他保持联系，但是这也没能结束追随者们那狂热的幻想。

此刻将军微微一笑，他的手掌心是冰凉——事实上常常如此，为了不让年轻的士兵发现，将军不动声色抽回了他的手，而士兵则小心翼翼谈起了他初次见到将军的情景。在十年前那个气候凉爽的秋季，在流耳城的宴会上，将军没有穿着军装，只穿了一件缝制着银色纽扣的白色衬衣，但这一点也没有为他在人群中盛传的高大形象带来影响。相反，在和别人交谈的时候，他显得那么平易近人，他的脸上带着微笑，那一头黑色的鬈发和神采奕奕的双眼变得十分迷人。男孩随他的叔父来到此地，第一次在宴会上亲眼见到传说中的那位人物，心中十分激动，却无法鼓起勇气去跟将军搭讪，他站在距离将军不远处的地方，却发现将军的身上似乎笼罩着一种若有若无的光芒，当将军在人群中走动时，这种光芒就一直跟随着他。

将军听完这件怪事之后微微一笑，自作主张把这种现象解释为空气与光线的某种奇特效应，后来他拍了拍士兵的肩膀，就把他给打发走了。

四

唐逸对司微士忽然夺门而进的那一晚始终心存疑问，他本打算等到司微士主动跟自己讲起，直到有一天，唐逸亲眼看见司微士从自己那位占卜师朋友家里走出来，他才按耐不住怒火，大步走回家中的客厅里等待着。当司微士踏进家门开始脱外套时，唐逸就大声问他到底怎么回事了。司微士那高大的身躯先是在屋子里转了一圈，接着他微微一笑，只好坐下来跟他的朋友坦白了。

在几个月前，他收到了来自一个长期笔友的信件，信中要求司微士到彩云城中做出某种努力，暗中调整一下城里的局面，至少为他本人带去一点好的影响，此人正是西慈将军。在三十多年前，司微士和程西慈是同处一个军营的战友，两人那时年轻气盛，脸庞上都带有一种桀骜不驯和聪明的气质，几个月下来，他们成为了朋友。后来当程西慈开始显露他的军事才能时，司微士则把参军这件事当作一个阶段性的计划——他打算在一个恰当的时间，无论如何都要离开军队，因为这世上还有其他有价值的事情等着他去做。

在司微士二十七岁的时候，因为出色地指挥了一场战斗而被授予阶司的职位，在那个为他举办庆祝会的喧闹夜晚，司微士却找到了程西慈和他告别。接着他晃晃悠悠走到场外，随口编造了一个可笑的理由，就从站岗的士兵的视线里，大摇大摆地走掉了，再也没有回过军队里。

在那之后，他回到了商瓷，这个小镇就是他的老家。十多年间这个地方几乎完全变了样子，外来的人到镇上开办了工厂和娱乐场所，使原来镇上的居民常常不得安宁。他和从前的朋友们联系，但是只有几个来和他见了面，其他人都没有了音信，生活开始变得百无聊赖。有一次他应朋友的邀请，去听了某个演说活动，据说那群演讲家当中有全国最可能成为这个时代演说家的人物。那天司微士坐在观众席里，好不容易等到活动结束才起身离开，在和那位朋友告别之后，他不禁拍了一下大腿，气呼呼地登上了马车回了家。司微士认为这些所谓的演说家个个飞扬跋扈，陈词滥调，要说他们代表时代简直就是无稽之谈。在第二天晚上，他独自上街溜达着，后来他走进一家制作家具的店里，就遇到了一个女人。

她已经结婚了，丈夫是镇上有名的商人，他相当有富有，不仅在其他镇上经营着三家家具店，而且因为商瓷镇上阳光充足，适合甘蔗的生长，他又和几个本地人一起开办了一座糖果生产厂。这个女人和丈夫有一个女儿，但她自己依然保持着年轻女人的美貌，良好的保养使她的脸上几乎没有岁月留下的痕迹，甚至较之年轻姑娘，她更加成熟迷人。

司微士立即和这个女人陷入了情欲的漩涡，他们在一起幽会，在一起谈情说爱，但是把大部分时间花在床上，分开之后也思念着对方的肉体。在那段时间里，他们沉迷于情欲带来的欢愉，既放纵又无比快乐，司微士本是一个不愿受任何约束的人，他甚至准备把这种不正当的关系公之于众。直到三个月后，他忽然醒悟，及时把自己从看不清是噩梦还是春梦的境地中解救了出来。在和她分开之前向，司微士发誓说自己爱她胜过自己，但是他必须要结束这样的生活。这是无可置疑的，因为他显然把对对方身体的爱和真正的爱情混为一谈了。

在此后的第五年，他与另一个女人结了婚。妻子是一个漂亮的年轻姑娘，会用一些奇特的工具来占卜，差不多小他十岁。当他们初识时，两个人都争强好胜，而且说话做事都常常像孩子一般，常有一种水火不容的气氛，但是两个人最后却相爱了。但是在司微士看来，具有新鲜感的爱情是生活不可缺少的部分，所以在和妻子共同生活的同时，他还与其他的女人保持着暧昧关系。这个姑娘虽然年轻，但她知道如果想把这个具有自由精神的男人全部据为己有，情况恰恰会适得其反，所以她谅解了他。司微士同样爱她，但是他没法改变自己那在感情上放荡不羁的习惯，到了结婚后的第三年，当司微士第一次把一个年轻男人带进他们的房子里的时候，她就气得捂住耳朵，开始尖叫了。

“如果你愿意听我解释的话，”司微士用诗人般的口吻对妻子说道：“我爱慕的是人的美貌、五官精致的形态和布局。我迷恋这种美的艺术，犹如我喜爱其他美的事物。”但她连听也不要听他的鬼话，发誓要和他断绝来往，终于下了离开他的决定。虽然他们之间的感情破碎了，但她唯一弄不清的是，为什么铜龟背上的八角星纹暗示着司微士是陪伴自己终老的人，尽管她的确爱司微士，而且认为这个世界上没有一个男人能替代他。

她独自来到彩云城，继续研究着占卜术，企图找到抓住司微士的心的方法。而且你应该已经知道了，这个女人就是占卜师榆地。她行事神秘，深居简出，城里的有钱人常常到她的住处找她占卜，男人询问自己的事业前程，女人则询问爱情婚姻。那些侥幸被她窥视了命运轨迹、指引了方向的人，无一不认为这个女人跟上帝签订了一份合约。尽管榆地是对占卜最精通的人，同时也是最不相信它的一个，因为按照每一次占卜的结果显示，她都会和那个抛弃她的男人白头偕老。

她总共拒绝过五个男人的求婚，认识她的人后来都知道这位女占卜师对结婚没有兴趣了。其中有一位求婚者，声称自己精通古典哲学和历史，不停地在她面前展示自己的才学，但她一眼就把他看穿了。第五位年轻的求婚者，是一个富有的古董商的儿子，榆地那时已经超过三十岁，面对他幼稚而富于激情的求婚时，她感到自己受到了命运的嘲笑。她结束了和男人们谈情说爱的方式，只保持着性爱关系，而且试图去享受它，打算在愉快平和的气氛中迎接自己命运的不幸。但她渐渐觉得，在看不见的世界里，有一根无形的丝线已经把她和司微士连在了一起，因为她这几年一直在想着他，无论他现在在什么地方——躺在哪个手摇鸵鸟毛扇子的女人，或者富有才华的男人身边，他最终都要回到她这儿来。

而在那期间，司微士去过了多个城市，独来独往，不断在各地追随着刺激的生活。而同高俪打仗的时期，他又接受了在暗中为西慈将军服务的工作。他不仅直接从将军那儿获得命令，并且一直是彩云城里一个支持将军的政治社团的核心成员，负责在首都为将军争取民心，并且向他报告这里最真实的情况。他有时弄不清将军是怎么想的，因为有时候将军发出的命令相互矛盾、令人难以理解——他既想在人民当中创造一种他有能力把国家变得更好的印象，又竭力避免别人认为他有篡权夺位的野心。

有一个冬季，司微士接到将军的命令来到了彩云城，和另外八个人住在一个冰冷的地下仓库里，开始着手调查将军部队的粮草被烧抢事件中起关键作用的官员。在一周之后，那两个官员在晚上回家的半路上就中了埋伏，被人用大刀砍死了。司微士对此事的结果深感震惊，因为事先的安排不是这样的，但是他下属的人却常常擅自行动，超出了他的命令，甚至直接超出了西慈将军的命令。如果不是战争形势所迫的话，司微士早就厌烦了这些政治斗争，但他再清楚不过，是战争使得人们普遍变得暴力了。

在任务结束后的一个下午，他独自在彩云城的街上走着，在街中央有人组织了一支合唱队，队员们站成五排，都身穿彩色服装，头戴草帽，用大声歌唱来鼓舞战争时期的市民的士气。司微士竖着衣领在围观的人群里看了一会了，就转身走开了。然而自他抬头看到街道对面的房子的第一眼，周围的一切变得模糊了，只有在二楼窗边的一个女人的身影映入了他的眼睛，印进了他的心里。他毫不犹豫地跨过街道，朝那座房子走去。

榆地站在窗子前面，双眼望着下面的街道，有一瞬间她说不出话来。后来她的脸上慢慢绽放出一个微笑，吩咐她的女仆到厨房里去把一种产自马科岛、只能生长在剧烈阳光下的麦冬草切碎，然后放进她那加满热水的浴桶里，而她自己则直接走进了浴室。

当司微士推开二楼房门时，看到的就是那位年轻姑娘双手捧着麦冬草的身影——她小心翼翼，防止泥土落到地毯上，径直走进了浴室，并没有注意到司微士。司微士那高大的身躯走了进去，在那充满了似曾相识的香气的客厅里，他转了几圈，不知道该干些什么。过了一会儿，那位年轻姑娘才笑意盈盈地走出来，热情地请他坐下来，然后从厨房里为他端来了一杯茶，而他则开始了等待。

榆地把自己泡在热水里，直到热气不再从水面上冒出，后来她站起身来，在没有擦干身体的情况下走到了镜子前面，与其说是欣赏，不如说是审视自己的身体。当透过冰凉的空气看见了它时，她却止不住颤抖起来——从前那张美丽的脸已经变得不再那样吸引人了，胸前那对饱满乳房开始变得柔软下垂，仿佛一个装满水的球，而小腿部位的肌肉不再坚实，全身就像一个皮囊般开始松弛了。她穿好衣服，坐在镜子前面不徐不疾地画上了妆，然后站起身，迈着不知是沉重还是轻盈的步子，向客厅走去。

在始终城的时候，唐逸曾询问司微士，世界上是否有一种巫术，能使得人一生只爱一个人，无法再爱上其他人时，司微士的回答是否定的。但是在经过了十二年后再次看见榆地，司微士清楚地知道，自己的内心依旧爱着她，而且只爱她。忠贞不渝的爱，而非具有新鲜感的爱情，才是他生活中一直以来缺乏的部分。

他获得了榆地的原谅，两个人重新变得亲密起来，尽管司微士还需要在各地奔走，一年只能来城里几次，和榆地呆上几天，但是维持他们之间的关系的，已经不是肉体，而是精神上的相互依靠了。他发誓在战争结束之后，一定会回来和她在一起，再也不分开。

在五年前，司微士为了躲避政府的搜捕，逃到了废墟一般的始终城，偶然遇到了唐逸。唐逸既是西慈将军的外甥，又和榆地是朋友关系，所以司微士与他一见如故。如今司微士再次回到了彩云城，来实现他在年轻时对榆地许下的终生承诺了。

五

大叶寺被人遗忘了近一百年，按照这样的情况发展下去，这座建筑物会逐渐被周围的森林所吞噬——它的石头墙壁上会渐渐爬满滴水的苔藓，柱子由于风化而变成脆弱，植物的根须钻进了木质地板里汲取养分，炉灶旁会生出鱼尾葵树，圆形的玻璃窗户则渐渐被短月藓遮蔽了最后一丝阳光——最后整座大叶寺就变成了亚热带丛林的一部分。如果一个人出于偶然走了进去，他要经过仔细的辨认，才能辨认出那缠绕着爬藤的石柱子，位于两排树之间的腐朽的雕花走廊，以及在层层叠叠的藤叶中，有一小片透明的窗玻璃。实际上，大叶寺的命运却往相反的方向变化了——随着城里开始进行城市规划，大叶寺逐渐被人从遗忘的境地里拉扯出来，暴露在世人眼前了。

西慈将军从没有向政府提出过给他的家人以特殊优待，但政府还是考虑了一些人的建议，在城里买下了一套价值不菲的宅子，派人来向这家人说明了情况，请他们搬到该宅子里去，程景却坚决拒绝了。他已经老朽了，认为人们在越来越开放的形势下顺理成章地把他们从宁静的世界里拉到外面去，是命运给他的另一种灾难。他用那句曾重复了多次的话——家里的人总归要回到这个地方来，就把那位前来的官员的要求回绝了。

儿子西慈虽然出生在这个家里，但程景知道自己几乎没有尽到父亲的责任。儿子自从十二岁以后就从这里搬出去了，在参战的几十年来他没有回过一次家，也难得给家里写一封信，尽管妻子扬花一直期盼西慈的归来，在接受一位姓阿吉的将军——同时也是西慈的一位好友的探望时，她请他转告给儿子的唯一一句话就是：别忘了我们，给家里写一封信啊！

扬花先前为了改变大叶寺被世人遗忘的现状，一直想要修建一条道路通往外面，这个想法现在就被政府的城市计划实现了——在长满油棕的树林里，一条大路穿越而过，连接着山坡上的大叶寺与外面的彩云城。一些外地的年轻游客从下面看到那座陷在现实世界和秘密地带之间的建筑物，就难以自拔地产生了一种奇特的感觉，他们背着背包，带着新式的旅行工具，准备穿过那条路，到森林里去探险。有些探险者请求在大叶寺里借宿几天，一些小贩也常常溜达到这儿来，售卖一些生活物品和其他物什，扬花和两个兄妹就忙着招待他们。大叶寺——这个被人遗忘的另一个世界，终于在时代的推动下变得不再封闭了。

生活在彩云城里的一些人，也感到城市的发展趋势是不可阻挡的：在一百多年以前，彩云城还是一座土石之城，人们居住在这里，感到气氛平平；五十年多后，木头的城市把它取代了，首都有了一副白色的面貌，在这里生活的每个人都变得神经质，但都满怀着自豪感；现在的城市正在从圆心向外不断扩张，政府计划着修建新的街道和房屋；而在此后的十多个年头，西慈将军成为了大搪的靖国公，他却用钢铁武装起了这座城市，在皇宫外修筑了护城河和塔楼，城门前拉起吊桥，到处建立牢固的军事堡垒，使人们重新陷入战争的恐惧之中……我们仅仅回顾一下过去二十年的事情，都觉得世界已经换了面貌。

六

一个阳光明媚的春日下午，一条在桅杆上挂满节日用的彩色飘带的游船，从人工运河里缓缓驶了进来。它白色的体形巨大无比，像一栋移动的高楼，彩云城人可从来不知道在世界的外面还有这么大的轮船。听说了这个庞然大物后，人们立即从街上的酒馆里、剧院里和广场上跑到了游船开进来的河港，都聚集在那里，接连发出一阵阵欢呼声。

在前一个月的一天，城里来了几个外国男人，他们在街上鼓动过路的人参加了一种叫抽彩的活动。他们的桌子上堆着许多印有金雀花标志的传单，向过路的人分发着。在那张桌子的中央放着一个抽奖盒，他们说只要付十二个铜币就可以抽一张彩票，如果抽中了标有中奖标志的彩票，就会获得乘坐他们的游船的机会。此时在几个外国人的旁边，正在进行着几个热闹的活动，人群挤挤攘攘，但是很少有人愿意花钱买几个外国佬的盒子里的几张纸儿，反倒是一群妇女被几个外国男人的健实身材迷住了，掏钱买了不少。在当天下午，这群妇女中的一部分，就被告知一个令人惊异的消息——她们抽中了彩票，获得了免费乘坐外国公司的轮船出海游玩的机会。

一周之后的早上，一群经过精心打扮的妇女就在码头上集合了，她们欣喜异常，互相交换着对那艘白色大船的看法。在前来欢送的人们的注视下，她们心情激动地登上了那艘大船。上了船之后，女士们就对这艘装饰华丽的游船指指点点，并且立刻被那些穿着蓝色制服的英俊男船员所吸引了。她们在航行的旅途中参观了船上的剧院和酒馆，一些女士还要求去那位外国船长失事的地方看一看。

外国船长的故事是一个悲剧，但是城里的女人们总是乐于谈到它，并且谈论时总是用一种美好、向往的语气，因为这位船长是所有女人的梦中情人。他的到来开拓了彩云城人的视野，增长了他们的见识，因为他的大船从全世界各地带来了彩云城人见所未见、闻所未闻的神奇商品——能使女人变得美丽动人的机器，能够预示人的未来的镜子，帮助加深睡眠的魔毯，和能带来好运的金羊羔等等。

在轮船停靠在彩云城的期间，这位船长只去过几个社交场合，以寻找他的投资者——他声称如果有人愿意支付他们探险中三分之二的费用，他的船员就会到世界的任何地方为他们找寻商机——美丽的女人、新奇的商品，廉价的劳动力，等等。外国船长在航海中见过最惊险的场面，和各地迥然不同的人打过交道，他的言行沉着冷静，不慌不忙，而且长了一张英俊的面孔，船长的形象就被夸大之后在城里流传开来。

遗憾的是由于他的保证期限太长，无法让投资者们立即看到利益，城里没有一个有钱人愿意为他的冒险出资的。在停留两个月后，这位船长只好失望地下了离开的决定，让船重新扬帆起航，驶向下一个地方。但不幸的是，他的轮船驶出港口后，忽然在离海港三十里处的神秘地带触礁沉没了，消息传来，城里的女人们都心碎了。她们在心中默默悼念他，仿佛他是她们的情人一般。而就在刚刚，那位长了一双棕色眼睛的事务官把身体靠在栏杆上，用温和的语调向这群叽叽喳喳的女士解释了他们不能将船开到那里的原因，女士们接着问，是什么力量驱动大船的，事务官微微一笑，答道：“是伟大的航海精神，并藉由上帝的力量。”

大船在一望无际的蓝色海面上航行，仿佛一只欢快跃动的白色海豚。

湛蓝的天壁上飘着一缕一缕白云，海浪声清晰可闻，宁静畅快的气氛让人的心思飘上了云端。

游船上的首个晚餐盛宴就在甲板上举行。深蓝色的夜幕逐渐拉开的时候，轮船上的灯火就被点燃了，管弦乐队在甲板上奏起了音乐，人群中的气氛开始热闹起来。船上的人们品尝起了新奇的酒类和食物，礼服笔挺的服务生穿梭其间，几对舞者在灯光下表现了极具技巧的双人舞，此过程中伴有其他几个精妙的娱乐活动。在这一晚登上大船的彩云城人，从前都过着同样乏味的生活，现在置身于种种他们做梦都想不到的绚烂情境中，快乐得天旋地转。

这次免费的乘船活动，却开启了一个名叫蓝铂的船运公司的全盛时代。它的出现给大搪带来了巨大变化——它把大搪和其他几个沿海国家通过海上交易联系了起来，蓝铂公司不仅以自己的商业手段迅速夺得了大搪的部分国内海运业务，而且发展了旅游业务，同时还为彩云城的富豪们制造私人游轮。有许多彩云城的工人追求新奇，放弃了原先从事的手工业和其他职业，转而想要通过蓝铂公司的选拔和培训，成为了该轮船公司的终身船员。一股热潮掀起来了，人人都希望出国，希望了解新世界，希望大船把他们载到以前从未听说过的地方。

在船运公司给彩云城人带来巨大变化的同时，唐逸和朋友一起开的新市场也建立起来了。这块圆形场地以前是一个用粘土泥墙围起来的悲凉的旧集市，里面到处栽满了杏树，竹竿上挂着褪了色的旗子和彩带，一到下雨天，地面上就会出现很多个泥水的坑洼。以前人们在这个地方不仅出售食品，贩卖工具，还在这里参与赌博，狎玩妓女——这些妓女大部分是一些已经被榨干了青春、面目衰老的女人，要用厚厚的脂粉来掩饰脸上的皱纹，用特制的乳罩来固定下垂的胸部，喷洒气味扑鼻的香水。除此之外，还有一些年龄不大的命运悲惨的女孩儿，在这里用自己年轻的身体赚着微不足道的生活费。

唐逸将以前的老集市变成了一个正规的围栏市场，每一个商人必须经过检查合格才能到这里做买卖，而且禁止有人在场内做肉体交易。在在唐逸买下这块地以前，园主把在里面做生意的人都赶了出去，但是蓝铂公司却意外好心地提供给他们一些服务性质的工作。可怜的人感激涕零，毫不犹豫和蓝铂公司签订了长久协议。

当时城里到处都是以金雀花为标志的宣传单，如果一个人从手里扔掉一张，立马就会有另一张传到他的手中来，建立在航道附近的学校，里面的学生每天早上都可以看见蓝铂公司的金雀花旗帜准时升起，外国船员们开始在公司前的操场上晨练。在最初时期，蓝铂公司看似和彩云城人之间形成了互惠互利的关系，但它带来的影响远不止如此。

唐逸不可避免地与蓝铂公司打起了交道，他也让该公司的人员在市场里建立自己的专门地点，允许船员们在里面自由的宣传和销售商品。唐逸虽然能够接受新鲜事物，但对于当前的潮流他没有太过激动，反而觉得彩云城人对蓝铂公司，以及对出国这件事太过狂热了，事情的发展似乎已经超出了常规。在两个月后，蓝铂公司请他和另外一些本地商人也坐了一次免费的游船，他同意了。这艘船就是一年前最先开抵彩云城的那艘，在那次难忘的经历中，他遇见了一个演奏希腊竖琴的本城姑娘。

自唐逸从始终城回来后，他一直没有对任何人讲起他上次的失败恋爱经历，即使母亲三生询问起来，他也支支吾吾地应付过去，不过由于他的确爱过无心姑娘艾琳，所以悲伤一直遗留在他的心里，使他自己认为与别的女人产生爱情的可能性微乎其微。直到登上游轮的那一天，唐逸背靠甲板的栏杆，在夜幕之下他的目光穿过热闹的人群，望见坐在演奏乐队中间的女人——她身姿优雅，沐浴在橘黄色的灯光之中，像是一朵寂静的海棠花。当她在茫茫人群中对他微微一笑时，他顿时有一种错觉，误认为她那双漂亮的大眼睛里有星辰大海。待到表演结束，他朝她的方向走了过去，有点儿手足无措，慌乱地找了话题和她交谈。在这个过程中，他近距离观察了她的眼睛，并且肯定了自己刚才的看法。

下了轮船之后，唐逸就展开了追求她的行动，不久之后就开始和这个叫伏熙的女人约会。他虽然比她还要小几岁，但恋爱的感觉让他难以自拔——这种感觉如此美妙，仿佛必须要把对整个世界的爱意都献给她，他想要时时刻刻和伏熙在一起，而且让她只属于他一个人。

唐逸的朋友严征却顺应此时的潮流，加入了蓝铂公司。严征以前在城里的一个军队事务部门里工作，是一个木匠的儿子，身材又高又瘦，常常把头发全部扎在后脑上，露出他那张恐怕连女人也会自叹弗如的脸，但他对此毫不在意，始终不明白为什么人偏偏要在乎毫不重要的外表。

唐逸和严征从小就认识了，直到四年以前，严征仍然和自己那满身疾患的父亲一起生活，每隔一段时间就要花钱给他买药，这些药剂没有什么明显的作用，而言征的家境日益破败，他的父亲后来也死掉了。唐逸曾多次在财务上向严征伸出援助之手，严征都满怀感激地拒绝了——他宁愿用自己的双手来解决问题，哪怕吃点儿苦也心安理得。严征是个善良而单纯的人，在唐逸看来，他虽然没有在别人看来光彩的出身，但他永不熄灭的热情总能感染人。他有一种在任何情况下都难以被撼动的品质，这种品质被唐逸称为世上宝贵的品质，即是天生的诚意。它使得严征始终保持乐观的精神，永远对生活充满了美好的憧憬。

在后来一个下着蒙蒙细雨的秋季早晨，严征就和另外二十六个年轻人登上了一艘名为“金矿脉”的海船。他站在船头上遥遥望见广场上雕像的白色顶端，以及天空中的一群鸽子，满怀希望，挥手和他出生的城市告别，也在心中默默地和他的朋友唐逸告别。

起先，严征穿起了礼服做起了轮船上的服务生，三个月以后他才逐渐适应了海上的生活。每当船到达一个新的地方，他都主动要和其他人下船去看一看。虽然他从来都听不懂当地人的语言，但是他喜欢看到不同的面孔，也跟着体验到了不同的生活，供他在长时间的海上航行中消遣和回味。几年之后，由于他优秀的表现，严征被提拔为该船的事务长助手，逐渐认识了船上生活的全貌。船上也是一个浓缩的社会，而且“金矿脉”号比当时开进运河的那艘船还要大，上面配置了图书室、酒馆、游泳池等等，登上大船的客人们喜欢炫耀，常常在礼乐声和舞曲声中玩到晚上，在船员们的内部，则形成了小团体，为一些小事互相争斗，严征对比已经司空见惯了。

现在唯一的问题是：“金矿脉”号自出发以来就一直在往西航行，从来没有回过头，也就是说离彩云城越来越远了！他想过写信给彩云城里的朋友唐逸，但是这几乎是不可能的！因为信件几乎无法往回寄，同样地，这世上也没有一艘船能赶上“金矿脉”号，所以他的朋友唐逸在举行婚礼的当天，严征是一无所知的。

第十五章

疯子的怀疑和探索精神。

一

程葵去世了。那是在三月份初，厚重的云层凭空消失，只有几缕薄云浮动，天穹忽然变得闪闪发亮；人一抬头就只有极目远眺，目光越来越远，最终碰到潮湿的湖蓝色天穹底面，再也收不回来，世界仿佛存在于一颗巨大玻璃球之中。

唐逸和竖琴姑娘伏熙刚成亲不久，爱情之花的香味和含笑相似，依旧还弥漫在大叶寺的每一处。在那个早上，冉凌照例走进程葵的房间，准备给她穿上衣服——自从她的胳膊失去了力气无法自由活动之后，都是由冉凌给她做这些日常工作。她推开门走向床头柜，把几支新鲜山茶花插进了花瓶里，然后转身走到窗前，把帘布拉开了一些。晨曦洒在床头，洒在程葵那张布满皱纹的脸庞上。她安详地闭着眼睛，应该永远也不会醒来了。

在她去世前的一个多月，她完全没有表现出任何死亡的迹象，并且丝毫不考虑自己九十六岁高龄的情况，准备亲自招待一批探险队员——这些探险队员由十二名年轻人组成，他们带着帐篷、绳索和自制行军铲等物品，打算到森林里传说中的月潭去看看。这个深潭程景曾经是见过的，还能模糊记得它的样子，但却不记得他为什么到那儿去了。

在大叶寺里，这家人和几名探险队员一起为程葵举行了朴素的葬礼，第二天就把她埋到了森林深处。在下葬完程葵的遗体之后，程景看着墓碑，决定留到队伍的最后一个离开。他从不确定程葵真的和自己有亲缘关系，但是毫无疑问，这个女人从环锦到彩云城一路跟随在他身边，在这个家里像家长一样任劳任怨，从没有要求过任何东西，最终也在他的身边死去。程景走上前去，蹲在地上，伸手摸了摸她的墓碑。风吹拂着树林，几只鸟儿在他周围飞了起来，他忽然感到心底那么寂寞，仿佛他这一生都没有如此寂寞过，尽管他内心的悲恸超过了任何一个人，却始终没有为程葵流过一滴眼泪。

唐逸和伏熙是在一个月前结的婚，他们在城里的住宅中举办了婚礼，当天有不少人前来祝贺，几个会乐器的朋友也乐于到场为客人们助兴，一种新式的餐前点心让每个人变得高兴，宴会上的气氛热闹非常。司微士也很开心，就仿佛他自己结婚一般，他现在虽然住在榆地那里，但他相当有经验的提前过来指挥这对情人干这干那，终于把一切准备工作都做好了。在喜宴结束后的第三天，唐逸就带着新婚妻子回到了大叶寺。

当身着一身白色长裙的伏熙从马车上走下来，抬头第一眼望见大叶寺时，就爱上了这里的景色——寺里寺外长满了高大的杏仁桉和红松，到处葱茏馥郁，一派生机勃勃的景象，古寺就陷这个在绿色梦境的间隙，仿佛是上帝的精心安排。她先是以一个生人的角度察看了这个地方，觉得这里和她记忆中的某个场景相识，但她站在那儿想了一会儿，还是没能回想起来。

此时的唐逸已经大步走进了客厅里，他把两个小衣箱搁在地上，立即转身招手让伏熙过去，他甚至因为心情急迫而直接朝她走过去。伏熙立马以一个微笑来回应他——丈夫的深情款款是显而易见的，他既有才干，内心又善良，现今他的每一个举动在她眼中都变得那么性感而可爱。遇见了他以后，她忽然感觉自己柔情似水，变成了一朵含羞的女人花，她决定要做他的好妻子，为他生儿育女，一直陪伴他到老。“这也许就是爱情的力量。”她自己也这样想到。

在那天的午饭之前，伏熙和三生两个人在厨房里忙碌，伏熙还没有过惯家庭生活，对厨房里的奥秘了解不多，但她乐于在聊天过程中向母亲请教问题，记住了她那些独特的经验。午餐结束之后，老人扬花坐在院子里的洋槐树的树荫下乘凉，伏熙就走过去高高兴兴地和她说话。在随后的几天当中，无论母亲和雁山冉凌两兄妹在干什么，伏熙就主动干什么，除了会做刺绣，她还了解音乐，常常随口轻声哼唱美妙的曲子，让听的人感到幸福。

程景第一次听到她的歌声时大吃一惊，因为这种歌声既像夏日里的花朵一样甜美芳香，又像空谷里的独唱一样让人伤感，使人联想到动人的爱情，也让人想起忠实的友情，仅凭这一点他就喜欢上了这个年轻姑娘，几次主动找她聊天。有一回伏熙坐在长廊下为躺椅上的程景读了几首长诗，她那抑扬顿挫、引人入胜的语调可能会让人误认为她就是诗的作者。伏熙看起来比谁都更适应寺里的生活。

她甚至和丈夫商量过，想要长久地住在大叶寺里，但是一对新婚夫妻的分居实在是不合常理的，因此两个人在寺里住了半个月之后就回到了城里。扬花把一切看在眼里，她甚至认为伏熙拥有程葵那样善于操持家务的天赋，她雅致得体，很快就能学会如何把家变成一个整洁而充满快乐的地方。

继程葵去世之后，扬花也逐渐和死神走得越来越近，她甚至说自己听见了死神跟在她身后的脚步声，像是一个赤脚走路的孩子，它也在她睡觉的时候看着她，不过始终站在离她五尺远的地方。扬花体验到了这种超自然的感觉，知道死神近在身旁，就更加迷恋现实中对她来说珍贵的东西，于是常常想到她的那两个儿子了。

在那个初夏时节，空气中弥漫着栀子花香味的清晨，她误将第二批探险队员里的其中一个认成了她的儿子——当她看见这个年轻人的身影出现在门口，一个大步跨进来时，他身材高大，背对着阳光，她立即抬头惊喜地对他说："你终于回来啦。"——不管这句话是对她的哪一个儿子说的，都是世上最悲伤的话语。

虽然扬花已经得到了死神的提示，但是她还不满足，她恢复了通过做梦来获取信息的本领，经过梦里几次和死神不懈的交涉，她终于说服了它，从而从死神口中得知了自己精确的死亡日期，不过她没有将之告诉其他人。程景对妻子的预见性嗤之以鼻，他说世界上没有人能够和死神交谈，那些暗示都是她自己凭空想象出来的，但是最重要的原因却是——在程景年轻的时候，他曾发誓说不会让任何东西把她从自己身边夺走，然而时至今日，妻子仅仅是想证明自己的勇气，假装对死亡毫不畏惧，每当她提起这件事程景恼怒地走开了。他一直悄悄屏住呼吸，直到自己变得精疲力竭。

扬花计划要为死神的到来做好准备，在有限的时间里做她想做的事，再和家里的人一一告别。扬花想到，如果自己跟着死神走了，她还能回来一次吗，那时她还能记得这个地方吗？于是在五月的和风之中，扬花忍不住从一个房间走到另一个房间，把能记住的东西都记在了心里——房间的朝向、摆设和气味。她还在雁山的陪同下，慢慢绕着大叶寺外墙走了一圈——六十年前她也这样干过，只不过那时她还是一个小姑娘，穿着一件深蓝色的裙子，脚穿一双靓丽的漆皮鞋，在程景忙着修理门窗的时候，她就在寺的周围蹦蹦跳跳。扬花还决定让两兄妹协助她清理一下寺的前院——拔除杂草、修剪树枝、移动花盆，每年他们都会这样做一次，只不过今年提前了。就在她费力做完这件事后，又不顾冉凌的劝阻准备把大叶寺里能用的房间都打扫出来，不过在做客厅扫除的时候她就已经累得精疲力竭了，而且她忽然想到自己已经完全忘记了几天前才记住的各个房间的模样。

她立即扔掉手中的擦布，陷入了绝望之中，但是随即又高兴起来了，因为她花钱雇佣的马车今天下午就到大叶寺——在两兄妹的陪同下，她按照事先的计划去了城里最繁华的地段，逛了不同的商店，看马戏，观赏喜剧话剧，甚至还品尝了蓝铂公司开的餐馆里专门提供给年轻人的菜式。扬花心满意足，接下来的时间里她恢复了往常的生活，但是已经不慌不忙了。

二

唐逸忽然想到了哥哥日照。那是在他结婚后的第二年，那天早上伏熙正在楼下的厨房里做着早饭，香味甚至溢出了房间，飘到了街上，唐逸则坐在楼上的一张书桌前，手里举着几张纸儿——昨天十几个商户一起来到他的家里，他们情绪激动，告诉唐逸蓝铂公司最近以价格低廉的商品招揽顾客，导致本地商人的集市店铺几乎没有人光顾。唐逸说这件事他没有任何办法，但是商户们却十分肯定唐逸能将这一情况转告给政府，直到他肯收下了他们拿给他那份所谓的文件，商户们才垂头丧气地离开。蓝铂声称因为公司货源充足且大批进货而使得卖价便宜，但是他手中的文件列出了蓝铂公司的价目表，几乎每一栏后面都标明了商贩们所怀疑的制作工序，认为蓝铂可能以不合法的途径降低成本，挤兑当地商户。

就在他思考的间隙，窗外传来了一阵小号声，他放下文件转头向窗外望去，就望见圆形广场上聚集着一群人。他们簇拥在一个身穿巫师长袍的瘦高男人的周围，只见巫师高高举起他的双手，朝向天空，嘴巴不断的一张一合，双手的掌心慢慢出现了两团闪亮的蓝色火焰。他举着火焰在人群中转了一圈，当他猛然大叫一声时，那两团火焰就消失不见了。

在十多年前哥哥日照在偶然情况下对巫术产生了兴趣，起因是他在一个村庄里看过的一次巫术表演。那时日照为了采集植物标本，准备到郊外的村子里去转转，并且叫上了弟弟。他们在当地的森林里小心行进，专门朝没有人走过的地方走，日照肩挎一个圆筒形的盒子，走走停停，不时弯下身去用放大镜查看不起眼的植物，并且向弟弟解说各种植物的性质。两个人回到村子时已经是下午，然后就看见了那惊人的一幕。

一大群村民挤在了一个庭院的四周，院子中央同样站着一个男人，他双手枯瘦，身体像是一个幽灵。他身边跪着一个低着脑袋的小姑娘，巫师先是装模作样走了一圈，口中念念有词，随即他转过了身，大手一挥，接着就在众目睽睽下把小姑娘瞬间变成了一头趴伏的成年狮子。这只狮子立即跳了起来，村民们大惊失色，连连向后退。然而老头儿再次把那双死人般的手举过头顶，当狮子在人群中央急躁地走来走去的时候，人群中又爆发了一阵惊呼——那头狮子又突然在阳光中消失了，仿佛从来不存在一般，但是空气中还留着它的气味。

日照立即被这种难以用科学解释的神奇景象迷住了，他以前相信自己总能识破这一类把戏，还把它当作一种考验观察力的方法，但是当一头狮子就在他眼前凭空消失的时候，他就改变了看法，认为巫术超过了科学的范畴，开始对它产生了巨大的兴趣。

唐日照多次跟弟弟谈起巫术师的种种神奇之处，但唐逸却认为哥哥同时信仰着科学和鬼神，是一个思想矛盾的人——日照虽然不擅长交际，但他从小就把什么都跟弟弟说，尽管有父母在身边，但他始终把唐逸当作家里最亲近的人。唐逸也不负哥哥的信赖，常常提供帮忙或替他保守秘密，直到他后来迷上无心姑娘，就渐渐不那么把哥哥的事放在心上了。等他从始终城回来的时候，日照已经从这个家里消失了，他立即打听他的消息，但是没有人能告诉他关于哥哥的确凿消息。

唐逸走下楼梯，在与妻子吃完早餐之后决定亲自去查查蓝铂的货源。他穿上外套走出门去，当走到街上时他忽然抬起了头——太阳虽然还悬在东边，但是周围热得出奇，整座城市都如同一座逐渐被烧旺的火炉。

这一年的夏季，彩云城里炎热非常，天上的太阳仿佛比以前大了一倍，云层被驱散了，街道在强光照耀下热得发烫，开始发皮起皱，而房屋吸收了过多热量后就变了形，变得歪歪斜斜的。伏熙为了躲避暑热，就一个人回到了大叶寺里，打算等到这个热季过去，而唐逸则忍受着高温在城里四处转悠，打算把蓝铂公司的事情弄个明白。

在大叶寺里，伏熙穿上了白色的裙子，脚蹬一双棕色的皮凉鞋，把细腰带扎在腰间，她现在成为一个标准的妻子。她已经能够娴熟地制作令人赞叹的午餐，知道如何摆放家具和装饰客厅。她在大叶寺有一间单独的卧室，房间里总是装饰着鲜花，一进门就香气萦绕，这和三生的习惯是一样的。在那个夏季，两代人常常坐在花架下的长廊里闲聊，谈些关于诗歌、爱情等女性话题，伏熙甚至还得知了唐逸父母的爱情故事。

三生叹了口气说：“对于女人，爱情是她们的全部。”

伏熙握了握她的手，给她无言的安慰。

三

有一个晚上，伏熙在卧室里被窗外草丛里的昆虫们吵得睡不着，就坐起来了。她走进客厅拿着杯子倒了水喝，接着走到了院子里，躺到宽大的藤椅上。夜幕是深蓝色的，仿佛天色永远没有黑下来，浅薄的云气在风的作用下缓缓移过天空，她脑中忽然想起一句话，并且不由自主把它念了出来：“太阳降落在他的头顶，江海变为星辰。”她睁大了眼睛，接着把上次站在寺外没有回忆起来的东西全部都记起来了。

她的故乡名叫谷地，一座太阳也照射不到的黑暗城市，那里的每一座房子都围着灰色的墙壁，城市就像一座巨型墓地，到处生长着矮小的黑色荆棘丛，只有几盏莲花银灯在街道的草丛间为人们指引方向。她家的铁窗早就被猜疑所腐蚀，院子的中央盘踞着一棵盘根错节的巨树，投下的可怕阴影，把他们的房子笼罩在其中。

谷地人相信自己具有一种神奇的本领，即能够准确预见个人的死亡，她的父亲伏泽在他十七岁那年就猜透了命运给他的启示，知道自己会在一张大床上孤独死去，和他的房子一并腐烂掉，很快被世人遗忘。尽管他的家族曾是谷地里最有名望、最富有的家族，但伏泽对死亡的预示深信不疑，逐渐就变成了一个孤僻、堕落的人。

他和伏熙的母亲结婚完全是出于门当户对的要求，年轻的伏泽先生对结婚没有任何兴趣，他也不爱她。伏泽在婚后给自己建了一座没有窗户的大房子，在房子四周筑起无人能翻越的铁栅栏，并在院子里种上象征刻毒的香橼，就打算听从命运的指示了。在妻子生下了伏熙后不久，他就因为抑郁症死在自己的床上。

因为家境日益败落，母亲渐渐遣散了仆人，只留下了一个。母亲无依无靠，也受到了丈夫的感染逐渐变得意志消沉，常常一个人哭泣。当伏熙还是一个孩子时，母亲常常在她的床边为她读故事书，那本书是母亲从自己家里带来的，是她已故的祖父以前赠给母亲的礼物。这本冒险故事显然是从谷底之外的世界来的，母亲喜欢里面的所有故事，尤其钟爱其中的一个，它讲述了一个勇敢而善良的年轻人在全国各处的冒险经历，最终和一个姑娘相恋的故事。

母亲坐在床边，指着书上的最后一段，一个字一个字地读——“他见识过长着白色翅膀的细腿儿马，在丛林中以野兽血肉为生的女人，手举耶稣十字架的男人，他也曾见过太阳降落在他的头顶，看见江海变成星辰。此时此刻，他愿意把自己的一切都献给她。”

小孩儿伏熙不理解这些话的意思，但是母亲忽然流出的眼泪让她感到害怕起来。母亲低头看着女儿那双异常清透的大眼睛，里面仿佛有闪亮的星辰。她希望女儿能遇到书中那样一个勇敢而又善良的男人，别让谷地毁掉她的一生，就像毁了自己的一生一样。她亲吻了一下女儿，就打算把她送到外面的世界去了，让她自己去谋生活了。

伏熙被辗转带到彩云城时差不多十二岁，在一家布料厂里做染布工，和其他十几个女工一起住在一个拥挤的小屋子里，完全不知道自己的人生到底发生了什么。那些女工逐渐把她当作背后议论的对象，因为她对她们所热衷于讨论的男人、生儿育女的话题一窍不通，也总是一副忧愁的面容，所以她们自动疏远了她。几年过后有人想要给她介绍一个结婚的对象，是一个家具厂的工人，但他为人粗鲁，第一次见面就趁别人不在想对她动手动脚。她吓得害怕了，当别人问她这个人能不能做她丈夫时，一直沉默的她第一次为自己的命运作了抗争，她保持了自己独身的尊严，并且拒绝再有人给她介绍其他男人。

两年之后蓝铂公司来到了彩云城，首次想要招一批能够演奏乐器的人，她就去应聘了。因为从小母亲就教会了她弹奏希腊竖琴，他们就雇佣了她。

她登上外国人的大船之后就过上了另外一种生活，渐渐习惯了人与人之间的那些花样，很快就从单纯变得成熟了。她容貌雅致，会演奏乐器，而且她的歌声竟然也异常的动听，立刻就有人因此而追求她，但是她沉默着，既没有答应，也没有拒绝他们，直到她后来遇到了唐逸。

这个男人就如同冒险故事中的主人公一样身材高大，聪明而有学识，喜欢和人打交道，他经常面带迷人的微笑，但是每次在和自己说话时总是显得小心翼翼的——他总担心自己的言行在无意间冒犯了她。他如同一股和煦的春风，吹进她心中那个爱情的角落。在唐逸向她求婚的当天，她认定自己是世界上最幸福的女人，并且决心要永远爱他。

暑气被秋风吹散，难熬的夏季终于溜走了，天气逐渐凉爽下来。有一天上午，伏熙从厨房走到客厅，为程景端去一杯清凉饮料，接着她手捧一个装满旧衣服的纸箱从里面走出来，打算把它们拿到后面的水池里去清洗，抬眼就看见了站在寺门口的两个陌生人。

一高一矮两个男人都穿着亚麻布衣服，脖子上戴着金和银的项圈，手臂和肩膀的皮肤上绘着彩色图案，最引人瞩目的是矮个子男人手里抱着的东西——一个躺在毛绒毯子里的婴儿。看见这副景象，伏熙就愣住了。

尽管两个男人着装古怪，少言寡语，但他们还是被当成客人一般请进客厅里。他们拿起桌子上的饮料一饮而尽，在解决了口渴的问题之后，矮个子的男人用平稳的语气告诉这家人，这个婴儿是唐日照的孩子，希望他们收养他。顿时大家都愣住了。

三生被他的话吓了一跳，她睁大了眼睛，难以置信地望着刚才说话的男人，把眼睛移到他怀里的婴儿身上，好不容易才开口说话，她问道：“你们是谁？我儿子……日照他在哪里？”

男人说他和堂弟是从彩云城外的城镇来的，想来这里找份工作，最好是在杂戏团里，因为兄弟俩分别有能够将手脚伸长和缩短的本领。他们来时途径一个城镇，该镇上正在患某种疫症，是一种情绪之病——绝望正在感染全镇的每一个人，他们正逐渐丧失对生活的希望。那位名为日照的镇长和他的妻子把他们才出生三个月的儿子托付给两个人，给了他们一笔钱，希望他们能把孩子带到彩云城里，让他们打听一个叫栗府的地方，将孩子交给他的家人。以防万一，他还说出了大叶寺的名字。因此当兄弟俩来到彩云城，第一件事就是去了栗府，一个邋遢的青年男人为他们开了门，他身边的那个画着浓妆的女人还没有听完他们的话就把他们赶了出去，他们只好来到大叶寺了。

“我承认这个孩子，”三生语气坚决地说道。接着不容任何人的质疑，她走过去双手从男人手里接过婴儿，把他抱在了怀里。她忽然想起来，问道：“孩子的父亲给他取了什么名字？”一直愁眉紧锁的男人看见他们愿意接受孩子，脸上终于露出了笑容，说道：“唐闲，他叫唐闲。”

唐逸得知这件事，立即赶到了大叶寺，没有任何犹豫，在他看见孩子的第一眼就决定把哥哥的孩子认作自己的孩子，由他和伏熙来抚养。他也觉得这样一来，当自己的第一个孩子出生时就有一个玩伴，如同自己的童年一样。

四

到了第三年，唐逸和伏熙的小女儿南芯就出生了，此时蓝铂公司快速地交换着这座城市和其他地方的商品，到处都在发生着奇妙的变化。南芯和哥哥唐闲整天呆在司微士经营的玩具店里，在上学之前，两个孩子和那些自动玩具为伴，他们都把司微士称为爷爷，把榆地叫作奶奶。榆地仍旧以占卜为业，从纸牌和铜乌龟背上的复杂花纹里看出别人的婚姻和前程，但她现在乐意为别人指点迷津，就像她自己按照它的指示，终于把命中注定的男人留在了身边一样。

一年以前唐闲还在调查蓝铂公司的情况，当时他发现蓝铂只在当地拥有几家餐厅和食品工厂，其他水果和玩具一律从外面运来进行售卖，他就先去了蓝铂的郊外工厂。他远远看到工厂的门前站着三个守门巨人，就在周围转了转，想着怎么进去。这时一个面带微笑的外国人朝他走过来，他入乡随俗地穿着大搪的服装，自称是该工厂的负责人。在他了解到唐逸是圆形集市的所有者，并且已经坦诚了来此的意图之后，外国人哈哈一笑，为了证明蓝铂公司的合理合法，他立即请唐逸到工厂里面查看。唐逸进去之后看到了几条流水线，所有原料都是干净卫生的，没有发现什么问题，倒是觉得外国人的技术很先进，提高了生产效率。后来他同样去了两家毗邻的蓝铂餐馆，餐馆里面几乎有一半的工作人员是本地人。他找到先前的十几个商人，告诉他们，他已经调查过了，而他以自己的名誉担保该公司没有他们所怀疑的生产问题。

现在蓝铂公司出产的商品种类正在迅速增多，他们在城里开办了更多工厂，不仅自己制作玩具、生产面包，还出产众多的家庭消费品——窗帘、地毯、餐具、家具等等，同时提供更为周到的海上旅游服务。彩云城立即被这些多彩的商品占满了，人们养成了大量消费的习惯，几乎每一个家庭买回的每一件商品上都带着金雀花的标志。蓝铂公司如同一个巨大的蜂巢，提供取之不竭的黄金蜂蜜。

唐逸第一次带着两个孩子回大叶寺时，南芯刚满三岁，唐闲已经六岁了。小女孩欢快地在客厅里跑来跑去，无论什么地方她都能将之当成玩乐的场所，哥哥唐闲则巡视了大叶寺一圈，看了看满是泥土的前院，棚顶上盖着棕榈叶的马棚，长满榉树和杂草的后院以及石头的长廊，认为这样偏僻、古怪的地方是不应该住人的。他的祖母给他吃东西时，他的脸上带上一个礼貌的微笑，说声了谢谢后才伸手去拿。当全家人聚在一起吃午饭的时候，他先用毛巾把勺子擦拭干净，才放到两位称之为曾外祖父和曾外祖母的老人面前。

在他三岁时，蓝铂公司第一次把一种黄色、面包一样长长的水果运到城里来，当父亲把一箱贴着“蓝桃”字样的水果搬进客厅里时，他就在旁边看着，不明白人们为什么要在一种黄色的水果前加一个“蓝”字。

他回到自己的房间，坐到书桌前剥开果皮，吃了一口，立刻被它的味道震惊住了。他立即举起“蓝铂”牌的彩色画笔，在纸上画了一只蓝桃，他还给它画上了一对微笑的眼睛——二十多年后，在一个光线昏暗的画室里，唐闲的身体不停地颤抖，后来当别人发现他时，他已经割断了自己的手腕，血从他盖在地上的左手流出，干涸的血迹在地上画出一个圆形，但他是以一个画家的身份死去的。

当唐闲还是一个孩子时，世界上还没有什么事情能够使他烦恼。他通过一种蓝铂公司出品的猜字游戏板，很快就学会了认字，父亲唐逸从祖父那里学来了荷兰语，他自小就开始耐心学习这门语言，他在上学期间就读了大量的浪漫主义诗歌——那坐在熠熠生辉的宝座上的月亮女王，长在西印度群岛上的荆棘丛里的红樱桃，为改革而献身的无畏勇士以及流动的日月星辰，都丰富了他的想象力。

他在自己的书桌上放了一个长着翅膀的白色天使雕像，每天定时阅读课外书籍，作息规律，自然而然地结交朋友，从不觉得生活有什么不满意的地方。到他十四岁时，他已经变成了一个衣着讲究、彬彬有礼的年轻人，他自己虽然不清楚，但是他学校里的一群女孩已经把他当作爱慕和讨论的对象。周围的人都没有发现，唐闲虽然在表面上性格温和，但是他的内心里却隐藏着一股傲气。

他有一群从小就在学校里认识的朋友，但是他发现他们最近都学坏了，开始想入非非，聚在一起不是谈论玩乐的场所，就是谈起赌博和蓝铂公司的女职员。唐闲对于异性没有什么好奇心，他跟妹妹南芯一起长大，在小时候就跟她过玩新郎新娘的游戏，看着妹妹从毯子的婴儿变成穿裙子的姑娘，觉得她们只是跟自己在某方面不一样罢了。朋友们却嘲笑他从小生活在无忧无虑的富裕环境里，没有见识过真正的世界，不了解大部分人到底在想什么，还是一个孩子。朋友们无意间说的这句话伤害到了唐闲的自尊心，在他心里，他认为自己什么都清很楚，只是较之放纵，他更倾向于洁身自好。至于其他人的生活，他认为差不多就跟他看过的书中描写的一样。此时他的父母还没有向他提过他的身世，他们也觉得没有这个必要。

五

我们把时间拉回到大半个世纪以前，那时程景还年轻，想要住在各种各样的城市里，有白色圆形的如同彩云城，有方形多彩的如同环锦城，有靠风力驱动的海上城市，有以挖掘矿藏为业的地下城，也有建在半山腰上的石砌城市，但最终他还是回到了这座废弃的古寺，回到了他一开始出现的地方。

有一天夜里，程景梦见自己从空中俯视着彩云城，他眯起眼睛，像透过镜片一样模糊地看到几艘在内河航道的水面上滑动的白色大船，听见了全城的彩色飘带随风飘扬的声音，闻到了面包房里传来的奶油香味，望见穿着蓝色制服的工人们成群结队在街上走动，这些景象对他来说是如此的陌生，但是它们却是真实存在的——那个世界就在大叶寺的外面，意识到这一点，他忽然从床上惊醒，花了很长时间也没有想起来自己是在哪里。他陷入了黑暗之中，完全丧失了方向。

第二天早晨，三生走进父亲的房间，在里面喷洒了一些香水，这也是一种植物清香剂，用以驱除房间里的臭味，但她忘了拿走，把它留在了那里。

程景勾着腰走过去，拿起桌子上那个精巧的玻璃瓶仔细看了看，然后凑近鼻子闻了闻。接着，他忽然用力把它摔到地上，刺鼻的香味立刻蔓延开来，他一只手就掀翻了面前的桌子，然后冲出房门，嘴里大吼大叫着。他披头散发，眼神凶狠，其他人看见他的样子都吓坏了，但是他没有理睬他们，他不顾一切向前跑着，就像他年轻时一样无畏，充满了获得一切的勇气，不过只有这一次他是向着死亡奔去的。他已经疯了，到处寻找一口井，他觉得自己以前落入那口井里时就死了，在苏特莱式病爆发的时候死过了，也在飞行器坠落时死掉了——记忆中他那些朋友的死亡都变成了他的死亡，但这是最后一次了。

程景却没有能够如愿以偿，因为身强力壮的雁山一把扑过去抓住他的手臂，他对老人忽然产生的巨大力气感到惊讶，但是在经过一番较量之后，雁山终于把老人禁锢在了他的两只手臂当中。扬花吓了一跳，在冉凌的搀扶下她走过去安抚着丈夫，直到这个眼神凶恶的人完全安静下来，其他人才胆战心惊把他送回到他自己的房间里。然而他过去的全部经历，他那被现实生活摧毁的想象力以及他再也无法重建的虚幻梦想，现在都在为他的死亡呐喊助威，因此死亡的念头是任何人都阻挡不了的。在那个忽然刮起大风，云层消散，月亮如同太阳般照耀世界的夜晚，身材萎缩的老人在最后的自由意志的驱动下，一个人走出房门，穿过走廊，走向后院，把自己投向了那口底部满是尖锐岩石的枯井。

在程景死了之后，大叶寺里忽然充满了一种前所未有的香味，其他人正是闻见这种味道，才心生疑惑地跑进他的卧室，发现他已经不见了。在程景的房间里，被子已经自动叠起来了，柜子里的衣服叠得整整齐齐，桌椅子移到了恰当位置，房间像刚刚被打扫过一样，而他年轻时制作的全部机械玩具都从箱子里跑了出来，在地上吱吱呜呜地欢快跑动着。在程景下葬的那个下午，彩云城的天空上挤满了彩色的云朵，在太阳的晕染下由橙色变成玫瑰色，接着是烟蓝色和紫色，最后变成了金黄色，彩云城里的人都走上街驻足观看，被眼前的这一幕惊呆了。

六

南芯在不知不觉中长大了。在她小时候——用伏熙的话来说——像是一只小蝴蝶，无忧无虑，到处洒下欢声笑语，随着时间流逝，她长成了一个漂亮的姑娘。这种美一开始是一种纯洁之美——她拥有和母亲一样迷人的大眼睛，她的皮肤白皙无瑕，笑声如同银铃一般，但自从参加过学校的一次舞会后，她整个人就变了。她开始注意别人对自己外貌的看法，每天去学校之前都把头发仔细地扎起来，穿样式新颖的衣服，注意保养皮肤，在镜子前面站一会儿，有时候还会发上一会儿呆。她现在的美丽也同样引人注目，不过它已经变成了另外一种美，让人觉得危险，也让人担忧她思想上的变化。

在她十三岁那年，学校为了感谢蓝铂公司出资建立学校的图书馆和食堂，第一次计划在校内举办一次舞会，首先征求了家长们的意见。家长们和蓝铂公司已经在生活中建立了牢固的关系，出于信任他们都同意了，况且他们还了解到会场上的食物和饮料都将由蓝铂公司免费提供。学校的孩子们以前几乎都没有参加过舞会，一些女孩因此还特意去学习了当下流行的几支舞蹈，因为她们提前了解到蓝铂公司会派遣一些年轻的外国男人来参加，都不免在心中暗暗兴奋和紧张。

在那次舞会上，南芯并没有作特意的装扮，她的裙子是经过母亲同意才穿的，跟其他人比起来几乎没有什么特色。但她并不觉得自己顿失颜色，相反，她觉得其他女孩都忽然变了模样，她们身穿漂亮的裙子，甚至第一次画了妆，都快让她认不出来啦。

会场上女孩们都在低着头轻声交谈，其实却在不时偷看那些穿着西装的外国男人，就在大家都不敢大声说话的时候，一个年轻男人忽然大步走上了讲台，他将代表蓝铂公司发表讲话。他的容貌英俊不凡，始终面带微笑，讲话的语气既温柔又有说服力，甚至他还在大家的欢呼中说起了大搪话，女孩们自然而然被他吸引了目光。

后来他走下台来，先站在自己的同事们中间有说有笑，后来他拍拍一个人的肩膀，就朝这群一直偷偷看他现在却立即移开眼睛的女孩们走过来，毫不拘束地和她们打起了招呼。南芯也站在女孩们中间，她喜欢上了这个外国人，喜欢他那漂亮的笑容和大方的行事方式，她听着这个男人说话，不时回答他提出的那些平常的问题。她以为自己能够引起他的注意，但是男人却逐渐把他游走的目光集中到了她身边的一个姑娘身上去了。

那个姑娘不仅着装成熟，礼服拉到了胸前很低的位置，还涂了别人都不敢涂的玫瑰红的口红。姑娘大胆地看着外国男人，举手投足间都表现出了女人的风味,外国男人则假装不经意地把眼睛不时略过她的胸前。当音乐响起，大家开始寻找舞伴时，男人先是离开到别处看了一下，后来他又回来了，礼貌的伸出右手邀请那个姑娘跳舞。

南芯看着这两个人，忽然在心中涌起一股从未有过的嫉妒，这种嫉妒如此强烈，以致于在一瞬间就打破了她以前所有纯洁的心思。她收起心底的失落，看似毫不在意地迈步走出会场，提前离开了学校。她走进家里的客厅，从厨房里走出来的母亲惊讶地问她舞会是否已经结束，南芯微微一笑，说一切都结束了。

回到学校之后，她从别人那里听说了那个姑娘和舞会上的外国男人保持着联系，据说他们已经变成了情人关系。南芯开始悄悄观察她的嫉妒对象，发现这个姑娘在平时也会穿引人注目的衣服，涂口红，行为举止总跟别人不一样。南芯越观察她，越发现姑娘的独特行为的确为她增添了动人的色彩，她说话时看着男人的眼睛是美的，她的口红颜色是美的，她的大胆无畏也有迷人之处，从这个时候起，南芯就把她当成了自己楷模，想让自己也掌握迷住男人的技巧，让男人为她伤心落泪，而不是与之相反。她的行为开始悄悄改变，她的脸上开始带着一种谜样的动人光芒，不再是从前那个单纯的少女了。

唐闲发现了妹妹的变化，他觉得自己作为哥哥，对妹妹有一种教育的责任——唐闲似乎已经从父亲那儿继承了承担家庭义务的观念，但是他对这种谈心的事情可不太擅长。后来他又觉得妹妹的变化应该是年轻女孩的正常转变，就任由南芯自由发展了。

唐闲和朋友们刚刚结束了学校的考试，都想去一家酒馆里放松一下，他们把钱凑齐之后，八九个男孩就包下了酒馆的一个房间。他们一下子就要了四十多瓶不同的酒，整齐排放在桌子上，花花绿绿的，每一瓶的瓶身上都印有金雀花标志，而他们背靠的墙上也贴着三张蓝铂公司铁锚和鲜花图案的宣传画。

他们一边喝酒一边玩游戏，并且聊着各自的暑期计划，过了一会儿一个年轻姑娘迈着大步走了进来。她身穿银色的百褶长裙，肩披丝绸披巾，手腕上戴着银镯子，浑身散发着香水味，看起来好似蓝铂公司在举行庆祝活动时的女演员。这个姑娘是他们其中一个男孩的表姐，现在的确在蓝铂餐厅里当服务员，一开始男孩们还对她的到来感到拘束，但是自从她坐下之后，她那无话不谈的特征就使她很快融入了他们当中。

唐闲坐在他们中间，对这种气氛感到不太舒服——在这个朋友聚会的夜晚，他的着装仍旧一丝不苟，他背靠着沙发，也不说笑逗乐，俨然是一个家教严格的富家少爷。在大家都簇拥在一起谈论最近的趣事或者要闻，桑植则在众人惊异的目光中透露自己如何吸引男人时，唐闲唯一渴望的就是回家，而其他人却在离开时兴高采烈地约定了下一次的见面。

在经过酒馆大厅时，桑植忽然神秘地一笑，准备向新朋友们展示一下她能够快速让男人爱上自己的本领。男孩们都开始起哄，立即在人群中为她找寻一个合适的实验对象，唐闲就站在他们身后等着，已然失去了任何兴趣。他本以为自己在房间里的不适是由于其他原因造成的，但是当朋友们一致热衷于做眼前这件事时，他就感到沮丧，觉得自己跟朋友们不再志同道合了。这时男孩们选定了一个坐在角落里独自饮酒的外国男人，都看好戏似的看着姑娘。

唐闲从远处看了一眼那个被选为实验对象的男人，他的脸上带着一副眼镜，低着脑袋，身穿白衬衫和棕色外套，外表丝毫不引人注意。这姑娘在蓝铂餐厅里学会了用荷兰语和英语与人打交道，她走过去毫不拘束地坐在男人的面前，开始和他搭讪。其他人都在远处屏气凝神看着，过了一会儿他们看见男人和姑娘都站了起来，付了钱后就朝他们走过来。这个身材挺高的男人站在他们面前，看了看这群男孩，说了一句话，姑娘立即解释道："他请你们去他的家里去玩呐。"

大家都对桑植的神奇本领感到惊讶，以至于他们都忘乎所以跟着一起去了外国人的家里。唐闲也跟着去了，但他已经在心里下定决心，这是跟朋友们一起干傻事的最后一次，以后他都不想再跟他们一起出来了。

令他们感到吃惊的是，这个外国男人竟然独自住在一座大宅子里，而且里面的布置丝毫不简单，毫无疑问这个人相当富有。他们难以置信的走进客厅、厨房、浴室和娱乐室，而外国人则端出了水果点心招待他们。唐闲对此也感到惊讶，就在其他人到处闲逛时，他跟在一个朋友的后面走上了楼梯，自己就绕进了一条走廊。他走到一个房门前停下了，看见门上的木牌上用英语字母写着"画室"，他犹豫了一下，推门走了进去。

他第一眼看到的是满屋子的画纸，在昏暗的光线中把墙壁和画架都贴满了，他走进去从第一张开始看起，发现每一张画都让他吃惊：未来房屋在纸上变成了高高的盒子状，像巨树一样钻进了云层；晚宴上的贵族们衣着华丽，觥筹交错，只有隐藏在灯光暗处的年轻的提琴演奏家神态专注；他忍不住抬起手，轻轻碰了一下画纸，碰了碰那张在湖底下张大嘴呼喊的扭曲人脸。并且注意到了画上的署名是那个外国男人的名字——查尔斯·奥威尔。

"你好？你喜欢它们吗？"男人用不太顺口的大搪话问道，他没有走进来，而是站在门口看着。唐闲被他的声音吓了一大跳，立即转过身来面对着他，语气惊慌地回答他很喜欢，而且也感到很惊讶。查尔斯朝他走过去，走到他身边低头看了看刚才那幅画，然后摘掉了眼镜，对他笑了笑，说：“很多人不相信，这是我妹妹死的时候的样子。”

虽然查尔斯的话注意震惊每一个听众，但是唐闲首先注意到的却是摘下眼镜后查尔斯的那一双绿色眼睛，那种颜色仿佛直接取自于湖泊深处。查尔斯穿着一件白色衬衫，身上散发出岩兰草的香水味，在他忽然低头凝视唐闲的时候，唐闲感到了窘迫。

这时几个男孩出现在门口，他们走了进来看了看，也对那些画作感到吃惊，在没头没脑地赞叹了一番之后，大家一起从画室里走了出去。那天晚上，所有男孩吃过了查尔斯招待的水果和点心，之后就各自回家了，只有桑植一个人留在了那里过夜。

到了六月份，彩云城忽然遭受了暴雨的袭击，雨水沿街流过，把街道冲得乱七八糟的，但是当天空放晴之时，阳光暖洋洋地照耀着一切，又显得和平而安宁了。那天上午，南芯走进哥哥的房间，看见他正坐在书桌前面，双眼盯着图书上的插图。她把手中的一本书递给唐闲，说是学校里的一个年轻姑娘让自己拿给他的。唐闲感到意外，伸手接了过去。那本关于植物鉴赏的书他以前就读过，随手翻了几下，就在最后的扉页上看到了一段文字。那是一首情诗，而且是专门写给他的。

以前他读那些浪漫诗的时候，总是习惯于把它们轻声读出来，读到关于爱情的诗句他也照常读，但是不明白它们的意思，但是现在的他却在妹妹离开后立即关起房门，坐到床上怀着一种难以名状的激动心情，把那些诗句念了出来。在念完之后，他感到内心久久不能平静。

七

唐逸和其他男孩已经去过外国人查尔斯的家里好几次，他的朋友们总是乐于把这件事说出去，而且每次都说是查尔斯邀请他们去的。查尔斯是一位画家，也是一个商人，他在自己的国家荷兰以惊人的耐力和激情独自学习了绘画技巧，但是却靠做书画交易发家致富。他乘坐蓝铂公司的轮船来到大搪，准备在这个国家的首都举办一次画展，他不懂这里的语言，得知这些当地的年轻人愿意帮忙，他就欣然把他们当作朋友，热情地招待他们。

在那座大宅子里，男孩们都脱掉了鞋子盘腿坐在沙发上，一边享受着水果和点心，一边回答查尔斯用发音不准确的大搪话提出的问题。后来查尔斯逐渐对此感到疲倦了，他就上楼去忙自己的事情，任这群男孩们在楼下玩耍。

在一个结束了学校课程的下午，唐逸在避开了其他人的情况下，独自前往查尔斯的住处。他心里清楚他们这些男孩与查尔斯的关系并不亲密，只是一种交道上的热情，而且他们总是成群结队地去他家，因此当他决定独自去查尔斯家里的时候，他明白自己正在打破某种规则，但是心里又止不住要这样干。

查尔斯不经常外出，他不适应彩云城里炎热的八月天气，当他打开了门看见唐闲时，他像往常一样热情一笑，但是随即意识到唐闲是独自前来的时候，他眨了眨眼睛。他请坐在沙发上神色不安的唐闲吃一些切片水果，但是唐闲拒绝了。他心不在焉，唯一想谈论的话题就是查尔斯的画作以及他在艺术上的某些看法。

年轻人不自在地望着脚边的地毯，当他抬起头来，却发现查尔斯如同上次一样，用他那双绿色的眼睛盯着自己——这双谜一样的眼睛里闪烁着不易被人发觉的、超过了人类学的神秘之光，由此唐闲断定一颗归属于艺术的伟大灵魂就藏在这个男人平凡的身体里。忽然之间，唐闲获得回望那双眼睛的勇气，他坦诚相见，也让查尔斯看见了他之所想。他们彼此对视着，从这个时候起，他们的关系已经亲密无间，越过了可见的正常关系，变成了一种精神的伙伴。

他们的友谊从透视生活细节一直延伸到探讨艺术的真正价值，随着谈话内容的不断深入，他们的友谊也逐步得到了巩固。他们养成了在一边在公园里散步一边交谈的习惯，通常把时间选在晚饭之前，以免被别人看见，但是后来唐闲主动打破了这种规则。查尔斯在绘画技巧上愿意对唐闲倾囊相授，他的确是一位良师，不过在讲解过程中他自己就陷入了另一个世界之中——为了挡住强烈的光线，画室的窗帘经常被拉起来，在闷热的空间里查尔斯那不凡的思想亦赋予了他的身体以表现力，在讲到天使的纯洁之美时他举起双手，面露孩童般天真的微笑，在谈到世人不愿为追求真理付出代价时，忧思的阴影在他绿色的眼睛里转瞬即逝，当他通过艺术的历史进程来预测未来世界时，他的脸上浮现出一种低迷的欢愉。在不了解查尔斯的人看来，他恐怕算是一个疯子，但是唐闲在旁边出神地望着他，清楚地知道查尔斯的思想超越了这个时代的每一个人，甚至越过了他自己的意识。

随着和画家的深入交往，在父母和朋友们都没有发现的情况下，唐闲眼中的那抹纯洁之光逐渐消散，渐渐变成了怀疑、幻想和孤独的光芒，有时候他的眼睛又平静得没有丝毫变化。唐闲对生活中的琐事已不再感兴趣，对学校和读书也失去了热情，此时他虽然知道妹妹南芯正在和一个男人交往，而且开始编造各种理由外出时，他并没有告诉父母，丝毫不准备插手此事。

查尔斯告诉他，不应该让消极情绪充满他的内心，否则他所追求的艺术是没有价值的。查尔斯对唐闲怀有一种独特的感情，他了解唐闲就如同了解自己所作的画：他才十六岁，家庭富裕，外表漂亮，因此无忧无虑，实际上内心里却充满着别人察觉不到的傲气；他敏感多思，压抑的怀疑精神和探索精神终究爆发，他自己首先打破了规则。现在，唐闲以前熟悉的一切都在他眼中发生了变化，他的精神世界正在变得孤独，这也使他更具敏锐的目光，不再为其他人所能够了解。这个孤独的年轻人却成为了查尔斯的益友和良师，因为他本人在荷兰时正是因为感受到孤独和缺乏安全感才放弃画家的身份，转而学习经商，但是唐逸的出现却使他变了样，让他敢于面对真实的自己。查尔斯如此热爱他，唐闲对他来说弥足珍贵，他们的感情超过了一般的友谊，在精神上比情人更加互相依赖，但他们从始至终没有发生过肉体关系。

在唐闲十七岁生日的当天，查尔斯送给唐闲一个红色天鹅绒面的长形盒子，里面装着一幅油画，画上的人就是唐闲——坐在客厅里吃猕猴桃，在他张嘴的一刻忽然抬起头来。查尔斯坦言他的年轻美貌应该被记录下来，尤其对于常常那些过精神生活的人，时间会把它摧毁得更快。唐闲看着他，不清楚查尔斯为何一反常态对人的容貌有了依恋之情——他一向认为青春美貌只是暂时的，如同夏日的花朵一样转瞬凋零，无需留恋。唐闲接受了礼物，把它藏在了自己的卧室里。

初夏里的一天下午，街道传来一阵轻微的晃动，这种声音迅速由远及近，人们才分辨出那是几乎要把整个街道震动起来的马蹄声，接着全城都响起了震耳欲聋的鞭炮声和人群激动的呼喊声。唐闲把身体探出窗外朝远处望去，看见人群朝一个方向跑去，他听见他们嘴里的喊叫，才知道是那位从未见面的祖母的哥哥——著名的西慈将军归国了。

第十六章

我愿把一切奉献给这个自由的新世界。

一

当西慈将军终于得到撤离杜丘的正式指令时，他给自己的军队配备上了最好的装备，让他的士兵们都骑在马背上，而不是赤脚走回国去。出于私心，他命人给自己带回了十二匹体形优美的良驹和到处收集来的六箱书籍，除此之外，他还从杜丘皇宫带走了数不清的金银财宝。

他的军队在五十年后重回彩云城，受到了首都人的热烈欢迎，几乎城里所有的人——老人、中年男人、妇女以及孩子们，全都沿街站着迎候他，他们在长长的横幅上写着欢迎他的标语，给他的士兵们递过一篮篮的水果和面包，欢呼声震天动地。西慈将军被欢迎仪式的隆重程度吓了一跳，群众的巨大热情是他没有预料到的。他坐在一匹高头大马上对群众挥手致意，享受着这种巨大的荣耀。

回城之后，将军住到了那座在二十年前政府就已赠送给他的宅子里，他移交了兵权，打算让自己在城里安度晚年。霍林回了老家汾记一趟，竟然得知父亲已经去世的消息，他悲痛欲绝，不到一个月他又回到了将军身边，打算一直侍奉他。在他眼中，将军既是他的长官，又是他的父亲，他照顾将军的饮食起居，发现自回城以后，将军的心思变得更加让人捉摸不透了。

但在将军自己看来，自己似乎是以另外一种方式衰老了——尽管当他骑马走过街道，受到民众欢迎的那一刻，他似乎又重回了充满雄心壮志的年轻时代，认为自己一生的付出终于使得那些人对他心怀感激——他不仅保卫他们的生命安全，而且还是他们的孩子、丈夫或者父亲的领头人和保护者，正是由于这个原因，他才决定放弃自己的野心，已经和庄维将军商量过要放弃兵权的事情。不过，自从将军回国后接连被邀请参加各种政府或民间组织的宴会或演讲活动，情况就发生了变化——尽管将军沉稳而又尊严，然而那些人看着他，对他那张苍老的面容都面露吃惊之色，因为他的身体已不再是以前的那副强健的身躯，那一头独具特色的黑色鬈发中已经冒出了白发，这个形象和传说中那位伟人的形象相去甚远。

将军看了看他们跟自己说话的表情和姿势，听一听他们的语气，就立刻明白了这些人根本不是来听他演讲的，不是为了来了解军队事迹的，他们只是出于对伟大人物的好奇来看看他，将军不再是一个人，而变成了一个值得纪念的历史事件，他们对他的热情和尊重，全都建立在此之上。

忽然之间，将军重新变得野心勃勃，因此他立即玩弄手段，恢复了职位，并且不费吹灰之力就拿回了自己的兵权——他以前部队里的士兵听说将军亲自结束了他要退休的谣言，都满怀激动，要求政府不要打扰将军的计划，并且立刻要求队伍归将军管辖——他们从来都认为自己是将军的部队，而不是政府的军队。

二

蓝铂公司在彩云城里存在了近四十年，它对彩云城人产生的影响巨大而深远，远远超出了人们在一开始在一张抽奖彩票上所能预料到的，它甚至在灭亡之后仍然影响着人们的生活。几十年间它改变了人们的生活习惯，共生已经变成了每个人的观念。当今的大搪人不仅从它那里购买产品，为它提供产品的原材料，还为它生产制造，同时做售卖工作。在最近的十年间，本国雇员的酬劳已经不再用纸币或银钱来支付，而是用蓝铂自己发行的一种蓝色工资券代替，用它可以购买蓝铂公司的产品，也可以储存起来。蓝铂公司还发行了公司债券来筹措资金，彩云城的富商甚至平民都乐意把自己的资产托付给公司——他们很高兴成为蓝铂公司口中的“公司利润的分享者”。

他们信任蓝铂公司，如同信任切切实实的生活：几代人在蓝铂公司的宣传口号中出生，通过蓝铂出版的儿童图书学会了说话，到蓝铂餐馆里吃饭，去蓝铂剧院，乘坐蓝铂游轮，要是没有蓝铂公司，生活中的一切都要改变，对于彩云城人来说那几乎是不可想象的。

蓝铂公司的业务类型极其复杂，负责商贸的彩云城事务官不想一一审查它的文件，就把它的负责人叫来，他问：“你们和彩云城人是什么关系？”负责人道：“我们的母公司在国外，通过轮船交换各地的商品，和当地人是互惠互利的关系。”事务官又问：“你们的债券和工资券有没有什么不利影响？”负责人答道：“没有任何不利影响，我们是一个讲究诚信的大公司。”他的眼神沉稳，没有任何犹豫，既然城里的百姓都相信蓝铂，事务官还有什么好怀疑的呢？他放那位负责人走了。

但在最近一段时间，人们发现虽然公司发到他们手里的工资券没有变化，但是能够购买的商品数量却变少了，以前能购买六个面包的工资券，现在只能买五个半，到后来只能买五个多一点，这个数字还在不断减少，他们就弄不清到底是多少了。他们想来想去，最终发现他们的酬劳正在变得廉价。

一些工人走进蓝铂公司的办事处，向公司人员询问原因——工人们满怀愧疚，因为他们正在质问的对象是蓝铂公司。公司内部的职员礼貌地一笑，说最近蓝铂在国外发生了意外事件，给公司利润造成了影响，这种做法是为了保持公司的活力，能够继续和当地人合作，情况很快会恢复如初，并且向来人致歉。收到蓝铂公司的歉意已经让他们感到心满意足，因此毫不犹豫地相信了公司的说法。

这年南芯十九岁，刚刚接受了一个男人的求婚，他就是在她十四岁舞会上遇到的外国人。他叫多里安·海勒，是蓝铂公司公关部的负责人，这个相貌英俊的男人曾使她在一瞬间改变，使她变成了另外一个人。那时，她发现多里安和那位姑娘继续保持着暧昧关系，就觉得自己该有所作为，开始故意制造一些和他的奇妙偶遇，找机会和他见面，并把自己打扮成他喜欢的模样，谈论他感兴趣的话题，终于使他转而爱上南芯，开始追求她。一开始南芯是出于强烈的嫉妒，想让多里安爱上她，但是现在她发现自己的确喜欢着多里安时，她就准备和他建立长久的恋爱关系。

在多里安向她求婚的那天，她假装犹犹豫豫让他等待，因此把他吓得心惊胆战，两天过后她才给予了肯定的答复。在接受求婚的前几年，南芯一直小心翼翼，为了不被父母发现，她常常编造各种借口外出与他约会，但现在就没了这种限制。她大胆地将此事告诉了父母，带他到家里做客，外表俊朗的多里安·海勒已经获得了她父母的认可，他现在的身份是南芯名正言顺的未婚夫。

由于工人们的工资券继续贬值，而多里安作为蓝铂公司的管理人员，准岳父唐逸就随口问他公司背后有什么隐情。多里安的办公室就在街边的一座楼里，他常常抽空到这里来玩，带着蓝铂所产的少见的昂贵点心，进了家门就和准岳父玩纸牌游戏，谈论彩云城里最近发生的事情，和岳母说起一些趣闻，还和大舅子唐闲搭一下话，差不多已经是家里的一员。

多里安从桌上摸起一张纸牌，藏在手心里瞟了一眼，答道："别相信传言，岳父，蓝铂公司永远没有倒闭的一天。"

但是自从工资券开始贬值到现在，已经两年零三个月了，蓝铂公司已经开始用蓝色工资券来支付购买债券的人的利息，并且支付从当地人那里采购原料的价款。大家都对蓝铂的这种做法产生了疑问，纷纷猜测背后的原因，大多数的传言认为蓝铂公司由于那件不知怎么回事的意外事件即将破产倒闭，无法继续承受各项支出，但是公司却把这一事实隐瞒起来，唐逸也正是听到了这样的传言。

多里安打消了岳父的这种想法，作为蓝铂公司公关部门的主要负责人，在最近一段时间里，他开始在城里举行公开的演讲活动。讲话台上的多里安如同他在舞会上那般沉着冷静，他首先公开致歉，但是对工资券贬值的事情避而不谈，而是讲述起了蓝铂公司以前那些令人信服的历史，接着描述起了蓝铂公司与彩云城人共同的美好未来。他如此擅于糊弄听众，以至于大家在听完了演讲之后还沉浸在虚幻的未来世界里，几乎忘了眼前这个还没有得到解决的实际问题。

三

在唐闲十七岁的时候，有一天他向父亲要求将家里的储物室腾出来当作自己的画室。年轻人的眼睛里没有一丝光芒，如同一潭停滞不动的死水，他就是用这样一双眼睛盯着父亲。唐逸知道儿子在他还没有察觉的时候就已经从思想上发生了变化，自从不知出于什么原因他迷上了画画，除了和家人平常的搭话以外，他们之间就没有过任何有价值的交谈。唐闲曾应他的要求，把那位他称之为老师的外国人带到家里来做客，查尔斯熟知餐桌礼仪，进餐的时候他举止优雅，并且尽善尽美地回答了唐逸所提出的问题，还乐于谈论其他日常话题。坐在一旁的唐闲依旧无精打采，避免和家人有直接的眼神接触，仿佛他才是那个第一次来访的陌生客人，只有偶尔在和查尔斯低声说话时，他的眼神才忽然闪动一下。

在几年间唐闲和查尔斯的关系早已变得亲密无间，他拥有查尔斯房子的钥匙，可以随时去找他。他们常常呆在画室里，偶尔去剧院里看戏剧，或者到公园里散步，享受温暖的晚夏。自从画展工作忙完的几年以来，他们从未间断过去高级餐馆吃饭。当然，所有的花费都是由查尔斯支付的。唐闲较之以前变得更加桀骜不驯，他曾在剧院里直接站起来嘲笑那些迎合观众喜好的剧作家，别人用厌恶的眼光看他，他在回家的路上大笑起来，告诉查尔斯，这些人把戏剧当作了纯粹的娱乐消遣，因此他们追捧玩弄技巧的心思不纯者，遗弃洁身自好的苦心耕耘者；他能随时随地吟出有感而发的诗句，乐于赞颂伟大和不朽，摈弃微价值或无价值；他憎恶生活，轻视世人，有时毫无来由地大发脾气，从不忌讳谈到自己的精神世界的孤独。唐闲有一种超越时代的精神，这让查尔斯渐渐感到不安，似乎自己已经跟不上他的脚步了，唐闲能把一切毁掉重来，但他却不具备那种异常的勇气，总有一天唐闲也会意识到这一点然后把他抛下。唐闲察觉到了查尔斯流露出来的消极情绪，他直截了当地告诉他查尔斯："朋友，你正在变得软弱。"

第二年夏季，他们一起乘坐蓝铂的游船，在通过内河航道上一路浏览沿岸的风光。唐闲留着一头及肩的短发，身体靠在甲板栏杆上，他仰起头，微风吹拂着他，甚至他身上穿的那件旧衬衣和马甲也掩饰不了他的年轻美貌。一开始他还在和查尔斯交谈，说自己有时候希望从思考的痛苦中解脱出来，就像在岸边的藤蔓间摆荡的长尾猴一样完全赤裸，无所保留，依靠天性而活，靠几根树藤就能自娱自乐。同船几个打扮入时的女人就在不远处交谈着，不时微笑着看他，他毫不犹豫对她们笑了笑，渐渐把注意力转移到她们身上去了。

在这次长途旅行之中，他们从不下船，就站在高处看着结伴下船的游客和码头上的卸货工人，看着交谈中的税务官和大副，看着从未见过的城市在远处的形象。在上船的第二天，唐闲就和人发生了冲突——就因为他那毫不考究的穿着，一个富商把他当成了船上的打杂工，他被这个年轻人的容貌吸引，就朝他伸出手去，唐闲立即变得神情凶狠。他对商人大打出手，直到查尔斯被人叫过来时他才粗鲁地啐了一口，放开了那个商人。

半个月后他们返回了城里，照例在外面吃完午饭后走路回家，他们一起走上楼梯，查尔斯一如既往地开始讲授作画技巧，但是坐在画板前的唐闲却心不在焉。他忽然把手中的画笔丢到地上，然后大吵大闹一顿，说他的生活已没有任何乐趣，人们亦愚昧无知，宁肯爱他那毫无价值的肉体，也不愿意爱他的灵魂，最后如同孩子一般痛哭起来。

查尔斯心平气和地问："你到底想要什么？"

唐闲流着眼泪说道："我不知道，但我想离开这里，越远越好。"

查尔斯说："哪里都一样。"

唐闲却继续陷入了他的幻想之中，他说："我们找一个没人的地方住下来，查尔斯。在那里，只有我们两个，那里有原野和微风，天空总像晶体一样澄净。"

但是查尔斯是无法同意这种打算的，在低头思量后查尔斯忽然发怒，大叫着让唐闲马上滚回家去。唐闲立即站了起来，仿佛不认识查尔斯一样看了他一眼，忽然朝他笑了笑，就大摇大摆从房间里走出去了。

他再也不去找查尔斯了。他开始和一些女人鬼混在一起，就住在她们其中一个的家里。这些女人喜欢唐闲漂亮的身体和容貌，也喜欢他那桀骜不驯的行事方式，而他则重新找到了一批爱慕者，仿佛已经从孤独的境地中解脱出来，开始过一种放荡的生活。

四

彩云城人已经开始不信任蓝铂公司了，因为工人们的工资券问题从未得到解决，相反，蓝铂公司改变了先前公司因出现意外事件而导致财务暂时周转困难的说法，直接声称工资券的贬值是正常现象，意味着当地的劳动力只相当于这个价格。蓝铂各办事处的人员口径一致，工人们觉得自己受到了糊弄。这年的三月份初，公司开始改革本地工人的用工制度，把以前的一天八个小时的工作时间延长到十三个小时，若遇特殊情况必须加班，公司还将当地员工的一部分宿舍改建成了储物仓库，往往使得几十个工人只能挤着住在一起。在炎热的夏季里，卫生条件变得越来越差，公司也从来不管，但这些情况却始终没有发生在外国雇员身上。

蓝铂公司售卖的产品的质量也在不断下降，他们将本地工人生产的大批产品运到国外去买，却把外面运来的劣质产品卖给彩云城人，因此当地人新买来的手风琴拉出的声音总是走了调，桌布常常用了两天就坏，图书的纸张发出一种难闻的气味，食物吃了会坏肚子。

在忍受了几个月的糟糕状况之后，一部分工人们首先爆发抗议，他们暂停了工作，穿着制服走进蓝铂公司的大楼里，要求见他们的负责人。外国职员却恐吓前来的人，如果他们继续在公司里闹事，公司将会解雇他们，并且禁止每一个蓝铂商店向他们售卖商品。双方僵持不下，但是蓝铂公司明显占了上风。

唐闲走在街上时已经看见了一些声讨蓝铂公司的横幅和标语，但是他对工人和公司之间的冲突不感兴趣，不过他有好几次忍不住要去找查尔斯，但是自尊心每次都阻止了他这样做。他回到了家里，看见父母都用一种伤心和怜悯眼光看他，这就更使得他感到心烦意乱。

有一次他进家门的时候，看到妹妹的未婚夫多里安正坐在客厅里玩牌，他就忽然改变了回到房间的打算，径直走过去坐到多里安面前。他先问多里安关于蓝铂公司最近的经营状况，请他讲讲公司与工人们的冲突该如何解决，当他发现多里安巧舌如簧地用他在外面听到的那些借口来糊弄自己时，唐闲忽然站到了工人们的队列里，开始指责起蓝铂公司的行为，并且为工人们的权利辩护起来。

从此时起，唐闲加入了工人们反抗公司的行动。六月间，他和他们推选出的工人代表到办事处找蓝铂交涉，但是公司人员蛮横无理，始终未果。后来各办事处门前安排了一群手持铁器的保安，他就和工人们一样站在烈日下的门前抗议示威。唐闲以前觉得这些工人不重要，就像大部分人不重要一样，但是他亲眼目睹了工人简陋而肮脏的居住环境，看见他们身上破旧的制服和脸上压抑的苦痛神情，他忽然怜悯他们，对他们的遭遇能够感同身受了。

唐闲依旧和多里安在家里针锋相对，但是他的父亲却不再过问此事——在唐逸看来，他的儿子代表工人一派，准女婿代表蓝铂公司，那就让他们在外面争斗好了，总之不能把它变成家庭纷争。有一次唐闲和多里安又产生了争执，唐闲说公司无限制地延长工人的工作时间并且利用武力来威胁他们，是一种罪犯的行为。多里安看着他，脸上忽然带上了笑意，这种表情以前也能在他脸上看见，是一种被压抑着的优越感，现在则是一种嘲讽，多里安说："我不觉得一个跟男人鬼混的人有资格说这种话。"唐闲立即一拳把他击倒在地。

外国人不再来唐家了，任未婚妻的要求、请求、哀求都没有用，多里安·海勒终于恢复了他那志得意满、冷酷无情的真面目。他立即被任命为蓝铂公司管理工人的总负责人，完全代表公司利益，不再有任何温情可言。南芯和他的关系破裂了，多里安对她的痛苦不管不顾，因为他从来没有真正爱过她，他花言巧语，只追求一时的刺激，也不准备为婚姻作出长久的付出，绝不是一个可以托付终生的伴侣。

南芯变回了单身，她足不出户，心情低落，连灵魂也变得了孤单了。她自十三岁时开始独自玩一个游戏，为此不惜历经身心的痛苦以适应游戏的规则——游戏的名字叫作"妒忌"，但后来更名为了"爱情"，她原以为自己最后的奖励是"婚姻"，但其实却是"破灭"。现在，一切都结束了，她没有用技巧把男人迷得失去方向，却让自己落入了如今的境地。

八月间，工人运动终于爆发了，导火索是公司的一起暴力事件——半个月以前蓝铂公司开始用几种海产品来作为工人们的主要食物，一船船装在木箱子里的海鱼在运来时已经散发出腐臭味，其中有四个工人在进食后的第三天就开始上吐下泻，身体状况立即变坏，在被医生通知没有办法治疗的情况下，家人抬着他们去了蓝铂公司。蓝铂公司的人看见工人们的模样，知道他们活不长了，就准备私下给一些钱就此了事，但是家人们大吵大闹，不同意离开，于是蓝铂的几个壮汉保安当场就把他们打死了。

工人们愤怒至极，在他们全部罢工的那一天，一场暴风雨忽然而至，而暴力冲突的风雨也即将袭来。唐闲准备加入工人们的行动，当他看见工人们那朴素的面容忽然变成了一张张凶狠、沉着的脸，看见不仅是工人还有市民都从自己家里拿出铁棍和刀具，气氛不再同以往的平和宁静，而开始变得神秘莫测时，唐闲就觉得这是人生中一场不可错过的冒险。

在第二天的清晨时分，两千多名拿着武器的工人和市民就冲到了街上，他们冲进最近的工厂和餐馆，用手中的武器猛烈的砸烂了里面的桌椅、生产设备和其他一切。他们大吼大叫，发泄长久以来的愤怒，在进入蓝铂的几个办事处时，工人们与早已等候在此的手持铁棍的保安们发生了激烈的械斗。头破血流的工人都在暴力的驱使下变得双眼发红，每个人都是一阵风，疯狂毁灭着一切，已经分不清敌我，甚至忘了他们是谁。在冲破了保安的防御之后，工人们直接拿着武器冲向了楼层内部……他们还点燃了火，要把一切都毁掉。

五

蓝铂时代结束了。在他们的最后一艘船离开时，彩云城里没有人去送他们，只有几个孩子跑到岸边，用一双悲戚而纯洁的眼睛看着轮船离开。无论是蓝铂公司活下来的人还是工人，每个人都不再愤怒了，因为他们此时无比落魄和贫穷，没有比这更悲惨的了。

多里安是在他的办公室里被杀掉的，当时他坐在椅子上听见工人们跑上楼梯的声音，就立即躲到了门背后，在他趁机袭击了第一个跑进办公室的工人后，就被第二个从后面发出了致命一击。两天之后南芯才得知了这个消息，她在自己的卧室里为他哀悼之后，心已经支离破碎了。

唐闲却在武斗中奇迹般地没有受到重伤，当他在大厅里胡乱挥舞手中的铁棍时，被人敲击了头部，醒来的时候眼前一片血红，周围躺着被杀死的人，到处是浸在血水里的身体。他站了起来，转头环视四周，整理了一下衣服，忽然变得兴高采烈。他立即冲到街上去，他想去找查尔斯，想和他谈谈这件不寻常的事情，也想立即作一幅画来高度赞扬这件具有动人光彩的事——它如同平静生活中一股激流，隐藏着既丑恶又绚烂的价值，但他还没有走到查尔斯家中去，就被人告知了画家已经死亡的消息。

查尔斯是在自己家里自杀的，他先在浴室里洗了澡，接着穿着浴袍走进了客厅，在那装饰着花朵的桌子前坐下来，把一柄刀子准确无误的刺进了自己的心脏。在查尔斯留下来的一封信中，他要求当年的同行者务必把他的身体运回他的国家，并把这里的全部财产留给了他的好友唐闲，因此由唐闲来支付自己回国的费用。这件事查尔斯蓄谋已久，终于在此时做到了，并且如他所愿发生在了工人与蓝铂发生冲突的期间，他的尸体被装在最后一艘船上运走了，他相信别人很快就会忘记他，只有一个人会记得他，并且始终记得他。

漫长的经济萧条期开始了，彩云城不仅要从人人失业的状态下恢复过来，还要从人人失望悲观的情况下脱离出来，人们失去了维持生活的根本,他们这才看到在四十多年中他们和蓝铂公司建立的联系如此紧密，几乎形成了他们的一切。

唐逸的市场勉强使得家人还能过以前的生活，不过经营变得困难起来了，他打算让儿子唐闲来协助自己管理，不过自从儿子参加完工人运动回来的那晚起，就变得精神萎靡。唐逸认为这种消沉不同于儿子以往的无精打采，他知道那是儿子觉得呆在家里无聊而故意为之，但是唐闲现在长时间把自己关在画室里，衣着肮脏凌乱，眼窝深陷，连他的母亲的请求他也懒得理会,外出也仅仅是去过那位画家赠给他的房子里一次。出乎唐逸意料的是，当他第一次向儿子提起让他来管理市场时，儿子还显得很不耐烦，但是到了第二回，唐闲当即就接受了父亲的建议。站在唐逸面前的年轻人神情平静，眼睛里带着光芒，似乎已经从消极中走了出来。

自从唐闲答应协助父亲之后，他每天很早就起床，先花上半个小时阅读他以前的那些书籍，在吃完早饭后就出去转转，想看看如何解决集市经营不景气的问题；他和那些失业工人们交谈，关心他们的生活，询问是否他们能够到自己的集市来做工；在晚饭的餐桌上，唐闲高兴地谈起集市最近的起色，征求父母的看法；他的热情甚至感染了处在忧郁中的妹妹南芯，使她逐渐变得愉快起来，家里仿佛恢复到了以前什么都没有发生的时候。

跟以前那个冷漠、难以接近的形象大相径庭，唐闲立即变成了稳重而有事业心的男人，并且似乎和一个认识不到两个月的姑娘产生了爱情，已经两次把她带到家里来做客。这个姑娘既漂亮又聪慧，是一个有教养的年轻小姐，受到了唐闲父母的喜欢，还让妹妹也找到了密友——两个姑娘有许多共同话题，很快就相互倾诉起心事来了。这个姑娘把她和唐闲的关系定义为正式的爱人，有一天中午唐闲回到家，看见妹妹对自己神秘地一笑，他笑眯眯问道："怎么了？"南芯开始不愿透露，但是过了一会她主动过来告诉他哥哥，自己今天和那位姑娘一起参加了社团诗会，还去服装店观看了不同款式的新娘礼服。唐闲明白了南芯的意思，于是简单笑了笑。

第二年的夏季，唐闲就和这个姑娘准备结婚了。家里需要重新装修一番，购置新家具，更换窗帘，清洁地毯，把最大的房间空出来作为他们的婚房，但是唐闲显得心不在焉。有一个中午他在整理自己的房间时，无意间打开其中一个抽屉，一个红色的长方形盒子映入他的眼帘。与此同时他听见客厅里传来母亲和未婚妻的谈笑声，他就轻轻把抽屉关上了。

当天晚上，唐闲没有吃晚饭就出去了，他称自己有重要的事办，很快就回来。他走的时候甚至没有看对他微笑的未婚妻一眼。他推开家门走进庭院，穿过半圆形的石拱门，路过有不少市民在榆树底下乘凉的广场，穿过孩子们追逐嬉戏的街道，双脚最终停在了一座房子前面。

唐闲扬起头，看见了这座房子的屋檐，他退后几步，就望见了整个夏日的星河，它璀璨无比，又遥不可及，他终于顿悟了查尔斯为何弃他而去。画家在他未察觉时就已经爱上了他，而且这种爱胜过于爱他自己，也胜过于世上的一切，然而唐闲却不爱任何人，内心的绝望使得查尔斯除了自我毁灭之外无路可走。这个画家在生前一直赞颂浪漫主义在获取精神自由上的价值，他最终也死在这种浪漫主义的情愫之下。唐闲向头顶的银河伸出了手，就抓住了星星，他目瞪口呆，松开手指，星星就从他指间像萤火虫一样溜走了。

两天之后，当唐闲的父亲请来帮忙找儿子的人在查尔斯的画室里发现唐闲时，他已经死了。他用一把水果刀割断了左手腕动脉，死在他所作的最后一幅画前——油画上坐着一个外国男人，他的容貌和着装在人群中显得毫无特色，然后他伸手摘下自己的眼镜，用一双绿色的眼睛朝画前微笑着。看见画的人都吓了一跳，又低头仔细瞧了瞧，认定是自己出现了幻觉。

“我既瞬间毁灭，又永恒存在。”一个歪戴着帽子的工人凑近那幅画，大声读出了上面的字。

在他们把唐闲抬下楼时发觉他的身体非常轻，简直没有什么重量；他虽然已经死掉两天，但是他的皮肤依旧充满光泽，身体还没有凉透，仿佛仍活着一般；在他们把他运去他父母家里的途中，街道上就长出了许多颜色鲜艳的小花，很快越积越多，甚至开到了别人房子的外墙上，还在继续往上蔓延。直到这些人踩着五颜六色的花朵尽快把他送到他家里时，那些香气逼人的小花才停止了生长，没有爬到每一家的屋顶上去。

“我不埋葬他。”当唐逸看到他们运回来的儿子尸体，他在愤怒和悲恸之下脱口而出，他付钱给前来的人，把眼睛转到什么都看不见的窗外：“我宁愿从来没有这个儿子。”在这天的前半夜，伏熙坐在放置儿子遗体的床前，握着他的手，早已经在内心里流干了眼泪。丈夫推门走进来时，两个人的眼前忽然闪过一道白光，睁开眼睛以后，发现床上什么都没有了。

“他也许不是我们的儿子，”伏熙叹了口气说：“而是直接从上帝那儿来的。那就让他回到他那儿去吧。”

六

西慈将军在七十岁时接受了大搪靖国公这一爵位，开始掌管国内的一切政务，此时他的好友庄维早已辞去职务近十年，觉得自己越来越不理解将军在想什么了——他甚至认为将军是没有恐惧的，尤其是对年老的恐惧，因为将军常常忽略了自己体力逐渐不支的事实，依旧像年轻时候一样野心勃勃，想要把一切抓在手里。庄维将军和他的家人住在环锦城，将军曾几次过去拜访朋友，其中一次谈到了关于人恐惧的话题，并且回忆了一件旧事。

大概在四十年前，两位将军的部队跨过两国的交界处，迅速占领了高俪的第一座城镇。这座叫温尼多的市镇完全由灰色组成——刷成灰色的居民平房，外墙灰白的教堂，乌云总是聚集在城镇上空，把人的视线压得扁平，钟楼里每隔一个时辰就传来沉闷的钟声，到处都是压抑的、毫无欢乐可言的气氛，将军刚进城就对这样一派景象感到惊讶。事后有人评价起此事，认为军队在首次占领高俪的地界必然付出巨大的代价，但也许没有人相信，当步兵队跑过大街在广场上集合的时候，根本没有遇到任何反抗，镇上的男人女人都只是站在自家门口，紧握他们的孩子的手，用一双恐惧的眼睛望着他们。

将军以为镇上居民天性就沉闷，准备实行一些温和的举措来缓解战争的恐怖气氛，但是到了这天半夜，镇上十多个孩子就被抓到了他面前——他们袭击了警备队，并且用石头打伤了四名士兵，这些赤裸瘦小的身体都像鱼一样光滑灵活，即使被士兵们揪住了脖子，他们还在不停挣扎着想要逃跑，甚至后来被送到将军面前，每个孩子的脸上也没有一丝恐惧。

将军一看他们的眼睛就知道怎么回事了：“亲爱的庄维，他们还不知道什么是恐惧哩。”

庄维将军回答说：“一个不存在恐惧的人是无法想象的，这样的人难道不令人不寒而栗吗。”

“的确如此。”将军说：“不过尽管孩子没有恐惧，父母的言行却是他们最好的楷模，恐惧既可以被创造，又会像疫病一样传染。”将军命令士兵放开那几个孩子，当他们立即准备转身逃跑时，将军叫住他们，问他们要不要来点吃的，几个孩子们犹豫了一下，眼睛还是看向了那几个士兵。他又问他们有什么要跟他说的，孩子们也一言不发，将军只好让他们走了。

在将军前往环锦城访友的期间，工人们与蓝铂公司爆发了冲突，他回来后只看见一片萧条的景象。他仅仅走过其中一条街道，就断定了首都若要恢复如初必需长久的时间，立即就产生了迁都的想法。但是直到三个月以后，政府才宣布了将军即将主持迁都环锦城一事，既然这件事定了下来，他就把所有精力投入到了这当中，对于其他事情都不闻不问了。

将军计划把城市建在半空之中，远离地面潮气的威胁，或把城市建在海平面上，所需的资源就可以任取任得，他还想把城市建到森林里面，将二者的好处融为一体，然而所有的方案都必须基于同一个基础，那就是安全。显然砖石的城市会被风化而无法长久保存，潮湿的海风会腐蚀一切，木头城市则容易被战火摧毁，因此这些方案都被否定了，他最后决定要建造的，是一座屹立于地面之上的黑色钢铁之城。

十几年之后，环锦城已经改造了一半，但是将军已经渐渐丧失了兴趣——他希望他的梦想之城可以一夜之间成为现实——它恢宏无比，坚不可摧，远远超过任何一个朝代的都城，并且永远留传下去。实际上它却这样缓慢地建成，每一天的进度几乎不可见，但每一个天都在以他那所剩无几的时间作为代价。

将军丧失了希望，就变得悲观阴郁，对任何人都不信任了，他甚至开始怀疑自己部队里的士兵们对他并非忠心耿耿，他们只是一群完全被命运左右、毫无办法的人，如果他们身在敌方阵营里，毫无疑问，他们就会在战场上来对付自己；他更加厌恶玩弄政治阴谋的官员和政客，他在公共场合也毫不掩饰自己的看法，嘲笑他们的轻举妄动，说自己不仅怀疑他们的道德观念，对他们的政治才能也十分怀疑；现在一些零碎关于他的谣言也能把他激怒，他的双眼立即燃烧起一股猛烈的怒火，仿佛能毁掉一切，但是现在这股火却在他眼中逐渐熄灭，他只感到一阵精疲力竭。

他早就明白这座钢铁的城市不是人民的城市，相反，这是他们的噩梦，他正在用自己的权利毁掉他们。黑色的城市仅仅是他一个人的城市，是由他腐坏的梦想和孤独所建造的城市，也是把他囚禁于此直至老死的囚笼。

有一天早上，在吃完了一顿没有人陪侍的早餐过后，他打算去和庄维将军见一次面。他在镜子前换上整齐的军装，由于别人拿来的那双靴子尺码大概弄错了——比平时那双要大，但将军坐在椅子上给自己穿鞋时没有说什么。在和庄维见面的时候，他从对方的眼睛里看到了自己的样子，就默默握了一下朋友的手。在回家之后他立即把书记官叫来，当场口授了一封信件，然后叫人把它送给朝廷，就把自己关到房间里了。那是一封语气坚决的辞职信。

七

次年的二月份，空气中的寒气还没有散去，新开凿的河道却散发出了阵阵香气，这是由植物和动物残骸共同形成的特殊沉积岩，工人们见此都不敢继续动工，工程就暂时搁置起来了。一群从南部雨林里飞来的鸪鹠鸟，它们灰色的翅膀遮住天空，鸣声如同人在摩拳擦掌，但是谁也没有听见它——鸟儿们用低于二十赫兹的声音在持续高唱着。

有一个夜晚，将军梦见自己坐在一个花园的长椅上，有一群孩子围绕着他，他们边跑边笑，轻轻拉扯他的衣服，后来他们安静下来，请将军为他们读诗。这些孩子中眼睛既有褐色的，也有蓝色和黑色的，将军手捧诗集，满怀深情的念出了那些诗句："晨间的面纱闪烁着微光，中午总有欢闹和忠诚问候，夜半的星星在湖底游弋，滑过梦之长廊。自此到外，一片辉煌。"

早晨将军从床上醒来后，对刚走进来的霍林说："我梦见我的梦想成为现实啦。"

两个月后，将军的身体状况陡然坏到了极点，不是那几位接连到来为他看病的医生，而是他自己的糟糕情况只准许他躺到床上。这些医生都不是霍林叫来的，而是将军以前认识的一些朋友或者政府官员听说了他的状况之后派来的。那些人先是过来拜访了他，希望能见将军最后一面，但是将军拒绝接待任何一位来访者，他们只好离开了，然后派来了他们认识的最好的医生，但是将军也把医生们都赶走了。

对于现在的他来说，时间已经没有任何意义，因此他觉得不需要一个医生来为他白费力气，只是目前他还需忍受几天病痛的困扰，就可以永远自由了。他躺在床上听见遥远的地方传来了流水声，听见林间的草地上有红雀拍翅的声音，连别人的花园里蓓蕾绽放的咝咝声也变得清晰起来。他以为自己的听觉忽然变得敏锐了，但是接下来他只听到一些没有意义的、人的咕哝声。将军回想起自己的一生，仿佛直接从他参军那一刻开始的，他率领军队从东部沿海绕着搪治走了个大圈，参加了无数的战斗，最终从北方载誉而归，但是其实他一生其实只做了一件事，那就是证明他自己，不过到头来世界却没有发生任何变化，游戏已经结束。接着他才想到了他的家人。他们仿佛没有受到时光的打扰，还保持着童年记忆中的形象——他那聪明无比的时常呆在试验室里的父亲，为大儿子日夜担忧的母亲，在任何地方都能看到她的忙碌身影的姑姑以及从试验室门外颤悠悠走进来的妹妹，但他却不是那个身材消瘦、目光敏锐的青年了。

在弥留的最后一刻，他从双眼的缝隙间看见一个人大步走进他的卧室，他显得那么年轻，一点儿也没变老，就像他当年从外面旅行回来，身材高大的他一步跨进大叶寺的院子一样。将军已不想去追究为什么了，这世界总有一些东西是他所不能掌控的，他默默告诉自己这句话，闭上眼睛就死了。

站在他床前的人立即惊呼了一声，对在门外守候的霍林喊道："将军死啦！"

来人却不是将军的哥哥程明初，他叫遥望，是唐南芯和一个男人所生的孩子。这个从长相上和程明初几乎一模一样的年轻人才十五岁，他说自己根本不认识将军，但是今早他就被一阵奇妙的感觉驱使着，自己走着走着就到这儿来了。遥望的身材超出了他实际的年龄，但他心思单纯，尚不懂得什么叫作战争、爱情或者命运，脸上常常带着天真的笑容。他帮着霍林处理了将军的后事，霍林原本想立即把这件事通知政府，由他们出面为将军办一个体面的葬礼或者送别仪式，但是遥望阻止了他。凭借着自己的直觉，他用那双黑色玻璃球般的眼睛看着霍林说道："最好别这样干，先生。"

这个年轻人似乎是将军唯一的亲戚，所以霍林允许他查看并且继承将军的所有私人物品，共包括十三箱装在铁箱子里的金银器皿，五箱装在纸箱里的文件和书籍，三箱衣服鞋子以及其他零碎杂物。在那些样式老旧、叠放整齐的衣服下面，年轻人找到了压在箱底的几宗诗卷，它们早已发黄起皱，薄得像几片羽毛。

这些诗是将军在年轻的时候写下的，除了将军之外谁也没有看懂过，但是年轻人却意外地看懂了它们。当他举着几张纸在将军的房间里来回走动，将之全部读完的时候，他的脸上就换上了一副忧郁的神情，他喃喃自语道：“这样一颗灵魂注定不能过平常人的生活，他只能参加战争，即使生活中没有战争，他也会虚构出一场战斗好让自己战斗到疲乏。这个人到底在自己的梦里受了多少折磨呀！”

在将军的最后一次梦里，他梦见全国的战火熄灭了，暮色笼罩大地，一道闪电忽然在平原上一跃而起，一场突如其来的大雨仿佛能够淹没全世界。耸起于各国之间的山脉消失了，高山下沉，海底上升，世界重新变成了一个整体，再也没有种族和贫富之分，人性中的杂质也被冲刷殆尽。

一道晨光忽然在东方闪现，一个自由的新世界将从这片废墟里诞生。